SFIDARE IL GIOCATORE DI HOCKEY

ROMANCE DEGLI ICE DRAGONS
LIBRO 2

WILLOW FOX

SLOW BURN PUBLISHING

UNO
AMBER

NORMALMENTE, non sono il genere di ragazza che chiede di uscire a un ragazzo, ma eccomi qui. Le farfalle nello stomaco mi rendono nervosa, e mi sistemo a disagio sullo sgabello del bar, chiedendomi se mi darà buca.

Stasera ho un appuntamento con Tripp. Non conosco il suo cognome. Probabilmente è meglio così. Non che io stia cercando un'avventura di una notte, dato che non l'ho mai fatto. Sono la regina del prendere le cose con calma, anche se questo non significa che non mi innamori rapidamente e intensamente.

Ho esaminato a fondo i siti di incontri, ma non ho mai parlato con nessuno online. Però alcune settimane fa, quando sono passata al Pronto Soccorso Steele Concierge per prendere la mia amica Charlotte, che era scivolata e procurata una storta a una caviglia mentre pattinava sul ghiaccio, sono letteralmente andata a sbattere contro il Signor Bellezza, alias... Tripp.

Lei è quella che è inciampata, ma io sono finita a sbattere contro il suo petto. E immagino sia un petto magnifico. Di sicuro doveva avere degli addominali scolpiti, e quegli occhiali con la montatura scura lo rendevano cento volte più sexy.

Da quando sono diventata così maledettamente eccitata da iniziare a chiedere ai ragazzi di uscire? Non che ci sia qualcosa di sbagliato nel fatto che una donna faccia la prima mossa. È solo che non è quello che faccio di solito, e mi sento a disagio ad aspettarlo da sola al bar.

Prendo il telefono dalla borsa e scrivo a Charlotte.

Appuntamento bollente stasera con Tripp, l'infermiere dell'ospedale.

Charlotte e io ci siamo conosciute l'estate scorsa a una festa universitaria alla NYU. Abbiamo un accordo che, se usciamo con uno sconosciuto, lo incontriamo in un luogo pubblico ma ci facciamo sapere anche i dettagli a vicenda, nel caso in cui si rivelasse un rapitore e ci buttasse nel bagagliaio della sua auto.

Charlotte guarda un po' troppi documentari sul crimine, e penso che stia iniziando a influenzarmi.

Più dettagli, e mandami un messaggio quando torni a casa.

Mi mordo la lingua, tentata di risponderle con un "Sì, mamma", ma ci ripenso.

Certo, scrivo e infilo il telefono nella borsa. Non voglio essere quella ragazza durante l'appuntamento, che fissa il telefono ed è più interessata ai messaggi che all'uomo con cui sta conversando.

Ordino un Long Island iced tea, e il barista mi chiede di vedere il documento. Prendo la mia carta d'identità falsa dal portafoglio e gliela passo sul bancone.

La esamina per un minuto prima di restituirmela.

Compirò ventun anni tra qualche mese, ma sto usando la carta d'identità falsa da più di un anno. Il bar è già rumoroso, e poi la porta d'ingresso si spalanca, facendo entrare un gruppo di ragazzi che irrompono insieme, allegri e pieni di energia.

Uno di loro si sporge verso il bancone e chiede al barista di cambiare canale alla televisione, e sullo schermo appare un riepilogo sportivo. Guardo dallo schermo ai ragazzi, e giuro che quello con i capelli scuri e il sorriso più carino di tutti è lo stesso ragazzo che è sullo schermo.

Lo schermo mostra un'intervista dopo la partita di hockey. Il nome in fondo allo schermo dice *Jasper Greyson.*

È sicuramente lui, a meno che non abbia un fratello gemello o un sosia.

Non posso fare a meno di fissarlo, e quando se ne accorge, mi offre un sorriso amichevole. Resta in piedi al bancone, ordinando da bere per il tavolo, e poi se ne va senza nemmeno salutare.

Almeno ho ottenuto un sorriso.

Non che dovrebbe importarmi.

Sto aspettando che arrivi Tripp, e cerco di non guardare l'orologio, ma è decisamente in ritardo di qualche minuto.

Non ha accennato di dover lavorare oggi, ma è possibile che sia rimasto bloccato in ospedale. È un infermiere del pronto soccorso, e non sarebbe insolito per lui dover fare un doppio turno o qualcosa del genere. Almeno, è quello che mi sto dicendo, considerando il suo ritardo.

Sorseggio il mio drink e guardo verso la porta.

Tripp entra, con un aspetto sexy da morire. Esalo un piccolo respiro, le mani tremanti per il nervosismo.

Sono vergine. Mai stata baciata. Completamente inesperta con i ragazzi. Ma questo non significa che non sia uscita per degli appuntamenti. Mi piace solo prendermi il mio tempo. Non voglio buttarmi in qualcosa per cui non sono pronta e, francamente, tutti i ragazzi del liceo e dell'università sono super immaturi.

Prendo un altro sorso del Long Island iced tea, facendo del mio meglio per calmare le farfalle che mi stanno facendo venire la nausea.

Non sono sicura del perché questo ragazzo, Tripp, mi renda nervosa. Forse è perché è qualche anno più grande di me. È anche attraente. Del tipo che, guardandolo solo per qualche minuto, mi darà fantasie di cui vivere per i prossimi due mesi.

«Ciao, Amber,» dice e mi dà un abbraccio amichevole.

È alto e profuma di buono. Cerco di non abbracciarlo troppo a lungo. Non voglio sembrare appiccicosa o strana. «Ciao,» dico e forzo un sorriso. Il mio stomaco si agita, e indico il posto accanto a me al bar.

Tripp prende lo sgabello e fa un cenno al barista, ordinando una vodka.

Non riesco a immaginare di bere vodka liscia, ma cerco di non giudicarlo.

«Hai lavorato oggi?» chiedo. Quello che voglio veramente sapere è: ha avuto una giornata difficile? È per questo che passa direttamente all'alcol forte?

Tripp scuote la testa. «Giorno libero della settimana. Sono di turno per le prossime due settimane a partire da domani.»

«Oh, wow.» Sono sorpresa dal suo programma. «L'ospedale ti fa lavorare quattordici giorni di fila?»

«Mi piace fare gli straordinari. Mi tiene occupato, e la paga è ottima,» dice.

Prendo un altro sorso dal mio drink. Bello. Tagliente. Stacanovista. Bandiera rossa. Ma è un adulto, e io sono ancora al college. Forse è così quando finisci la scuola? Ti uccidi di lavoro? Non sembra divertente.

Almeno, questa è una bandierina rossa che posso vedere. E anche la vodka potrebbe essere una. Non ne sono sicura. È ancora troppo presto per dirlo.

«E tu? Stai ancora studiando?» chiede Tripp.

Arrossisco e annuisco. «Sì, studio microbiologia. Mi manca un altro anno alla laurea.»

«Cosa pensi di fare con questa laurea?» mi chiede.

«Spero di trovare lavoro in un laboratorio ospedaliero o universitario» rispondo.

«Fammi sapere quando ti laurei. Forse posso aiutarti.» Tripp manda giù il bicchierino di vodka e ne ordina un altro.

«Grazie. Come ti trovi a lavorare per la Steele Concierge?» chiedo. È un centro medico privato nel cuore di New York City. Charlotte viene da una famiglia ricca, quindi quando si è ferita la caviglia, si è fatta portare dal tassista dove non ci sarebbe stata lunga attesa al pronto soccorso.

«Le giornate di sedici ore sono un po' brutali. Le infermiere... non crederesti a cosa combinano alcune di loro.»

«Che intendi?» chiedo.

«La caposala è stata trovata nel vano scale con una busta di fentanyl, priva di sensi. Per un attimo abbiamo pensato che avesse avuto un'overdose.»

«Oh mio Dio. L'hanno licenziata?» Non riesco a immaginare che a qualcuno sia permesso di mantenere il proprio lavoro dopo un episodio del genere.

«L'hanno costretta a una riabilitazione di trenta giorni. Ora è tornata in reparto, è stata pulita per circa un anno...»

«Come ha fatto a non perdere la licenza?» Sono sotto shock.

Tripp alza le spalle. «Il consiglio non fa molto, dato che l'ospedale è l'equivalente di uno spacciatore.

Farle somministrare farmaci ai pazienti è come tentarla.»

Sono completamente senza parole, e lo fisso come se il mondo improvvisamente non avesse più alcun senso.

«Ma ha rubato fentanyl dall'ospedale.»

«Non era l'unica a usare fentanyl. Tre, anzi, quattro altre infermiere partecipavano. Tutte rubavano qualcosa e lo condividevano tra loro. È super facile, dopo il Covid, da quando gli inalatori per un attacco d'asma sono nello stesso armadietto dei narcotici. Un'infermiera sblocca l'armadietto, si precipita a prendere ciò di cui ha bisogno e non si preoccupa di richiuderlo.»

«È assurdo.» Non riesco a capire come tutto questo sia accettabile o come possa essere vero. Ma non sembra mentire. Appare stressato, con occhiaie scure e le dita che tamburellano sul bancone del bar.

Tripp alza le spalle come se non fosse così sorprendente. È diventato freddo al riguardo, come se fosse solo un altro giorno in ospedale. Finisce il secondo bicchierino di vodka e ne ordina un terzo.

Forse sta solo cercando di intorpidirsi.

«Voglio dire, lo capisco. Lavoro sedici ore al giorno. Ho dovuto chiedere metanfetamine ai medici pure io.»

Lo fisso, scioccata dalla piega che sta prendendo la conversazione. Perché, la mia mente mi sta dicendo che non può essere niente di buono.

«Tu sai cosa sono le metanfetamine?»

Non sono nata ieri, ma le mie conoscenze sulle droghe sono limitate. Non ho mai provato nulla più di qualche edibile a base di marijuana. Lo fisso, troppo scioccata per rispondere, e lui continua a parlare.

«Sali di metanfetamina? Sì, mi facevo prescrivere quelli dai medici quando dovevo fare un turno di sedici ore o guidare per tornare a casa dopo.»

Credo che la mia mascella sia appena caduta a terra. Alzo il bicchiere, finendo il Long Island iced tea. Faccio cenno al barista di avvicinarsi per un secondo perché questa conversazione ha preso una piega che non mi aspettavo.

E qualsiasi sensazione calda e formicolante che provavo nei confronti di Tripp è diventata gelida.

Cotta annientata.

Dovrei scappare dal bar e andarmene finché sono abbastanza sobria da guidare fino a casa. Non che sia tecnicamente abbastanza sobria per guidare legalmente, dato che ho vent'anni, ma comunque.

Risate e battiti di cinque distolgono brevemente la mia attenzione da Tripp.

Un'altra occhiata al gruppo chiassoso in fondo, e potrei scommettere che sono gli Ice Dragons che bevono dopo una vittoria. Sono una delle squadre NHL di New York. Non so molto della squadra, ma dal breve segmento al telegiornale, riconosco alcune facce.

L'uomo che aveva chiesto al barista di cambiare canale e che ha offerto da bere ai suoi amici, Jasper Greyson, incrocia il mio sguardo.

Almeno, credo lo faccia. Potrebbe star guardando oltre me verso lo schermo televisivo, ma mi piace pensare di aver attirato la sua attenzione. Vorrei ci fosse un segnale segreto che potessi fargli per venirmi a salvare.

Una ragazza può sognare, giusto?

Tripp sta parlando, e sono grata quando arriva il mio secondo Long Island iced tea perché aiuta ad annebbiare i miei sensi e il fatto che il mio interesse per lui sta svanendo. Okay, è tecnicamente scomparso, ma non sono sicura di avere un modo gentile per scusarmi e scappare.

Sono troppo gentile.

Troppo amichevole.

Lui sembra pensare che io sia interessata perché mette la sua mano sulla mia coscia.

Sgrano gli occhi e gli tolgo la mano, rimettendola sulla sua gamba. Tripp continua a parlare, e non sono sicura che abbia notato il mio disinteresse. Ora sta divagando su come ha vandalizzato lo skate park locale, quando ha tirato fuori i suoi attrezzi di notte e abbattuto la recinzione metallica perché non credeva dovesse essere chiuso.

«I ragazzi dovrebbero avere un posto dove fare skate» dice Tripp.

Lo guardo con un sorrisetto. «La mia migliore amica,

Charlotte, lavora per il dipartimento dei parchi» dico.

I suoi occhi si spalancano. «Devi promettermi di non dirglielo.»

Non faccio alcuna promessa del genere. Lo fisso come se fosse il più grande idiota del mondo in questo momento, mentre mi confessa i suoi peccati. Anche se non prova alcun rimorso per ciò che ha fatto.

Non gli chiedo se fosse sotto metanfetamine quando ha deciso di abbattere la recinzione metallica intorno allo skate park. Onestamente, non m'importa.

«Credo che dovrei andare» dico, raccogliendo finalmente il coraggio di togliere il mio culo dal bar prima che lui cominci a pensare che sia la sua serata fortunata, perché è chiaro che questo tizio non sappia leggere i segnali.

Tripp mi mette una mano sul braccio, riportandomi sullo sgabello. «È passata solo un'ora. La notte è ancora giovane» dice.

Si sposta e si alza in piedi, impedendomi di alzarmi. Dietro di me c'è il bancone e sul lato opposto un piccolo gruppo che mi blocca l'uscita facile attraverso la loro folla.

«Ci stiamo appena iniziando a conoscere,» dice Tripp.

«Sì, Tripp, questa cosa non funzionerà.» Sto cercando di essere diretta e gentile il più possibile. Ha le pupille dilatate e non riesco a capire se è perché è sotto metanfetamine in questo momento o se è colpa dell'illuminazione del bar.

«C'è chimica tra noi. Non deve essere nulla di serio. Hai mai avuto un'avventura prima?» chiede Tripp.

«Aspetta un attimo. Devo andare in bagno» dico, prendendo la mia borsa. Mi lascia passare mentre mi dirigo verso il fondo del bar.

Deve esserci un'uscita da qui.

Mi affretto lungo il corridoio oltre il bagno, verso l'uscita posteriore. Il cartello sulla porta dice *solo uscita di emergenza*. Sì, è un'emergenza, ma se è collegata a un allarme, non sono sicura che sia proprio quello che intendono. Non sono mai stata molto ribelle.

Le mie mani tremano e rimango nel corridoio vicino al bagno, cercando di trovare un altro modo per uscire dal bar senza essere vista. Per andarmene, dovrò passare proprio davanti a Tripp.

Jasper Greyson si dirige verso il bagno degli uomini.

«Ho bisogno...» sussurro, la mia voce trema mentre parlo, cercando di fermarlo.

«Vuoi un autografo?» chiede con un sorriso caloroso e inclina la testa verso di me. La sua fronte si corruga più a lungo mi guarda. «Stai bene?» chiede, facendo un passo avanti, dolce ed esitante, con una mano tesa verso il mio braccio.

Il respiro mi si blocca in gola, la sua preoccupazione mi travolge. «Ho bisogno di aiuto.»

Annuisce lentamente e guarda oltre me. «Appuntamento andato male?» chiede.

Non ha idea della definizione di *appuntamento andato male* in questo momento. «Il ragazzo con cui sono, a quanto pare, si fa di metanfetamine, e... non lo so. Potrebbe essersi fatto di qualcosa proprio adesso. Sto cercando di andarmene, ma la mia carta di credito ce l'ha il barista, e l'uscita posteriore è una porta di emergenza. Sto un po' andando fuori di testa» dico.

«Posso prendere la tua carta di credito da Pamela al bar. Hai bisogno che ti accompagni alla tua auto?»

Esito.

«Prometto che manterrò le distanze e terrò le mani a posto. Voglio solo assicurarmi che non ti segua fino alla tua auto.»

«Grazie, sarebbe fantastico» dico.

«Resta qui un secondo» dice Jasper. Si affretta al bar, fermandosi a pochi passi da Tripp. Si sporge in avanti, parlando con la barista. Sembra intimo; chiunque altro potrebbe pensare che stia flirtando, ma lei guarda oltre lui, verso di me, e fa un cenno con la testa.

Un minuto dopo, Jasper sta tornando di corsa verso il corridoio, porgendomi la mia carta di credito. «A dirla tutta, quel drogato avrebbe dovuto pagare i tuoi drink.»

Infilo la carta nella mia borsa e prendo le chiavi. «Grazie» dico, la mia voce acquista un po' più di sicurezza.

«Vieni, ti accompagno alla tua auto.» Resta al mio

fianco destro, camminando vicino ma senza toccarmi mentre mi protegge da Tripp.

Appena esco dal corridoio e torno nel bar, gli occhi di Tripp sono su di me. Si alza e si avvicina a Jasper e me.

«Cosa stai facendo?» chiede Tripp, fissando Jasper. Non incontra nemmeno il mio sguardo.

«Fatti indietro» dice Jasper. «Non è interessata a te.»

Tripp sbuffa sottovoce. «E pensi che voglia te? Dai, bambolina, ti porto a casa se è lì che vuoi andare.» Tripp allunga la mano verso il mio braccio, e Jasper lo ferma prima che possa anche solo toccarmi, tirandogli il braccio dietro la schiena.

«Tieni le mani lontane da lei e stai alla larga» ringhia Jasper e lo spinge contro il bancone, costringendo Tripp a barcollare per qualche passo.

Tripp sbuffa e si risiede sullo sgabello. «Voi atleti siete tutti uguali.»

Jasper lo ignora. La sua attenzione è completamente su di me. Il livello di devozione mi fa stringere lo stomaco. «Dov'è la tua auto?» chiede.

«Ho parcheggiato sul lato» dico e indico verso destra. Probabilmente, potrei camminare da sola fino alla mia auto a questo punto, ma ci sono alcune persone fuori ed è buio. Il parcheggio non è molto ben illuminato.

«Andiamo» dice e mi accompagna fuori, aprendo la porta del bar per me mentre esco nell'oscurità.

Jasper mi accompagna alla mia auto malandata a due porte. «So che non sembra granché, ma è affidabile» dico.

Non dice una parola, e se sta giudicando il mio mezzo, lo fa in silenzio. «Quel drogato sa dove abiti?» chiede.

Scuoto la testa. «No.» Premo il pulsante di sblocco dell'auto e afferro la maniglia della portiera, tirandola. «Grazie.»

«Non so come ti chiami» dice Jasper.

«Perché non l'ho mai detto» rispondo.

Mi guarda salire in auto e chiudere la portiera. La blocco prima di avviare il veicolo, e lui fa un passo indietro, assicurandosi che io sia al sicuro. Sto uscendo dal parcheggio quando lui inizia a tornare verso il bar.

Spero che Tripp non gli dia altri problemi.

Ma non posso preoccuparmi di Jasper Greyson, e sono abbastanza sicura che possa cavarsela da solo, essendo un giocatore di hockey e tutto il resto.

Uscendo dal parcheggio, chiamo Charlotte, dovendo scaricare tutto il mio dramma su di lei.

DUE
JASPER

SEI MESI DOPO...

«Non che voglia dissuaderti, ma sei sicuro di essere pronto per un impegno di questo livello?» chiedo a mio fratello maggiore. È più grande di me solo di tre anni, ma giuro, a volte sembra che ci siano decenni tra noi.

Lui ha la sua vita sistemata. Non che avesse molta scelta, con una figlia di sei anni e una carriera nella NHL in gioco. Ha fatto bene, investendo la sua metà dell'assicurazione sulla vita dei nostri genitori quando sono morti.

Kyler si è sempre preso cura di me. Non sono geloso di lui, solo di ciò che ha con la sua nuova ragazza, che è più complicato di una soap opera pomeridiana.

Sono felice per loro, almeno la maggior parte del tempo.

Mi manca uscire con Kyler, e quasi non lo vedo mai dopo una partita quando beviamo qualcosa insieme. Sta sempre con sua figlia e la fidanzata. Anche se, la questione della fidanzata faceva parte della sua recita di avere una finta ragazza.

Una cosa molto complicata.

Sto ancora cercando di capire tutta questa storia.

«Sono innamorato di Em,» dice mio fratello.

Sono felice per lui. È ovvio che provi qualcosa per lei da mesi, ma non sono mai riuscito a capire se i suoi sentimenti fossero reali o se fosse più una questione di desiderio. È passato un po' di tempo dall'ultima volta che ha fatto sesso. Voglio dire, ha una figlia. Kyler non può semplicemente portarsi a casa donne a caso e scoparsele quando vuole, non senza che Bristol faccia mille domande. E quella bambina parla parecchio.

«Sì, ma è abbastanza? Voglio dire, è carina e, da quello che posso vedere, va d'accordo con tua figlia, ma voi due avete una certa connessione?» chiedo, facendo un gesto con le mani che allude al suo cazzo nella sua vagina.

Mi dà uno scappellotto sulla testa.

«Non ti parlerò della nostra vita sessuale,» dice Kyler.

Alzo le mani al cielo. «D'accordo. Saranno cavoli tuoi quando la sposerai e scoprirai che è vanilla come un gelato.»

«Fidati, non è vanilla,» ribatte Kyler. «Caspita, l'hai vista mentre mi faceva un pompino quando c'erano i ragazzi a casa.»

Rido. Era successo quasi un anno fa. «Sì, immagino di sì,» dico. «Non avrei mai pensato di assistere a una cosa del genere a casa tua. Noah, sì, lui si scopa sempre la prima che gli capita a tiro, ma tu sei stato cauto da quando hai avuto una figlia. Preoccupato di poter creare un altro marmocchio?» scherzo.

Mi dà un altro scappellotto sulla nuca. «Attento a come parli. Stiamo andando a incontrare la sorella di Em dal gioielliere.»

«Ha una sorella?» Le avevo chiesto una volta se avesse fratelli o sorelle. Aveva accennato che a sua sorella piaceva la figa, ma non sono sicuro che non stesse solo cercando di mandarmi a farmi fottere. Sarebbe una cosa molto da Emerson.

«Sì, Amber Ryan. Ci incontreremo da Tiffany.»

«Ma certo,» dico. Perché dovrei pensare che comprerebbe un anello altrove? «Lo sai che a Em non importa dove prendi l'anello, vero? Non ti sposa per i soldi.»

Forse non conosco bene Emerson, ma non ho mai avuto l'impressione che fosse una arrampicatrice. E di solito sono bravo a inquadrare le persone.

«Lo so, ma voglio sorprenderla, e con la finta proposta allo stadio di hockey, le devo una proposta vera.»

Do una pacca sulla spalla a Kyler. «Beh, speriamo che dica di sì.»

La mascella di Kyler si irrigidisce. «Pensi che non lo farà?»

Non ho mai visto mio fratello maggiore sembrare così preoccupato. Di solito ha tutto sotto controllo, e quando non ce l'ha, lo nasconde piuttosto bene al resto del mondo.

Arriviamo davanti all'edificio, e c'è una graziosa brunetta con dei colpi di luce rossi ai capelli. Cerco di non fissarla, ma la riconosco. L'ultima volta che l'ho vista era completamente mora, e le sue guance erano rosso fuoco.

È la ragazza del bar, la graziosa brunetta che mi aveva chiesto di salvarla. In realtà, più specificamente, mi aveva chiesto aiuto.

Dubito che si ricordi di me.

La brunetta fa un rapido cenno con la mano e sorride. Si stringe la giacca più vicino e più stretta. L'aria questa mattina è fresca. «Ciao, sono Amber,» dice.

«Grazie per averci incontrati, Amber. Io sono Kyler, e questo è mio fratello, Jasper.»

Mi riconoscerà?

«Piacere di conoscervi,» dice Amber, e immagino che non si ricordi di me. A quanto pare non ho fatto una grande impressione.

«Altrettanto,» dico e tendo la mano per presentarmi. Lei prende la mia mano e la stringe, e io tengo la sua un momento più del necessario, cercando di vedere se c'è qualche segno sul suo viso che indichi mi abbia riconosciuto.

Sorride e lascia andare la mia mano, afferrando la maniglia della porta. «Entriamo?» chiede.

Amber entra per prima, e sono al cento per cento sicuro che sia la stessa ragazza che ho salvato mesi fa durante il suo appuntamento disastroso. Sono curioso di sapere cosa abbia fatto da allora, se quel tossico le ha dato ancora fastidio, e una serie di altre domande del genere.

«Jasper, stai ascoltando una parola di quello che sto dicendo?» chiede Kyler.

«Chiaramente no,» dice Amber con un sorriso.

Mi schiarisco la gola. «Scusate, avete tutta la mia attenzione,» dico.

Kyler sta guardando gli anelli ed è interessato all'opinione di Amber su ciò che pensa piacerebbe a sua sorella, soprattutto lo stile e il taglio. Si fa aiutare da Amber con la misura, e a parte sapere che ha le dita snelle, non è molto sicuro della misura del suo anello. A quanto pare, Em non ha anelli a casa che lui potrebbe prendere in prestito per determinare la misura perfetta.

Mi guardo intorno nel negozio, ma gli anelli più eleganti vengono portati direttamente a Kyler, perché li ammiri e scelga senza vederli solo chiusi dietro il vetro.

Il prezzo del cartellino per poco non mi fa cadere il culo a terra quando sento il gioielliere comunicare a Kyler il valore dell'anello.

«Mia sorella non è mai stata una che ama le cose appariscenti,» dice Amber, «ma penso che questo le piacerà.»

«Pensi?» ripete Kyler, con il sudore che gli imperla la fronte. Prende un fazzoletto dalla tasca e si tampona la fronte. «Fratello, ho bisogno del tuo parere.»

Chiudo la distanza tra noi e lancio un'occhiata all'anello che Kyler ha scelto per Emerson. È una pietra enorme e chiaramente costa una fortuna, ma i soldi non sono mai stati un problema per mio fratello maggiore. È un miliardario e gioca nella NHL.

L'appariscenza è parte del paccehtto quando sei la moglie di un giocatore NHL.

«Penso sia fantastico,» dico, e aggiungo, «per voi due.» Non ho davvero molte conoscenze sugli anelli di fidanzamento. Sono sicuro che è per questo che ha portato Amber. Io sono qui solo per un supporto morale.

Kyler ridacchia sottovoce. «Tu non verresti mai beccato a comprarne uno, vero?»

Sorrido malizioso. «Sì, mi conosci troppo bene.»

«Mentre finisco qui, ti andrebbe di andare a prendere tre caffè dal posto in fondo alla strada?» chiede Kyler.

Amber si alza. «Il mio lavoro qui è finito. Vengo con te,» dice.

Accenno un sorriso. «Sarebbe bello.» Lasciamo Kyler a concludere con il gioielliere e a pagare l'anello. Apro la porta, uscendo nell'aria frizzante autunnale con Amber al mio fianco.

«Quindi, tu e tuo fratello, giocate entrambi per gli Ice Dragons?» chiede Amber.

«Esatto,» dico. «Immagino che te l'abbia detto Emerson.»

Un sorriso che adorna il suo viso. È carino. Le sue guance arrossiscono, ma potrebbe essere colpa dell'aria esterna. «Lei parla molto di hockey su ghiaccio. Non l'abbiamo mai guardato da bambine, ma ultimamente mi sono appassionata a questo sport.»

«Tu giochi?» le chiedo. Siamo fermi all'attraversamento pedonale, aspettando che cambi il semaforo.

Lei sta saltellando da un piede all'altro nel tentativo di tenersi al caldo. Ha un cappotto di lana nero abbottonato che le arriva a metà coscia. Infila le mani nelle tasche e tira fuori un paio di guanti viola brillante, infilandoseli mentre aspettiamo di attraversare la strada.

Non ho bisogno di chiederle se ha freddo. Possiamo vedere il nostro respiro e lei sta tremando accanto a me. Prendo il mio berretto invernale dalla tasca e glielo metto in testa.

«Cosa stai facendo?»

«Ti aiuto a scaldarti,» dico. Emerson mi ucciderebbe se la sua sorellina si prendesse un raffreddore, specialmente prima del matrimonio. Non che io sappia quando Em e Kyler si sposeranno. Lui non ha ancora fatto la proposta ufficialmente.

Cioè, ufficialmente l'ha fatta sul ghiaccio durante una partita, ma non era reale. Hanno finto di essere innamorati, e da qualche parte tra il fingere e il passare del tempo insieme, si sono innamorati davvero.

«Grazie,» dice Amber, e questa volta sono sicuro che stia arrossendo. «Il semaforo,» indica, e camminiamo fianco a fianco mentre attraversiamo la strada e percorriamo un altro isolato fino alla caffetteria.

Le apro la porta, lasciandola entrare dove al caldo, e la seguo. Ordiniamo tre caffè caldi e, una volta pronto il nostro ordine, lei prende la sua bevanda e un bicchiere d'acqua e si dirige verso la porta.

«Dove stai andando?» le chiedo, rallentandola. Sto portando il mio caffè e quello di mio fratello.

Lei indica la porta con la mano guantata. «Torniamo al negozio.»

«Kyler ci troverà. E non credo che apprezzerebbero bevande aperte nel loro negozio.»

Amber stringe le labbra. «Hai ragione.» Cede e mi segue a un tavolo libero nell'angolo. Prima di sedersi, posa il suo caffè sul tavolo, poi si toglie i guanti e il berretto invernale, restituendomi il berretto nero.

«Grazie.»

Si passa una mano tra i capelli disordinati. Amber sembra assolutamente adorabile, come se avesse i capelli arruffati dopo una notte selvaggia, ma tengo questo pensiero per me.

Ho mezza idea di dirle di tenerlo, ma fa freddo e dopo che ci separeremo, potrei volerlo indietro. Ho intenzione di fare un po' di allenamento sulla pista di ghiaccio e preferisco stare bello al caldo.

«Quindi, tuo fratello e mia sorella,» dice Amber, sorseggiando il suo caffè. Indossa una sciarpa azzurra che si abbina ai suoi occhi e un maglione di lana color crema che le aderisce fino alle ginocchia.

«È la prima volta che incontri Kyler?» chiedo.

«Sì,» dice con una risata. «Onestamente, pensavo che mia sorella me lo avrebbe presentato prima che lui mi chiamasse per chiedermi di andare a scegliere un anello.»

Faccio un sorrisetto. Mio fratello non fa mai le cose secondo le regole. «È stato audace. E tu hai detto di sì.»

«Volevo incontrarlo prima del matrimonio.»

Non posso fare a meno di ridere. «Ci sono altri modi per farlo, tipo cenare insieme.»

Amber scrolla le spalle. «Questo è più divertente di una stupida cena dove tutti si comportano al meglio. In questo modo, posso incontrare lui e suo fratello.» Congiunge le mani sul tavolo, fissandomi. «Allora, sputa il rospo. Sei suo fratello. Cosa c'è che non va in lui?»

Sta sorridendo, e io mi appoggio allo schienale e rido, guardando verso il soffitto. Potrebbe essere una lista molto lunga. «A parte il fatto che è testardo e una spina nel culo?» chiedo.

«Non lo sono tutti i fratelli? Cos'altro? Voglio i dettagli succosi.»

«Onestamente, è un tipo davvero in gamba, e da quello che ho visto, loro due si rendono felici a vicenda.»

Lei immerge le dita nel bicchiere d'acqua e me le spruzza in faccia.

«Per cosa era questo?» rido, asciugandomi le gocce bagnate dalle guance.

TRE
AMBER

GLI SPRUZZO dell'acqua addosso come una bambina perché sono davvero pessima a flirtare. Lui prende un paio di tovaglioli dal tavolo e si asciuga, guardandomi male, ma c'è un accenno di sorriso sul suo viso.

«Ringrazia che tuo fratello non sposa me. Allora sì che saremmo famiglia.»

«In un certo senso siamo già famiglia,» risponde Jasper.

Il sorriso scompare dal mio volto. «Giusto.» Sorseggio il mio caffè caldo, facendo una smorfia quando mi brucia il palato.

«Hai più sentito quel tizio dell'appuntamento disastroso? Come si chiamava?» chiede Jasper.

Si ricorda di me. «Tripp, e no, mi sono assicurata di bloccare il suo numero.»

«Ottima scelta,» dice.

«Sì, anche se non uscirò mai più con un infermiere. Almeno non ho un'assicurazione privata al Centro Medico Concierge, dove lavora lui.»

Jasper sorride. «Dovresti trasferirti allora, non puoi permettere che un'ambulanza ti porti al suo ospedale.»

Faccio una smorfia. Ha un punto valido. «Forse dovrei frequentare persone fuori dal mio codice postale.»

Jasper annuisce. «Non è una cattiva idea. Così non incontrerai nessuno al supermercato. Può essere maledettamente imbarazzante, specialmente quando sono sposati o hanno figli.»

Ha suscitato il mio interesse. «Parli per esperienza?» Dev'essere così, perché suona troppo specifico per essere altro.

Jasper prende un sorso del suo caffè, ignorando la mia domanda. «Questa roba è buona. Vieni qui spesso?»

«Intendi alla caffetteria?» Lo guardo con una risata. «Passi troppo tempo con i ragazzi se usi questa come battuta di approccio con le ragazze.»

Lui ride, e Kyler entra nella caffetteria. Notandoci, ci fa un cenno mentre si avvicina.

«Non era una battuta. Ero sinceramente curioso,» dice Jasper.

Kyler prende la sedia vuota accanto a noi e la tira indietro per sedersi.

«Niente anello?» chiedo, non vedendo alcuna busta in mano. Quando siamo usciti, stava per consegnare la sua carta Amex nera per acquistarlo.

«Lo stanno adattando. Lo avranno pronto più tardi in giornta.»

Guardo l'orologio. La mia mattinata è stata divertente, ma ho lezioni questo pomeriggio a cui non posso mancare. «Dovrei andare,» dico, alzandomi.

«Dammi il tuo telefono. Se mai ti trovassi nei guai e avessi bisogno che ti aiuti durante un altro appuntamento disastroso, mandami un messaggio.»

«Non è necessario,» dico, armeggiando con il telefono nella mia mano.

Jasper tende il palmo, e gli consegno il mio telefono.

Kyler osserva lo scambio tra noi ma non dice nulla. Sono sicura che, appena me ne andrò, probabilmente interrogherà suo fratello al riguardo. Spero che non arrivi alle orecchie di Emerson perché lei non sa che ho un documento falso, e se scopre che ero in un bar e ho avuto un appuntamento disastroso e Jasper mi ha aiutata sarei nei guai.

«Mi sono mandato un messaggio,» dice Jasper. «Salvami come contatto.»

Guardo il mio telefono e aggiungo Jasper tra i contatti. «Devo proprio andare. È stato un piacere conoscerti, Kyler, ed è stato bello rivederti, Jasper.» Prendo il mio caffè e mi affretto fuori al freddo, portando con me la mia bevanda calda.

«Hai visto Jasper Greyson?» La bocca di Charlotte quasi tocca il pavimento. «Nel senso... di persona?»

Le mostro il messaggio sul mio telefono. «Mi ha dato il suo numero.»

Lei scalcia e squittisce mentre è sdraiata sul letto nel mio monolocale. «Oh mio Dio! Devi chiamarlo.»

«Non posso farlo.» Blocco rapidamente lo schermo del telefono così che Charlotte non possa mettermi in imbarazzo. Siamo migliori amiche, ma quella ragazza ha più coraggio di quanto io ne avrò mai.

«Dovremmo andare a una delle sue partite di hockey.»

«Cosa?» I miei occhi si spalancano e inspiro bruscamente. «Ci sarà anche mia sorella di sicuro.»

«Lei è tipo la fidanzata di uno dei giocatori, giusto?» chiede Charlotte. Si toglie i capelli rossi dagli occhi e li raccoglie in uno chignon senza nemmeno aver bisogno di uno specchio.

Non è che non potrei farlo anch'io, ma è impressionante come lei riesca a rendere sexy il suo look trasandato e a farlo sembrare fantastico. La ragazza è un dieci. Stupenda. In forma. Divertente. Non so come faccia a non avere un ragazzo, anche se non vuole impegnarsi seriamente mentre studia e lavora a tempo pieno. Non so come possa fare entrambe le cose. Io faccio fatica con un lavoro part-time e andando a scuola.

«Sì, sta con Kyler Greyson,» dico.

«L'ho visto al telegiornale. È stato super romantico, farle la proposta sul ghiaccio. Spero di trovare un uomo che sia dolce almeno la metà di lui.»

«Anche io,» dico con una risata. Non posso dirle che era tutto finto. Mia sorella mi ucciderebbe, e anche se non vedo Emerson molto spesso, ho ancora molto rispetto per lei. Sono sicura che sappia quello che sta facendo.

Insomma, Kyler le farà la proposta, solo non sotto i riflettori.

«Allora, manderai un messaggio a Jasper?» chiede Charlotte.

«Assolutamente no!» Il pensiero mi fa contorcere lo stomaco come latte andato a male. È dolce, ma non sono brava con gli appuntamenti e i ragazzi. Divento troppo ansiosa, e dopo l'ultimo appuntamento con Tripp, ho chiuso con gli uomini.

«Allora è deciso. Dobbiamo andare a una delle partite in casa degli Ice Dragons.»

Mugolo sottovoce. «E se incontrassi mia sorella?»

«Non succederà, e anche se fosse?» chiede Charlotte con una scrollata di spalle. «Non ti è permesso andare a una partita di hockey perché...? È sua l'arena?»

«No, ovviamente non è per questo.»

Charlotte sta aspettando che io approfondisca.

«Non può sapere di Jasper!» Mi lascio cadere sul letto accanto a Charlotte. «Andrebbe fuori di testa se sapesse di Tripp, della droga, del fatto che sono andata in un bar, del documento falso, e la lista continua» dico.

«Ma dai, vivi un po'.» Charlotte si alza e mi afferra le braccia, tirandomi giù dal letto con lei. Prende il suo telefono e cerca la data della prossima partita in casa. «Due biglietti per venerdì sera. Niente scuse.» Mi fulmina con lo sguardo.

«Va bene, ma prendi solo quelli dell'ultimo settore,» dico.

Lei ride. «Sì, come no. Prenderemo posti in prima fila dietro il vetro così potrai salutare e mandare baci a Jasper durante la partita.»

«Potrei davvero doverti uccidere,» mormoro. Prego che stia scherzando. Non può permetterselo veramente, anche se ha la tendenza a usare la carta di credito di suo padre, e lui non sembra mai notare o preoccuparsi di ciò che acquista.

Arriva venerdì, e indosso una maglia dei Greyson. Ad essere sincera, non sono sicura se sia il numero di Jasper o di suo fratello maggiore Kyler. L'ho chiesto alla commessa, ma non ne aveva la più pallida idea, e dentro il negozio non avevo segnale. Internet continuava a cadere, e ho provato a mandare un messaggio a Charlotte, ma il messaggio non è partito finché non sono uscita dal negozio.

Ho considerato l'idea di comprare entrambe le maglie e restituirne una, ma questo avrebbe significato avere il contante in anticipo, e se dovendo rimborsare Charlotte per i biglietti dell'hockey, sono già oltre il budget del mese.

Potrei fare turni extra al Mad Tea Shop, ma ho già chiesto venerdì libero all'ultimo minuto, e con il salario minimo, ci vorrà un po' per coprire il costo di una maglia e un biglietto dell'hockey.

Vado a piedi all'appartamento di Charlotte dopo che le lezioni sono finite, e sono vestita per la partita. Non devo nemmeno salire perché lei mi sta aspettando sul gradino più basso fuori, parlando con uno dei suoi vicini.

E per parlare, intendo flirtare. Si sta attorcigliando i riccioli rossi e ridendo per qualcosa che lui sta dicendo. Dubito che sia così divertente.

«Devo andare,» dice e gli fa un piccolo cenno prima di afferrarmi il braccio e incamminarsi con me verso la metropolitana.

«Chi era quello?» chiedo, cercando di non voltarmi per vedere se ci sta guardando.

«Solo Kingsley, il mio vicino di casa,» dice.

«Kingsley ha un nome?»

Charlotte mi guarda. «È questo che chiedi? Di tutte le domande che potresti fare, tu mi chiedi se ha un nome?» Allenta la presa e si guarda alle spalle, verso di lui.

È interessata, ma sembra che stia giocando sul lungo periodo, facendo quella difficile da conquistare e restando appena fuori portata, cosa che non capisco mai del tutto con Charlotte. Perché l'ho vista con i ragazzi, e non è certamente così difficile da conquistare.

«Cosa avrei dovuto chiedere?»

«Troppo tardi,» dice e ride. «Andiamo.» Mi prende per mano e si affretta giù per le scale della metropolitana di corsa. C'è sicuramente un treno giù, posso sentire il rumore mentre si ferma, ma non significa che sia il nostro.

Ma la seguo comunque perché vado sempre dietro a Charlotte. A volte penso che siamo il completo opposto, ma ci completiamo a vicenda.

Io sono tranquilla, lei è quella rumorosa.

Io sono timida a una festa, lei ha la tenacia di tirarmi fuori dal guscio e farmi socializzare.

A volte mi chiedo cosa le offro io, e poi mi ricordo che la trattengo dall'essere bocciata ai suoi corsi. Se non fosse per me che le ricordo che dobbiamo tornare a casa per dormire, starebbe sveglia tutta la notte a fare festa. Ogni notte.

Ma amo quella ragazza come una sorella.

Anche se ho una sorella, Emerson, a volte sembra che siamo di due mondi diversi. Non mi ha nemmeno detto che stava frequentando un giocatore di hockey! Ho dovuto scoprire dai notiziari che si era fidanzata.

A quanto pare, l'intero palazzetto del ghiaccio l'aveva scoperto prima di me.

Sono un po' amareggiata per questo, ma voglio bene a Emerson. Solo che, onestamente, a volte non mi piace molto. Probabilmente perché non mi sembra di conoscerla più. È andata a Quantico per diventare un agente dell'FBI. Ha superato i suoi test con facilità. Me lo ricordo perché scherzavo sul fatto di offrirle da bere anche se ero minorenne, e lei mi ha interrogato su come sarebbe stato possibile.

Ho tralasciato di menzionare il documento falso perché, se è un'agente federale, non ho bisogno che mi confischi il mio lasciapassare per bere.

E in qualche modo, tra il suo diventare un'agente federale e la sua vita, ora sta frequentando un giocatore di hockey, e non so dove lavori. Ma non è più con l'FBI. Il giornale ha pubblicato un articolo su di lei e Kyler Greyson, e non ha menzionato nemmeno una volta che lavorasse per l'ufficio. Menzionava che faceva lavori a contratto. Non so nemmeno cosa diavolo significhi. Lavori a contratto per chi?

Ho rinunciato a fare domande a Emerson perché non era esattamente generosa con le informazioni, e quando ho chiamato per chiedere del fidanzamento, praticamente mi ha riattaccato in faccia.

Ne abbiamo parlato, almeno un po', più tardi quella notte, ma non abbiamo davvero parlato molto da allora. Tipico di Emerson, sempre troppo presa dalla sua vita.

Sono sicura di avere la mia parte di colpa. Non è che la sto invitando a uscire il venerdì sera per passare del tempo insieme o la chiami spesso, tranne che per il suo compleanno. Non siamo estranee, solo due persone diverse. Un giorno, i nostri percorsi si incroceranno di nuovo, e tutto si sistemerà, ma oggi non sarà quel giorno.

Charlotte mi trascina attraverso i tornelli e giù verso la banchina mentre il treno in arrivo, che per caso è il nostro, si avvicina.

«Hai i biglietti?» chiedo, riferendomi ai biglietti per l'hockey.

«Nel mio telefono. Ormai è tutto digitale, sciocca» dice Charlotte con una risata. Mi stringe la mano mentre la folla si svuota e sale sul treno. Vuole assicurarsi che non ci separiamo, e io sono completamente d'accordo, soprattutto perché lei ha il mio biglietto.

«Non hai preso una maglia» dico, indicando il suo abbigliamento. Indossa un maglione verde scuro e dei leggings neri. Quella ragazza può sfoggiare qualsiasi outfit e apparire uno schianto. Aiuta il fatto che abbia un seno in grado di valorizzare qualsiasi cosa.

Io non sono stata così fortunata in quel reparto, ma è a questo che servono i reggiseni imbottiti. Speravo di superare questa fase al liceo, ma ora sono al terzo anno di università e sono ancora loro a darmi il décolleté che ho.

Lei lascia la mia mano e afferra la barra metallica per reggersi quando il treno inizia a muoversi. Non ci sono posti liberi, e siamo solo a poche fermate dal nuovo palazzetto del ghiaccio costruito per gli Ice Dragons.

«Posso comprare una maglia allo stadio» dice Charlotte. Dà un'occhiata al retro della mia. «Quale dei Greyson stai sostenendo?» Accenna un sorriso e mi squadra.

«Non lo so.»

«Non l'hai cercato?» I suoi occhi si spalancano, sorpresa che le avessi mandato un messaggio ma non avessi poi cercato la risposta alla mia domanda.

Faccio una smorfia. «Beh, voglio dire, ho già comprato la maglia. Se ho sbagliato, onestamente non voglio saperlo.»

Lei getta la testa all'indietro e ride, la mano stretta alla barra metallica per tenersi in piedi mentre il treno sobbalza in avanti e oscilla da un lato all'altro. «A volte sei... troppo.»

Il mio stomaco si contorce. Sono la regina dell'ansia. E Charlotte è appena riuscita a scatenare il mio prossimo attacco. Grazie. «Dovrei cercarlo?» chiedo, frugando nella mia piccola borsetta che contiene il cellulare, la carta di credito, il biglietto della metro e qualche dollaro in contanti.

«No.» Charlotte scuote la testa. «Come hai detto tu, la stai già indossando. Ormai è un po' tardi.»

«Ma se avessi sbagliato, tu potresti comprare la maglia giusta e potremmo scambiarcela?»

Lei sbuffa. «Assolutamente no! Io stasera comprerò quella degli Island Bruisers.»

«Cosa?» La mia bocca si spalanca. «Sosterrai la squadra avversaria?» È impazzita? Pensavo fossimo amiche.

«Opposti. Te lo dico, se tu tifi per gli Ice Dragons, io devo sostenere gli Island Bruisers. È così che funziona questa amicizia.»

Mi dico che non importa. Non è che Jasper ci vedrà alla partita. Saremo nascoste tra la folla.

Arriviamo allo stadio, passiamo velocemente i controlli di sicurezza e Charlotte mi trascina nel negozio dove vendono le maglie. Compra la maglia degli Island Bruisers più economica che riesce a trovare perché, sebbene la ragazza abbia la carta di credito di suo padre, sta cercando di evitare che lui noti l'enorme conto che arriverà a fine mese.

Sussurra qualcosa al commesso, e lui sorride e annuisce. Noto che sta battendo due maglie. Ma che diavolo?

«Queste maglie sono in promozione: ne compri una e ne prendi una gratis,» ci dice, porgendomi una maglia identica degli Island Bruisers.

Faccio un sorriso forzato e mormoro: «Grazie.» Lancio un'occhiataccia a Charlotte. Non esiste che una maglia sia gratis a una partita di hockey professionistico. Sta solo cercando di farla franca.

«Vi serve una borsa?» chiede lui.

«No, le indosseremo.» Lei infila la sua sopra la testa.

Pensa che cascherò nel suo giochetto? Stringo le labbra. A questo gioco possono giocare in due. «Seriamente, devono regalarle perché nessuno le vuole,» dico, restituendole la maglia degli Island Bruisers.

«Dovremmo indossare entrambe la maglia dei Bruisers,» sorride Charlotte.

«Perché?»

«Scommetto i biglietti della partita che, se indossi la maglia dei Bruisers, Jasper ti noterà.»

Incrocio le braccia sul petto e mi mordo il labbro inferiore. «È una scommessa terribile. Se perdo, non posso permettermi entrambi i biglietti, Char. Posso a malapena permettermi il mio e la maglia che ho già pagato, e tu mi hai appena comprato questa.»

Lei alza gli occhi al cielo. «Indossa la maglia dei Bruisers, e io coprirò il costo del tuo biglietto.»

«È una follia!»

Charlotte sorride e fa spallucce con aria innocente. «Guadagno più di te. E l'ho messo sulla carta di credito di papà, quindi siamo a posto.»

«Non avresti dovuto farlo, ti pagherò il biglietto. Fammi sapere quanto costa e ti mando i soldi su Venmo.»

«Indossala,» dice e indica la maglia blu nelle mie mani.

Emetto un gemito. «Mi ucciderà.»

«Questo è il punto. Voglio che ti noti.»

Il mio stomaco fa una capriola, e io faccio una smorfia, indossando la maglia sopra quella degli Ice Dragons che ho già addosso.

Mostriamo i biglietti all'addetto e veniamo accompagnate in prima fila, sedute proprio dietro il vetro.

«Cavolo, ragazza, non scherzavi sui posti in prima fila.» Sono scioccata. Pensavo davvero che saremmo state nel settore più alto, il che sarebbe stato perfetto per me.

Mi siedo, e il mio piede tamburella irrequieto.

E se Jasper mi vedesse indossare la maglia degli Island Bruisers?

Mi vedrà.

Charlotte mi afferra la mano. «Ti calmi un attimo? Mi stai facendo innervosire.»

Rido. Giuro, quella ragazza non sa nemmeno cosa significhi essere nervosa. È sempre così calma e composta. Beh, forse calma non è la parola giusta per descrivere Charlotte, ma sembra sempre avere tutto sotto controllo. Non l'ho mai vista apparire insicura o ansiosa.

Prendo il telefono dalla borsa e mi sorprende avere una ricezione decente. Scatto alcune fotografie di noi due con le maglie degli Island Bruisers e le pubblico su Instagram.

Charlotte è distratta dal suo telefono, e io digito Jasper Greyson, trovando il suo profilo Instagram.

Non è la prima volta che lo spio online. Insomma, è solo una cotta innocente. Da quando è intervenuto salvandomi da quel terribile appuntamento con Tripp, Jasper mi è rimasto sicuramente impresso.

Ma dovrei lasciare perdere. Diventerà il cognato di mia sorella. Il che praticamente ci rende famiglia.

Però è attraente e, per quanto ne so, molto single.

Scorro le foto recenti, che lo ritraggono con i ragazzi. Ce n'è persino una di lui con sua nipote, Bristol, che è dolcissima. Sono entrambi sui pattini sul ghiaccio.

La foto più recente è di pochi minuti fa nello spogliatoio, ed è a torso nudo. Ha già più di mille like. Ha davvero un bel fisico, e chiaramente lo sa.

Jasper Greyson non è timido, di sicuro non riguardo al suo corpo.

Probabilmente quell'uomo non soffre nemmeno d'ansia. Fortunato. Mi mordo la lingua. Non dovrei guardare il suo profilo, ma non riesco a farne a meno.

Ha tonnellate di follower, ma segue meno di cento account. Dubito che seguirà me, ma io seguo il suo account e premo il pulsante del cuore accanto alla sua foto.

È improbabile che lo noti.

«Stai spiando il tuo fidanzato?» chiede Charlotte, sbirciando oltre la mia spalla.

«No,» dico e mi allontano dal suo profilo.

«Bugiarda.» Ride, prendendomi in giro. «Devi far sì che ti noti. In questo momento, sei solo un'altra ragazza nella lunga fila di donne che lo vogliono. Devi distinguerti.»

«E indossare la maglia dei Bruisers dovrebbe aiutarmi?» Non sono necessariamente d'accordo con i suoi metodi, ma se davvero mi aiutasse a farmi notare da lui, forse non è un piano così terribile.

«Facciamo un'altra foto,» dice Charlotte. «Dammi il tuo telefono.»

Le passo il mio telefono. Ha le braccia lunghe e riesce a fare un selfie di noi due che sfoggiamo le maglie degli Island Bruisers. Stiamo sorridendo e facendo facce buffe. Presumo che la pubblicheremo su Instagram con le altre foto.

«Mettila come immagine del profilo,» dice Charlotte.

«Cosa?» Ha perso la testa. Se lo faccio, tutti penseranno che sia una tifosa degli Island Bruisers. Non che mi importi, ma mia sorella la vedrà e probabilmente mi ripudierà dato che il suo fidanzato è un Ice Dragon.

«Be', o quello, o mandi la foto a lui in un messaggio. Hai il suo numero di cellulare, no?» dice maliziosamente.

«Non avrei mai dovuto dirti che mi ha dato il suo numero.»

«Immagine del profilo o messaggio.» Charlotte aspetta che io prenda una decisione. Si è sempre lamentata di quanto io sia indecisa. In questo momento, entrambe le opzioni sembrano terribili.

«Va bene.» Cambio l'immagine del profilo. È improbabile che noterà persino che ho seguito il suo account o messo mi piace alla sua foto più recente. Quella è l'opzione più sicura.

La partita finalmente inizia, e non ho idea di cosa stia succedendo se non che gli Ice Dragons sono in oro e nero. Entrambe le squadre lottano per il disco, scivolando sul ghiaccio.

Gli Ice Dragons hanno il controllo, ma non per molto, perchè gli Island Bruisers rubano il disco. Va avanti e indietro, una battaglia costante tra entrambe le squadre con punteggi minimi.

Stanno tutti cercando di segnare, ma entrambi i portieri sembrano fare un lavoro eccellente nel tenere lontano il disco.

Jasper pattina vicino al vetro, la sua attenzione sul disco mentre cerca di portarlo via all'altra squadra.

«Vai, Jasper!» strillo, non che pensi che possa realmente sentirmi. La folla è chiassosa, e gli altri rumori mi sovrastano.

Charlotte mi dà una gomitata. «Indossi una maglia dei Bruisers. Devi fare il tifo per l'altra squadra.»

«Non faceva parte dell'accordo.» Lancio un'occhiataccia a Charlotte.

«Avrebbe dovuto,» dice con un sorriso malizioso.

Alzo gli occhi al cielo e mi metto in piedi quando lui si avvicina al vetro. Jasper sta combattendo contro un altro giocatore della squadra degli Island Bruisers, Storm. Sta lottando per il disco con il suo bastone quando Storm colpisce verso l'alto con la mazza e prende Jasper in faccia.

Tanto basta perché Jasper schiacci Storm contro il vetro. Sta imprecando, e si stanno prendendo a botte proprio davanti a me.

Sono in piedi, lo shock evidente mentre guardo lo scambio.

Kyler arriva all'istante, e invece di allontanare Jasper dal giocatore degli Island Bruisers, è lì con lui. Ma non è due contro uno. È un'intera squadra che combatte, lotta, e improvvisamente, capisco quando dicono che scoppiano sempre delle risse a una partita di hockey perché, santo cielo, nemmeno l'arbitro ha il controllo.

Ci sono imprecazioni e pugni, uomini spinti contro il vetro, e da qualche parte tra i colpi e le minacce di violenza, Jasper incrocia il mio sguardo.

«Stai tifando loro?» Spalanca la bocca e sferra qualche altro colpo al petto di Storm, che però non resta lì a subire. Spinge Jasper contro il vetro, con la schiena verso di me, facendo cadere il casco di Jasper.

«Jasper!» urlo.

L'arbitro riprende il controllo, e Jasper Greyson e Knox Storm vengono mandati in punizione. Jasper si piega, afferrando il suo casco, ma non si gira. Non mi guarda. E mi chiedo se ascoltare Charlotte sia stata davvero la scelta migliore.

QUATTRO
JASPER

«CHE DIAVOLO È STATO?» chiede Kyler mentre finalmente vengo relegato alla panchina dopo un periodo nella gabbia di punizione.

Non sto giocando la mia partita migliore, e il fatto che la sorellina di Emerson, Amber, sia sugli spalti, indossando una maglia degli Island Bruisers, mi sta uccidendo.

Che diavolo le ho fatto?

Okay, probabilmente non è niente di personale. Ma caspita, sembrava così entusiasta mentre mi guardava prendere un sacco di botte.

Che bella famiglia stiamo diventando.

«La sorella della tua ragazza ha posti in prima fila,» mormoro.

Kyler guarda dietro di noi verso i posti privati dove i nostri giocatori portano amici e familiari. «Non vedo Amber.»

«Non è seduta lì,» borbotto. «E sta indossando una cazzo di maglia dei Bruisers.»

«Che colpo,» dice Kyler con un sorrisetto. «Potrei dover fare la spia con Em.» Lo lascia scivolare via come acqua, come se la notizia non gli sembrasse strana o offensiva.

Gli aveva dato fastidio quando Emerson aveva indossato una maglia degli Island Bruisers. Cazzo, gli aveva dato un fastidio tremendo quando era arrivata con indosso proprio la *sua* maglia degli Island Bruisers con i ridicoli disegni che i ragazzi gli avevano dato come regalo da "vai a farti fottere".

«Dov'è?» Kyler si guarda intorno sugli spalti.

Faccio un cenno nella direzione del portiere, cercando di essere il più discreto possibile. «Prima fila, dove me la sono presa con Knox.»

«Che diavolo è successo tra te e Storm?» chiede Kyler.

«Vecchie storie,» dico, non volendo entrare nei dettagli con mio fratello maggiore. Ci sono cose che lui non sa del passato, di quando avevo tredici anni. Non ho intenzione di rivangare quella merda.

«Per una ragazza?» indovina Kyler.

«Ti sembra che stia frequentando qualcuna?» Lancio un'occhiataccia a mio fratello perché chiuda il becco.

«Cosa farai con Amber?» chiede mio fratello.

Emetto un respiro pesante. «Non ne ho idea. Lanciarle una delle mie maglie da mettere sopra quell'abominio?»

«Ti sfido,» dice Kyler con un sorriso malizioso e un luccichio negli occhi.

Non mi sono mai tirato indietro di fronte a una sfida. Non ho intenzione di iniziare ora.

Vengo riammesso sul ghiaccio pochi minuti prima della fine del tempo, e cerco di mantenere la concentrazione sulla partita. Ma ogni volta che ho il disco e mi trovo vicino ad Amber, alzo lo sguardo verso di lei, incapace di distoglierlo.

Mi costa il disco e forse ancheun punto.

Sono distratto.

Lei è la distrazione più grande, e dovrei dirle di non tornare e di stare lontana dall'arena perché indossare *quell'*orrendo completo sta distruggendo il mio mojo. Ma se è una tifosa degli Island Bruisers, tutto ciò che farà sarà renderla più dura ai nostri avversari.

Il tempo scorre e appena il periodo finisce, pattino verso il vetro dove lei è seduta.

Amber si alza e mi rivolge un sorriso nervoso. «Ehi,» dice.

Fa bene a essere nervosa. È stata beccata a sostenere la squadra avversaria.

Mi tolgo il casco e mi sfilo la maglia. «Sei ridicola. Metti questa,» dico e gliela lancio oltre il vetro.

Amber mi fissa ma afferra la mia maglia. Bene, perché non vorrei che qualcun altro ci mettesse le mani sopra.

È senza parole o inorridita dalla mia proposta.

La sua amica accanto a lei abbozza un sorriso. «E se noi dicessimo di no?»

«Noi?» Chi diavolo è questa ragazza? Indossano entrambe maglie identiche degli Island Bruisers in un mare di Ice Dragons intorno a loro. Devono essere amiche.

Semplicemente meraviglioso.

È stata un'idea di Amber o della sua amica sostenere gli Island Bruisers?

«Indossa la mia cazzo di maglia, Amber.»

«Non è la tua ragazza,» interviene la rossa con un sorriso.

«Può parlare da sola,» dico, fissando gli occhi azzurri di Amber.

Lei trattiene il respiro, e le sue guance sono rosse. Non riesco a capire se è arrabbiata o nervosa. Non conosco Amber abbastanza bene per interpretarla. Penso di volerla invitare al Blue Line, il nostro pub locale dove la squadra va dopo una partita per rilassarsi, ma ci ripenso.

Non invitiamo i tifosi della squadra avversaria, e se è una fan degli Island Bruisers, non la voglio lì. Non dopo la rissa in cui mi sono cacciato durante la partita con Storm.

La tensione è ancora alta tra i giocatori, e non voglio che Amber renda le cose difficili quando dovremmo festeggiare. Questo supponendo che vinciamo. La partita non è ancora finita e il punteggio è in parità.

«Jasper!» Noah mi urla di sbrigarmi a lasciare il ghiaccio. Il resto della squadra è già andato nello spogliatoio per l'intervallo, e stanno aspettando che porti il culo lì anche io. All'allenatore, Malone, piace sempre fare un breve discorso, qualche osservazione su ciò che vede nella squadra avversaria, e a volte un po' di incoraggiamento o una strigliata, a seconda del punteggio.

«Quando uscirò per il prossimo periodo, mi aspetto che tu indossi la *mia* maglia.»

Pattino via e mi dirigo nello spogliatoio con i ragazzi.

«Hai perso la maglia che avevi addosso,» dice l'allenatore mentre mi dirigo verso il mio armadietto di legno. Prendo un'altra maglia e la indosso sopra le protezioni, lasciando il casco sulla panchina.

«Ha una cotta per una ragazza sugli spalti,» interviene Noah.

Borbotto sottovoce. «Non è una cotta.» Io non ho cotte. Se mi piace una ragazza, me la scopo e il problema è risolto.

La mia carriera è il mio obiettivo. L'hockey. Non le ragazze.

Soprattutto non ragazze che sono fan degli Island Bruisers. Qualsiasi altra squadra, forse potrei chiudere un occhio.

«Quindi, dai semplicemente la tua maglia a qualsiasi ragazza che vedi sugli spalti che sostiene la squadra avversaria?» chiede Noah.

«Mi sta solo aiutando» dice Kyler. Si è tolto la maglia e si sta asciugando con una salvietta pulita. Alcuni dei ragazzi si fanno la doccia durante l'intervallo per rinfrescarsi. «È la sorellina di Em.»

Noah non dice nulla, ma quello sguardo mi fa capire che mi conosce meglio di quanto mi conosca mio fratello.

«Kyler ha ragione» dico, saltando sulla sua spiegazione. «Non voglio che mio fratello maggiore faccia brutta figura con i media. Voglio dire, cosa succederebbe se scoprissero che la sorellina di Em è alla partita indossando la maglia dei Bruisers?

Sarebbe orribile per la squadra e per la sua vita sentimentale.»

Kyler mi lancia l'asciugamano sudato, ma lo afferro prima che riesca a colpirmi in faccia.

«Stronzo» mormoro.

«Parla ancora della mia vita sentimentale. Ti sfido» dice Kyler, alzando le sopracciglia.

«Basta così!» dice il Coach, interrompendo la nostra lite fraterna. «Conservatelo per il ghiaccio e per i Bruisers, ragazzi.»

Ci restano solo pochi minuti, e so che non dovrei controllare il telefono durante l'intervallo, ma quando vedo comparire un messaggio di Amber, non posso fare a meno di leggerlo.

Ti aspetti che indossi la tua maglia puzzolente?

Rido sotto i baffi.

Indossala, oppure dirò a tua sorella che sei una fan degli Island Bruisers.

Vai avanti. Ti sfido.

«Cosa c'è di così divertente?» chiede Kyler quando dà un'occhiata ai messaggi tra me e Amber da sopra la mia spalla. «Ha ragione. La tua maglia probabilmente puzza da far schifo.»

«Era pulita quando l'ho messa.»

«E Knox ti ha riempito di botte durante il primo periodo. Ci sono sangue e sudore su quella cosa. Non mi aspetterei che Em la indossi.»

«Stronzate.» Do una gomitata a Kyler. «E poi alle ragazze non piacciono le maglie sudate? Non è eccitante?»

«Stai cercando di eccitare la sorellina della mia fidanzata?»

«Basta chiacchiere, radunatevi» dice Malone, ed è la prima volta che sono grato al coach per averci interrotto.

Ci prepariamo e torniamo sul ghiaccio per il secondo periodo. Cerco di ignorare il fatto che Amber sia sugli spalti, ma quando pattino vicino alla porta e i miei occhi cadono su di lei, sta indossando la *mia* maglia.

E mi sento dannatamente orgoglioso che abbia il mio numero addosso e stia sostenendo *la* squadra. La squadra giusta, direi.

Segno quattro gol durante il secondo periodo, e al terzo è quasi impossibile che ci raggiungano.

«Dovrei dare anche io la mia maglia a quella gnocca sugli spalti» dice Knox mentre lottiamo per il disco. «Se è questo tutto ciò che serve per avere fortuna.»

«Stai lontano da lei» ringhio.

«Non ti ho mai visto correre dietro a una gonna» dice Knox. «Ma d'altra parte, immagino che tu debba farlo visto che sei vergine.»

Per la cronaca, non sono vergine. Ma non scopo nemmeno qualsiasi persona con una vagina. Mi scontro con lui mentre lottiamo per il disco e lo spingo contro il vetro.

Questa volta, Amber non è dietro di noi, e ne sono grato perché sferro un pugno sulla mascella di Knox e lo colpisco violentemente sul petto.

«Lascia Amber fuori da questa storia» dico, battendogli i pugni sul petto. Le mazze da hockey cadono sul ghiaccio mentre ci massacriamo a vicenda.

«Oh, la bella ragazza ha un nome. Meraviglioso. Sarà il mio prossimo sulla lista» dice Knox.

«Col cazzo!» Morderei il bastardo se non avessi il paradenti e se tutte le imbottiture non lo proteggessero.

I miei pugni non sembrano rendere giustizia agli insulti che sta lanciando ad Amber.

L'arbitro espelle sia Knox che me dalla partita per rissa. Questa volta non è nemmeno una breve escursione nella gabbia di penalità Almeno siamo così in vantaggio che non rovinerà la partita. Ma cazzo, il Coach si arrabbierà con me.

Mi metto del ghiaccio sulle nocche e mi siedo sulla panca, guardando la partita dallo spogliatoio. Per fortuna ci sono televisori con la partita in diretta, ma non è lo stesso che essere con la squadra in panchina.

Mancano solo due minuti alla fine del periodo, e stiamo vincendo con un distacco enorme. Non sono preoccupato che possiamo perdere la partita. Ma sento di aver deluso la squadra.

C'è un'altra rissa sul ghiaccio, e altri due giocatori vengono espulsi dalla partita. Noah Reece degli Ice Dragons e Mack Conrad degli Island Bruisers.

Noah irrompe nello spogliatoio, il casco in mano.

«Non dovevi farmi compagnia» dico.

«Stavano sparlando delle nostre donne. Certo che dovevo farlo» ribatte Noah.

Non sapevo che Noah stesse frequentando qualcuno, ma non indago.

«Stai uscendo con quella ragazza a cui hai dato la tua maglia?» chiede Noah.

«Amber? Non esattamente.» Sorrido e distolgo lo sguardo.

«La inviterai a bere qualcosa stasera con i ragazzi al Blue Line?» chiede Noah.

Prima che io abbia il tempo di rispondere, la partita è finita e la squadra si sta dirigendo nello spogliatoio. Dovrei invitare Amber?

Mi spoglio, mi faccio la doccia e poi mi vesto. Ho le nocche un po' rovinate e un paio di lividi al petto, ma sarebbe potuta andare peggio con tutti i pugni che ci siamo tirati.

«Vieni con noi stasera?» chiedo a Kyler, conoscendo già la risposta. Raramente esce per bere qualcosa per festeggiare. Di solito è a casa con sua figlia, Bristol, e la sua fidanzata, Emerson.

«Non stasera» dice Kyler, dandomi una pacca sulla spalla. «Magari quando entreremo nei playoff.»

Finiamo di cambiarci nello spogliatoio e un gruppo di noi si dirige al Blue Line per bere qualcosa. Noah, Owen ed io camminiamo insieme.

Asher e sua moglie, Kate, sono appena dietro di noi, e Parker ha detto che ci raggiungerà con Ava più tardi, dopo averla recuperata dalla sala delle mogli.

Non sono mai stato invitato nell'esclusiva sala delle mogli. Nessuno dei ragazzi può partecipare. Ed è solo su invito da parte di una dei membri.

Solo le fidanzate ufficiali e le mogli possono essere invitate. Ho sentito dire che ci è voluto del tempo prima che Emerson ricevesse un invito, ma quando assiste alle partite, si unisce alle mogli dei giocatori di hockey al piano di sopra. E non può semplicemente invitare un'amica a unirsi a lei, nemmeno sua sorella.

Non che dovrei pensare ad Amber. Non dovrei.

Dovrebbe essere l'ultimo dei miei pensieri. Guardo il mio telefono. Non so perché, ma spero che magari mi abbia mandato un altro messaggio.

Arriviamo davanti al Blue Line e Owen suggerisce una foto di gruppo fuori dal locale. Sono d'accordo perché dovremmo sempre celebrare una vittoria.

Ava si offre di scattare alcune foto con il mio telefono, e tutti i ragazzi si stringono nella foto. Scatta alcune immagini e mi restituisce il telefono. «Voglio delle copie.»

«Te le manderò,» prometto. Trovo la foto migliore di noi e la pubblico sulla mia pagina Instagram. Il mio agente dice che fa bene alla mia immagine. Mi rende un nome familiare pubblicare scatti spontanei. Fa sì che i fan mi amino ancora di più.

Penso che siano tutte stronzate, ma lo faccio perché ho un contratto da recluta e mi piacerebbe ottenere un compenso maggiore quando scadrà.

Kyler non deve mai preoccuparsi di nulla. Ha fatto alcuni investimenti vincenti in criptovaluta con la polizza assicurativa sulla vita dei nostri genitori. Si lamenta che sia maledetta, ma vive nel lusso, quindi non capisco di cosa si lamenti esattamente. E dice che un giorno, quando andrà in pensione, comprerà gli Ice Dragons.

Ci crederò quando lo vedrò. È un bel sogno, ma c'è molto lavoro dietro la gestione di una squadra di hockey di successo. Se qualcuno ha la stoffa per farlo, quello è Kyler Greyson , ma ha anche un grande cuore e non sono sicuro che avrebbe il coraggio di mandare via alcuni dei ragazzi ed essere freddo come il ghiaccio quando necessario.

Entriamo nel Blue Line e andiamo dritti al privé VIP sul retro, riservato esclusivamente a noi. Siamo clienti abituali nelle serate di partita, soprattutto quando vinciamo. Alcuni di noi si presentano anche quando perdiamo, ma è soprattutto per affogare i dispiaceri con della buona birra.

Per fortuna, ora ho ventun anni, quindi non devo più preoccuparmi che i ragazzi mi prendano in giro quando posso bere solo bibite analcoliche, perché i proprietari e lo staff del locale conoscono abbastanza bene la squadra da sapere chi non ha la maggiore età.

Abbiamo alcuni ragazzi minorenni, ma tendono a non frequentare il Blue Line con noi. So che vanno in un paio di altri bar locali e cercano di rimanere nell'ombra con i loro documenti falsi, perché sono stato invitato a uscire con loro quando avevo vent'anni.

Non ho bisogno di rovinare la mia carriera per un paio di birre. Questo è un tipo di pubblicità che non mi serve.

Lascio il privé ai ragazzi con le loro mogli e prendo posto su uno sgabello all'estremità del tavolo. La cameriera si avvicina, conoscendo già le nostre preferenze abituali, e si assicura che non ci serva altro prima di portarci un giro di bevande.

I ragazzi chiacchierano e bevono, e io scorro il mio telefono, distratto, mentre aspetto che arrivi un'altra birra.

Owen e Noah stanno parlando della partita, di come abbiamo fatto a pezzi gli Island Bruisers. È stato divertente.

Non dovrei nemmeno preoccuparmi di guardare il telefono. Non ci sono nuovi messaggi da Amber... non che mi aspetti che mi mandi qualcosa. Mi ha sorpreso che mi abbia scritto prima, e il tono sarcastico riguardo alla mia maglia sudata... che Dio mi aiuti.

Non ci sono molte ragazze che abbiano catturato il mio interesse ultimamente. Ho tenuto la testa bassa, concentrandomi sullo sport, e finalmente ho ottenuto il contratto che volevo. Essere una recluta non è male dato che mi fanno effettivamente giocare e non resto in panchina per la maggior parte della partita.

Asher e Kate si stanno baciando nel privé. Uno penserebbe che, con una coppia sposata, l'ardore tra i due si sia attenuato, ma dopo aver vinto una partita, sembrano sempre molto affiatati.

«Prendetevi una stanza, voi due,» dico lanciando un tappo di bottiglia verso di loro.

Rimbalza sul tavolo e colpisce Asher al braccio. Mi ignora, continuando a infilare la lingua in gola a sua moglie. Nulla distrarrebbe quei due, nemmeno se scattasse l'allarme antincendio o se ci fosse una rissa totale nel bar.

La mia attenzione torna al cellulare e non posso fare a meno di notare che Amber Ryan ha messo mi piace al mio post più recente e ha iniziato a seguirmi su Instagram. Clicco sul suo profilo, afferro la mia birra e ne bevo un sorso, sputandolo non appena do un'occhiata migliore alla sua foto.

«È una cazzo di tifosa dei Bruisers,» mormoro troppo forte.

Owen mi dà una pacca sulla schiena e mi porge un tovagliolo. «Ti serve un bavaglino?»

«Chiudi il becco,» gli ringhio contro e scorro le sue foto, scuotendo la testa. Ne ha scattate parecchie all'arena, tutte con quella stupida maglia blu.

Afferrando la bottiglia, bevo un altro sorso di birra, vedendo rosso mentre alzo lo sguardo dal telefono.

I suoi capelli castani, mescolati con riflessi rossi, brillano mentre entra nel bar.

«Non è possibile.»

E non indossa la mia maglia. Indossa di nuovo quella dannata maglia degli Island Bruisers.

CINQUE
AMBER

LA MAGLIA degli Ice Dragons che Jasper mi ha lanciato oltre il vetro era un bel gesto, ma puzzava di sudore, per non parlare del fatto che era bagnata. Cioè, completamente coperta di sudore e aveva persino qualche macchia di sangue qua e là dalla rissa.

Potrei conservarla, magari venderla online, ma... indossarla? Non c'era possibilità al mondo che mi mettessi quella roba addosso.

Non prima di averla fatta passare in lavatrice con un bel lavaggio a caldo.

Certo, un po' dell'odore di un uomo può essere una bella cosa. È primordiale. Sessuale. Allettante.

No. Questa maglia puzzava come se lui si fosse fatto il bagno in una palude e poi avesse combattuto contro un drago.

Disgustoso.

Apprezzo il gesto e il sentimento, anche se penso che sia più legato al voler vedere mia sorella felice. L'ho visto parlare con suo fratello prima che mi lanciasse la maglia.

Ma poi, Charlotte ha fatto l'impensabile e me l'ha infilata sopra la testa quando non stavo prestando attenzione.

Ho urlato come se fossi entrata in una stanza dove qualcuno veniva brutalmente assassinato.

Lei ha riso.

Appena la partita finisce, mi strappo di dosso la sua maglia e la arrotolo tra i pugni. Che diavolo dovrei farci? Se la porto in metropolitana, puzzerà tutto il vagone.

«Vuoi aspettare che la folla si diradi?» chiedo.

«Sì, non ha senso combattere con la folla della metropolitana.» Si stiracchia e si alza, il suo sguardo vaga per l'arena.

Io rimango seduta e do un'occhiata al telefono, e la mia amica mi dà una spinta con le ginocchia.

«Altri messaggi dal bel fusto?»

«Per fortuna, no. Non posso credere che tu gli abbia scritto usando il mio telefono!» Sono ancora un po' irritata che abbia preso il mio telefono per poi sbattermelo in faccia in modo da sbloccarlo. Stupido riconoscimento facciale.

«Non posso credere che sei caduta nel più vecchio trucco del mondo,» dice Charlotte. «È ovvio che gli piaci. Non ti avrebbe dato quella cosa disgustosa se non fosse così.» Indica la maglia nelle mie mani.

«Grazie per essere d'accordo almeno sul fatto che sia disgustosa.» Emetto un pesante sospiro. «Probabilmente dovrei restituirgliela.»

Si lascia cadere accanto a me sulla sedia quando mi sorprende a spiare il suo profilo Instagram. Lo sto fissando da qualche minuto. Era inevitabile che lo notasse. Compare una nuova immagine con lui e i ragazzi. Sono fuori da un bar, il Blue Line, e sembra che abbia appena scattato la foto.

«Andiamo lì,» dice Charlotte e mi prende la mano, praticamente trascinandomi via dal posto. La folla si è diradata dai posti a sedere, e se aspettassimo ancora un po', verremmo comunque cacciate dalla sicurezza.

Nelle mie mani ho ancora la maglia sudata di Jasper. Anche se, ora, non sembra più così bagnata e disgustosa. Puzza ancora, ma c'è un accenno dell'odore di Jasper mescolato al sudore da ammazza-draghi.

«Non so,» dico, con la voce tremante. «E se non volesse vedermi?»

«Ti ha dato la sua maglia durante la partita. Vuole vederti.»

Charlotte fa un'osservazione valida, ma questo non ferma le farfalle nel mio stomaco o il tremolio delle mie mani.

«Non mi avrebbe invitata se avesse voluto che andassi?» chiedo. Lei guarda il suo telefono, controllando le indicazioni del GPS mentre usciamo di fretta dall'arena e raggiungiamo la strada.

Fuori è buio e fa freddo. Sono quasi tentata di rimettermi la maglia puzzolente per scaldarmi, ma invece rimane nella mia stretta, le mie mani ancora tremanti.

Quando raggiungiamo il Blue Line, rimango ferma fuori per un minuto, i piedi che non vogliono collaborare.

«Dai.» Charlotte intreccia il suo braccio con il mio.

«Non posso farlo,» dico, scuotendo la testa, mentre l'insicurezza inizia a farsi strada.

«Perché no?» chiede, girandosi per guardarmi.

«Tu e io siamo due coompleti opposti. Io mi nascondo dietro il telefono e il mio portatile. Tu entri come un uragano e ottieni quello che vuoi. Io non sono fatta così.»

Charlotte sorride, le sue spalle sembrano rilassarsi. «Allora, entra con disinvoltura, restituiscigli la sua maglia disgustosa, e girati e vai via.»

Questo posso farlo. «Va bene,» dico. «Ma mi aspetterai qui fuori?»

Charlotte annuisce. «Ti aspetterò al bancone e prenderò da bere per noi.»

«Posso accettarlo,» dico ed entro nel bar. È buio e affollato, e mi guardo intorno, cercando Jasper. Potrei essermi sbagliata. Forse la foto che ha pubblicato non è stata scattata oggi. Non mi sentirei una stupida se fosse così? Certo, ma lui non lo verrebbe mai a sapere.

Ed è in quel momento che incontro il suo sguardo. È a un tavolo in fondo, quasi nascosto dalla folla. Trattengo un respiro nervoso, cerco di ricordarmi di espirare e attraverso decisa il bar.

«Questa è tua,» dico, spingendogli tra le mani la maglia puzzolente.

La sua fronte è corrugata, si alza e mi porta da parte, fuori dalla portata d'orecchio dei suoi amici. Non lo biasimo. Probabilmente non è una conversazione a cui nemmeno io vorrei che assistessero i miei amici. «Cosa stai facendo?» chiede Jasper, con gli occhi spalancati.

«Ti restituisco la tua maglia.» Gliela spingo contro, ma lui non la prende.

«Te l'ho data io,» dice, e giuro che sta fumando. Il suo sguardo percorre il mio corpo. «Non puoi indossare *quella* qui dentro. Solo tifosi degli Ice Dragon.»

Emetto una risata pesante. «Va bene.» Metto la borsa sul suo tavolo insieme alla sua maglia e afferro l'orlo della maglia degli Island Bruisers che sto indossando, tirandola su.

Jasper mi ferma prima che arrivi anche solo allo stomaco.

«Che diavolo stai facendo?» mi ringhia nell'orecchio, le sue mani sulle mie, non lasciandomi togliere la maglia.

«Mi sto spogliando.»

I suoi occhi sono sgranati come due piattini. «In pubblico?»

«Ho qualcosa sotto,» dico.

Lui abbassa le mani e mi guarda mentre lentamente mi sfilo la maglia degli Island Bruisers dalla testa.

Rimango davanti a lui con addosso una maglia degli Ice Dragons con il nome Greyson sulla schiena. Non sono stata abbastanza intelligente da notare di quale fratello stessi indossando la maglia. Ero così concentrata a guardare Jasper da non aver nemmeno notato il suo numero. Che tifosa che sono.

«Brucia quell'abominio,» dice Jasper, indicando con un cenno la maglia blu tra le mie mani.

«Non brucerai la mia maglia,» rispondo.

«Te ne basta una sola.» Jasper mi fissa, un sorriso che gli tira gli angoli delle labbra. È compiaciuto dalla sorpresa che avevo sotto i vestiti. «Di chi porti il numero?»

Mi giro su me stessa e lo sento sbuffare.

«Mio fratello? Sul serio, Amber?»

Le mie guance bruciano, e abbasso lo sguardo sulle mie mani. «Era un cinquanta e cinquanta quando l'ho comprata al negozio.»

«Diamole atto di avere almeno qualcosa di diverso dalla maglia dei Bruisers sotto,» dice il suo amico.

«Amber, lui è Noah,» ci presenta Jasper.

«Piacere di conoscerti,» dico, sorridendo debolmente.

«Unisciti a noi,» dice Noah. «Jasper è rimasto a fissare il telefono per tutta l'ultima ora.»

«Non siamo qui da un'ora,» ringhia Jasper a Noah.

«Appuntamento interessante?» chiedo, spingendo una ciocca di capelli dietro l'orecchio. Mi volto a guardare Charlotte oltre la spalla, che sembra essere scomparsa. Mi ha mollata.

Jasper si limita a scuotere la testa. Non dice una parola.

I ragazzi si spostano e io prendo uno sgabello libero, sedendomi accanto a Jasper. «Bella partita stasera,» dico e rimetto la maglia sporca che mi ha dato sul tavolo del bar davanti a lui.

Jasper si avvicina, le sue labbra mi sfiorano l'orecchio. «Lo sai che la maggior parte delle ragazze sbaverebbe se un giocatore le regalasse la maglia che indossava?»

«Non sono come la maggior parte delle ragazze,» dico, fissandolo. «E la tua maglia puzza.» La prendo e gliela sbatto in faccia.

Noah scoppia a ridere, asciugandosi gli occhi. «Mi piace questa ragazza. Dove l'hai trovata?» Noah non riesce a smettere di ridere, e io mi rilasso, l'ansia che lentamente svanisce mentre mi sento sempre più a mio agio con Jasper e i suoi amici.

Jasper si toglie la maglia dalla faccia, e giuro che i suoi occhi sono lucidi.

«Conosci Emerson, la fidanzata di Kyler,» dice Jasper, guardando il suo amico. «Questa è sua sorella minore, Amber.»

«Come hai fatto a sapere dove trovarci? Hai chiesto in giro?» chiede Noah.

«Non è che il Blue Line sia un segreto,» dice Jasper. «Veniamo qui dopo *ogni* vittoria.»

«Grazie, non lo sapevo, ma ora che lo so, potrei dover rovinare tutte le vostre celebrazioni,» scherzo. C'è un secchiello di birre, e Jasper me ne porge una senza pensarci due volte.

Apro il tappo e prendo un sorso, facendo una smorfia al sapore.

«Non è di tuo gradimento? Posso chiamare la cameriera e ordinare qualcos'altro per te.»

«Va bene così,» dico e provo un altro sorso, ma è davvero disgustosa. Ho sentito dire che la birra è un gusto acquisito, ma non ho alcuna intenzione di farmi il palato nel breve periodo.

Jasper mi prende la birra dalla mano. «Ti ordinerò qualcos'altro,» dice con più insistenza e fa un cenno alla cameriera. «Cosa vuoi? Offro io.»

«Prenderò un whiskey sour,» dico.

«Devo vedere il tuo documento,» dice la cameriera.

Tiro fuori la mia carta d'identità falsa e la consegno alla cameriera, sperando che Jasper non noti che il nome non è Amber Ryan.

Mi restituisce il documento e io lo seppellisco nella borsa. «Grazie.»

«Altro?» chiede la cameriera.

«Un altro secchiello di birre. Continuate a portarle,» dice Owen. Ha due birre vuote davanti a sé e ne prende una terza.

Jasper si avvicina mentre sussurra: «Quell'uomo è un pesce. L'ho visto bere *tantissimo* e svegliarsi in perfetta forma il mattino dopo per l'allenamento.»

«Vorrei avere quel superpotere,» dico e rido. Mi volto a guardare Charlotte, che sembra occupata al bancone con due uomini. Sta ridendo e giocando con i suoi capelli, e non so se dovrei andare a salvarla o lasciarla godere della loro compagnia e dei drink.

Jasper si gira e segue il mio sguardo. «La tua amica?»

«Sì, mi ha convinta a...» Non finisco la frase, e lui si volta verso di me.

«Non puoi lasciarmi così,» dice.

Rido nervosamente e distolgo lo sguardo, abbassando gli occhi sulle sue mani in grembo, e probabilmente pensa che sto fissando il suo pacco.

Cavolo.

Alzo lo sguardo e inspiro bruscamente.

«Amber?» Sta aspettando che io elabori o spieghi perché sono stata appena sorpresa a fissare il rigonfiamento nei suoi jeans. Ed era un rigonfiamento evidente. Tipo, chr riesce a malapena a stare nei pantaloni.

«Mi ha sfidato a indossare quella stupida maglia dei Bruisers,» dico.

«Sfidato?» Mi sta osservando, studiando il mio viso, e non riesco proprio a capirlo. «Fammi indovinare, sei il tipo che non si tira mai indietro di fronte a una sfida.»

Non sono sicura che sia vero, ma ometto la parte in cui lei mi ha convinto che avrebbe attirato l'attenzione di Jasper, e aveva ragione. Ha funzionato.

«Ho sempre amato giocare a obbligo o verità da

adolescente,» dico con una scrollata di spalle. «Credo di non esserne mai cresciuta del tutto.»

La cameriera porta il mio whiskey sour al tavolo, e io lo prendo con gratitudine, anche se più che un sorso è una sorsata. Jasper mi rende nervosa: stare in sua presenza, il suo profumo, il fatto che posso praticamente sentire il calore del suo corpo mentre il suo ginocchio sfiora il mio.

A differenza di prima, quando la maglia aveva un odore disgustoso, Jasper profuma di pulito, di sapone, ma mescolato con qualcosa di terroso. *Il suo profumo*. Potrei passargli volentieri la lingua su tutto il corpo e baciare ogni centimetro di lui.

Il sorrisetto sul suo volto si allarga, e allunga la mano verso la sua birra, portandosela di nuovo alle labbra per un altro sorso. «Obbligo o verità,» dice.

Ridacchio e prendo un altro sorso del mio drink. A differenza della maggior parte dei locali vicino al campus, questo bar non annacqua l'alcol, ed è gustoso quel suo mix aspro, ma mi aiuta anche a rilassarmi.

«Obbligo.» Perché se mi chiedesse "verità" e volesse sapere se provo qualcosa per lui, non riuscirei ad ammetterlo. D'altra parte, potrebbe sfidarmi a baciarlo, e forse non dovrei, ma voglio farlo, e questo mi darebbe una ragione sopra ogni altra cosa senza sembrare sciocca.

Lui sorride maliziosamente. «Fai uno scherzo telefonico a mio fratello, Kyler.»

«Cosa?»

«Ti darò il suo numero.»

«Lui ha già il mio numero. Ricordi, l'ho conosciuto da Tiffany? Non posso usare il mio telefono per lo scherzo.»

«E il telefono della tua amica?» Jasper indica nella direzione di Charlotte.

«Va bene. Requisirò il suo telefono.» Scivolo giù dallo sgabello e attraverso il bar con passo deciso, fingendo di non essere nervosa. Charlotte vorrà una spiegazione, e non sono sicura che starà al gioco.

«Già finito?» chiede Charlotte quando nota che mi unisco a lei al bancone. Fa il broncio, sembrando delusa mentre guarda oltre la mia spalla verso Jasper.

«In realtà, ho bisogno del tuo telefono.»

Charlotte non mi consegna semplicemente il suo dispositivo. Gli angoli delle sue labbra si sollevano. «Perché?» chiede con voce dolce e cantilenante. È pronta a prendermi in giro, e non sa nemmeno per cosa.

«Posso prenderlo in prestito e basta?» chiedo.

«Non prima che tu mi dica perché ne hai bisogno. Hai il tuo telefono, giusto? L'hai lasciato all'arena?»

«Jasper e io stiamo giocando a obbligo o verità, e lui vuole che faccia uno scherzo telefonico a suo fratello maggiore. Kyler ha il mio numero. Saprebbe che sono io.»

I suoi occhi si illuminano. «Ci sto.» Guarda i ragazzi che le stavano offrendo da bere. «Scusate, devo tenere compagnia alla mia amica. È stato un piacere conoscervi.» Mi riconduce al tavolo con i giocatori di hockey, e Jasper ci guarda mentre ci avviciniamo.

«Ci stai, o ti arrendi?» chiede.

«La mia ragazza non si arrende mai,» dice Charlotte. Tira fuori il telefono dalla tasca. «Te lo darò, ma devi farmi partecipare al vostro giochetto.»

«Obbligo o verità?» chiede Jasper.

«Voglio giocare,» dice Charlotte.

«Va bene,» borbotto e afferro il suo telefono. Jasper mi dà il numero di Kyler così non devo cercarlo sul mio telefono. Prendo il mio drink dal tavolo e finisco il whiskey sour. «Prendimi un altro drink,» dico a Charlotte.

«Ci penso io. Dopo che avrai fatto questa chiamata.» Prende uno sgabello e lo sposta per sedersi accanto a me al tavolo.

Lascio uscire un respiro tremante e premo il pulsante di chiamata, aspettando che Kyler risponda.

«Pronto?» Non sembra assonnato, il che è un bene. Probabilmente, è appena tornato a casa dalla partita.

«Non posso crederci, Kyler Greyson. Mi hai rubato la mia dolce metà.»

«Cosa?» borbotta, e posso immaginare l'espressione confusa sul suo volto.

Jasper sorride e mi fa cenno di continuare questa farsa. «Em è tutto per me, e ho visto quello che hai fatto, chiedendole di sposarti alla pista di ghiaccio. Beh, non può. Perché è sposata con me!»

«Amber, sei tu?» chiede Kyler, e io termino immediatamente la chiamata.

«Merda!» borbotto e rimetto il telefono a Charlotte. «E se richiama?»

«Risponderò io e gli dirò che è pazzo, che nessuno ha chiamato da questo numero,» dice Charlotte alzando le spalle.

Il mio cellulare vibra nella borsa, e guardo il nome. «Non risponderò!» dico e spingo il telefono verso Jasper. «È colpa tua.»

«Ehi, fratello, che succede?» Jasper accetta la chiamata.

Non riesco a sentire cosa viene detto dalla parte di Kyler, e lui non può metterlo in vivavoce perché il bar è troppo rumoroso.

«No, hai chiamato me. Non so dove sia Amber. Sono fuori con i ragazzi a festeggiare. Avresti dovuto venire stasera. È stato divertente.» Jasper aggrotta la fronte e allontana il telefono dall'orecchio. «Mi ha attaccato in faccia.»

«È stato troppo divertente,» ammette Charlotte. «Okay, tocca ad Amber. Scegli qualcuno.»

«Deve scegliere te. Se giochiamo in tre, non può scegliere la persona che le ha appena dato la sfida,» dice Jasper.

Borbotto e lancio un'occhiataccia a Charlotte. «Obbligo o verità.»

«Obbligo.»

«Ti sfido a portarmi quel whiskey sour che ti ho chiesto.»

Charlotte sorride. «Buona mossa. Scelgo te,» dice a Jasper.

«Jasper.»

«Io sono Charlotte,» dice, rendendosi conto che ancora non si erano presentati.

«Lo so,» dice lui. «Hai causato un po' di guai stasera. Scelgo verità.»

«Te la chiederà lei,» dice Charlotte, indicandomi. «Devo prendere il drink per la principessa.» Si avvia verso il bar con aria disinvolta.

«Pensi che mi porterà davvero il drink?» Rido perché non credo che abbia intenzione di tornare tanto presto.

«È questa la tua domanda?» chiede Jasper.

«No!»

«Allora no. Non penso che voglia davvero stare con noi. E ho scelto verità, quindi spara.»

«Hai una ragazza?» chiedo, diretta e dritta al punto. Non aveva foto su Instagram con lui e una ragazza, ma questo non significa che sia single. Potrebbe mantenerlo privato o far credere alle donne che sia disponibile per aiutare il suo status di giocatore NHL.

Sorseggia la sua birra, senza mai distogliere lo sguardo dal mio. «No. Mi concentro sul gioco, e questo non rende felici le ragazze quando le metto in secondo piano.»

«Posso capirlo,» dico. «La tua carriera è importante per te. Quindi, sei il tipo di ragazzo che preferisce le avventure o amicizie con benefici?»

Ride e scuote la testa. «Una domanda sola. Ora tocca a me.»

Sgrano gli occhi ed esalo un respiro nervoso. «Va bene.» Guardo Charlotte oltre la mia spalla, che è al bancone. Potrebbe effettivamente starmi ordinando un drink, ma non lo sta portando abbastanza velocemente.

«Obbligo o verità?» chiede Jasper.

«Verità,» dico fissandolo, sperando che questo gioco non finisca prima di iniziare. Sono nervosa e agitata. Se scegliessi sfida, non vorrei che mi chiedesse di fare qualcos'altro di imbarazzante, e con l'ultima sfida che è stata uno scherzo, il gioco non sta andando proprio nella direzione che speravo. Ma abbiamo appena iniziato.

Che ci stia andando cauto?

«Ti piace la figa?»

Sgrano gli occhi, e credo che la mia bocca tocchi il pavimento. «Come, scusa?»

Jasper abbozza un sorriso ironico. «Tua sorella ha accennato qualcosa tempo fa, prima che lei e mio fratello si frequentassero davvero. Ha menzionato che ha una sorella a cui piace la figa. È vero?»

«La ammazzo,» mormoro e lancio uno sguardo a Charlotte oltre la mia spalla.

Mi servirebbe davvero quel drink adesso.

«Va tutto bene. Non c'è niente di cui vergognarsi.» Jasper alza le spalle. «Voglio dire, ho degli amici gay. Giuro che non mi importa. Voglio solo sapere se entrambi apprezziamo le tette.»

Le lacrime mi pizzicano gli occhi, ma sono piene di risate, non di tristezza. «Mi piace un bel paio di tette,» dico, «e ho fatto qualche esperimento. Sono all'università.»

«Certo.» Jasper mi fissa e finisce la sua bottiglia di birra. «Ma ancora non mi hai dato una risposta.»

«Sono stata con due ragazze.»

«Contemporaneamente?» chiede Jasper e prende un'altra bottiglia di birra dal secchiello. Fa saltare il tappo, senza mai distogliere lo sguardo dai miei occhi.

«Quella è una seconda domanda,» dico.

Jasper aggrotta le sopracciglia. «No, sono abbastanza sicuro che sia parte della prima domanda a cui non hai risposto.»

«Sto ancora esplorando la mia sessualità,» confesso.

C'è un sorriso agli angoli delle labbra di Jasper. «Sei mai stata con un uomo?»

«Di nuovo, questa è un'altra domanda.» Lo indico e rido. «E tu hai risposto solo a una verità. È tutto quello che farò anch'io.»

Jasper annuisce con un sorriso ironico. «Quindi, ti piace la figa, ma potrebbe anche piacerti il cazzo. Ma non lo sai perché non hai ancora fatto sesso. Capito.»

«Non ho detto questo,» ribatto.

«In un certo senso l'hai fatto, rifiutandoti di rispondere,» dice Jasper. Prende un altro sorso di birra e sembra rilassarsi accanto a me.

Finalmente, Charlotte torna al tavolo, portandomi il mio whiskey sour e tenendo un Martini per sé. Afferro il mio drink dalle sue dita e ne prendo un lungo sorso.

«Felice di vedere che vi state divertendo,» interviene Charlotte. «Cosa mi sono persa?»

«Ho appena chiesto alla tua amica se le piace la figa,» dice Jasper.

Charlotte tossisce e guarda da Jasper a me. «Per la cronaca, non ho mai messo piede in quella piscina.» Prende un sorso del suo Martini. «Siamo solo amiche.» Charlotte mi cinge le spalle con un braccio.

La allontano, preoccupata di ciò che potrebbe dire a Jasper, perché Charlotte sa tutto della mia vita amorosa e della mancanza della stessa. Mi ha sempre detto che ho bisogno di andare a letto con un ragazzo più grande, qualcuno che sappia quello che fa e abbia esperienza.

Jasper non è necessariamente più grande, ma non posso immaginare che non abbia ragazze che gli si buttano addosso continuamente.

Charlotte percepisce il silenzio e non lo lascia durare. «E cosa ti ha detto la mia amica, Amber, sulla sua vita sessuale?»

«Non molto,» dice Jasper con un sorriso. «Due ragazze, ma non mi ha detto se contemporaneamente.»

Gli do una gomitata nelle costole. «Questa è una domanda completamente nuova.»

«Su questo sono un po' d'accordo con lui. Fa parte della prima domanda,» dice Charlotte.

«Non sei di aiuto.» Lancio un'occhiataccia alla mia migliore amica, che si sta divertendo a mettermi tremendamente in imbarazzo.

Charlotte alza le mani. «Non sto raccontando nulla. Non sono affari miei o cose che posso dire in giro. Ma dovresti sapere che ha un record di attrazione per i pazzi. Quindi, se hai qualche interesse per la mia amica, dovrai prima ottenere la mia approvazione.»

«Pazzi, eh? Beh, ho incontrato quel tossico,» dice Jasper. «Potresti aver ragione, Charlotte.»

«Giuro che se voi due iniziate a complottare...»

«Farai cosa?» chiede Charlotte con un sorriso mellifluo.

Le prendo il martini dalle mani e lo bevo tutto d'un fiato.

«Piccola peste.» Charlotte ride e si allontana scherzosamente, dirigendosi verso il bancone per altri drink.

«Ordinami un altro whiskey sour!» le urlo.

Non ho bisogno di guardarmi alle spalle per sapere che mi sta facendo il dito medio.

Finisco il whiskey sour sul tavolo e sento un bel torpore dall'alcol. Le farfalle sono andate a dormire. «Obbligo o verità,» dico, fissando Jasper.

«Sfida.»

SEI
JASPER

NON RIESCO ANCORA a togliermi dalla testa l'immagine di Amber con due donne. Mi muovo a disagio sullo sgabello del bar.

Sto facendo tutto il possibile per non reagire al fatto che le piacciono le donne ma potrebbe anche apprezzare gli uomini. E voglio davvero sapere se ha qualche interesse a cavalcare il mio cazzo.

Ma non posso semplicemente chiederlo senza sembrare un pervertito. E mentre non conosco bene la sua amica Charlotte, lei ha ragione. Da quello che ho visto, Amber non è molto brava a scegliere gli uomini.

Almeno quel tossico, come si chiamava? Non era una scelta sana per lei. E sono curioso di sapere quali altri pessimi soggetti abbia frequentato, ma questo non è in cima alla mia lista di priorità per le domande.

Comunque, adesso è il mio turno, e ho scelto avventatamente "obbligo".

Ha bevuto due drink. La ragazza sembra decisamente un po' brilla. Dovrei terminare il gioco e mandarla a casa con la sua amica prima che perda tutte le inibizioni.

Ma voglio vedere dove porta tutto questo. Nel bene o nel male.

«Obbligo?» ripete, e giurerei che sta pianificando la sua vendetta per averle fatto fare quello scherzo telefonico a mio fratello maggiore. Che, devo aggiungere, è stato esilarante. Peccato che lui abbia riconosciuto la sua voce, o forse ha semplicemente intuito che fosse Amber perché... chi diavolo l'avrebbe chiamato per accusarlo di tradire Emerson?

Era stata una buona intuizione, se di questo si trattava.

Sorseggio la mia birra e aspetto che mi lanci un obbligo.

«Ti sfido a baciare la ragazza più bella del locale» dice Amber.

Ha le guance rosee e si muove nervosamente sullo sgabello. Diventa irrequieta quando è nervosa. L'ho notato. È dolce e tenera.

Francamente, non c'è nessun'altra oltre ad Amber che vorrei baciare nel bar. Ma ha anche bevuto un po', e non ho intenzione di approfittarmi di lei.

La cameriera torna al nostro tavolo per controllare se abbiamo bisogno di altri drink e prende i bicchieri vuoti e le bottiglie di birra da portare via.

«Prenderò un altro whiskey sour» dice Amber.

Aspetto che la cameriera se ne vada prima di allungare la mano per toccare il braccio di Amber. «Come sei venuta qui stasera?» Non voglio che guidi per tornare a casa. Non sarebbe sicuro per lei.

«Con la metropolitana» dice con un sorriso. Le spalle sono più rilassate, il corpo inclinato nella mia direzione, rivolto verso di me. «Chi bacerai?» mi chiede.

Noah sente la sua domanda e mi getta un braccio intorno alla spalla. «Che succede?» chiede, unendosi allo scambio. O forse sta solo cercando di rovinarmi la serata di divertimento.

«Stiamo solo facendo un piccolo gioco. Non stavi parlando con Owen?»

«Ho sfidato Jasper a baciare la ragazza più bella del bar» dice lei.

Owen dà una spinta ai due sul fondo del separé, e Kate esce. «Devo andare in bagno. Ava, Amber, volete unirvi a me?»

«Certo» dice Amber e scende dallo sgabello. Mi guarda, barcollando leggermente mentre si alza. «Il tuo obbligo aspetterà fino al mio ritorno.»

«Naturalmente» dico con un sorriso. Guardo Ava e Kate, desiderando che tengano d'occhio Amber.

Entrambe annuiscono all'unisono, sembrando comprendere la mia silenziosa richiesta.

Appena le ragazze svoltano l'angolo, i ragazzi mi sono addosso. «Non puoi andarci a letto» dice Owen.

Mi passo una mano tra i capelli. «Chi ha detto che volevo andarci a letto?»

«È il codice dei fratelli» replica Noah.

«Codice dei fratelli?» ripeto. Nessuno dei miei compagni di hockey è uscito con lei. Almeno, non l'ho mai vista portare in giro a partite o feste dopo-partita.

«È famiglia» dice Noah. «Kyler è tuo fratello, e non puoi scoparti la sorellina della sua fidanzata. È una grave violazione del codice dei fratelli.»

«Non avevo intenzione di scoparmela.»

«Non puoi nemmeno frequentarla» aggiunge Owen. «È off-limits. Vuoi che una stupida avventura con una studentessa universitaria distrugga la squadra?»

Odio che abbia ragione.

«Siete entrambi d'accordo con loro?» chiedo ai miei compagni di squadra Asher e Parker, che sono sposati con ottime ragazze e hanno esperienza con le donne. Non che Owen e Noah non abbiano molti appuntamenti, entrambi hanno regolari avventure e storie, ma non hanno mai dormito con la stessa ragazza due volte.

«Sarebbe una grave violazione del codice dei fratelli» concorda Asher.

Amber è davvero fantastica, ma è anche vergine, e c'è molto bagaglio emotivo che viene con quel tipo di relazione. L'impegno non è qualcosa per cui ho tempo, con partite regolari, allenamenti e la concentrazione sulla mia carriera.

Ma stasera è stata divertente, e non voglio mettere da parte nemmeno questo. Onestamente, non mi sono sentito così con nessuno da molto tempo. Togliermi la maglia alla fine del periodo per darla ad Amber, quello è stato un gesto importante per me, e non sono ancora sicuro del perché l'abbia fatto.

Mi sono sentito spinto a farle desiderare di interessarsi agli Ice Dragons e alla nostra squadra.

È stato sciocco e stupido. Abbasso lo sguardo sulla mia maglia sul tavolo.

«Cosa dovrei fare?» chiedo ai ragazzi.

«Rimanere suo amico» dice Noah. «Probabilmente, la vedrai durante le feste. L'ultima cosa che vuoi è che le cose diventino imbarazzanti e dover spiegare tutto a Emerson o Kyler.»

Cazzo, non avevo considerato che potesse rendere le cose strane tra noi.

«Amici» dico e annuisco. Posso farlo, ma devo iniziare con il mettere Amber nella friend zone. Anche se non è quello che voglio, è la cosa migliore.

«E riguardo a quel bacio su cui continua a insistere» aggiunge Noah. «Non cascarci. È una trappola.»

La mia mascella si irrigidisce. «Che vuoi dire?»

«La ragazza più bella del bar?» Owen fa un gesto. «Se baci qualsiasi altra ragazza, ti odierà a morte.»

«Non voglio baciare nessun'altra ragazza» ribatto. L'unica ragazza che voglio baciare è Amber, e i ragazzi mi stanno dicendo di non avere niente a che fare con lei, e odio che possano avere ragione.

«Esattamente, e se la baci, lei fraintenderà» dice Owen. «Vorrà più che amicizia. Le piaci, e hai reso chiaro di essere interessato.» Indica la maglia sul tavolo, ricordandomi quello che ho fatto.

«Baciale solo la mano o la guancia se ti costringe» dice Noah. «E magari suggerisci alla sua amica di portarla a casa. Falla uscire di qui prima che spinga le cose troppo oltre e tu sia costretto a spezzarle il cuore.»

Mi passo le dita tra i capelli. È un consiglio saggio.

Non è necessariamente quello che voglio, ma preferisco avere Amber come amica piuttosto che farmi odiare da lei per il resto delle nostre vite. E se devo vederla durante le festività o se Kyler ci invitasse tutti a una festa o a un ritrovo, non voglio che le cose siano imbarazzanti.

«Sì, ho capito.»

Le ragazze tornano velocemente al tavolo, e Amber barcolla un po' mentre si dirige verso il suo posto. «Dovremmo probabilmente portarti a casa,» dico, guardando da Amber alla sua amica Charlotte, che è scomparsa.

«Vuoi portarmi a casa?» chiede Amber ridacchiando.

È decisamente al limite dell'ubriachezza. «No, voglio riportarti al tuo appartamento.»

Pessima scelta di parole perché lei appoggia la mano sul mio petto e lentamente la fa scivolare fino al mio stomaco. I miei muscoli istintivamente si contraggono sotto il suo tocco. Le afferro la mano, fermandola prima che scenda ulteriormente. Non ho bisogno che senta il mio cazzo fremere nei jeans.

«Va bene,» dice Amber.

Sembra essersi dimenticata del nostro piccolo gioco di obbligo o verità, il che va benissimo per me. «Vuoi mandare un messaggio a Charlotte?»

«Mi ha scritto mentre ero in bagno. Mi ha detto che è andata a casa con un bel tipo del bar. Le ho ricordato di usare protezioni.»

«Andiamo,» dico e l'aiuto a raccogliere le sue cose. Lei tiene in mano l'orrenda maglia degli Island Bruisers insieme alla sua borsetta mentre io prendo la mia maglia della partita che aveva abbandonato sul tavolo.

«Ci vediamo domani all'allenamento,» dico e lascio dei contanti sul tavolo per coprire i drink miei e di Amber. Controllo di avere il telefono e le chiavi di casa prima di uscire con lei.

«Quanto è lontana la metropolitana?» chiede Amber, tremando. Prende la maglia degli Island Bruisers dalle sue mani e se la infila per tenersi al caldo.

Borbotto durante il processo. Davvero? Deve tormentarmi indossando quella cosa orrenda di nuovo?

Non ho un cappotto con me, e se ce l'avessi, glielo

metterei sulle spalle. Di solito prendo un taxi per tornare all'appartamento dopo le partite.

«Dove abiti?» chiedo.

«Ho un appartamento vicino alla NYU.»

Emetto un respiro pesante. «Coinquilina?»

«No, vivo in un monolocale,» dice. «Vuoi venire, vedere il mio posto?»

«Verrai a casa mia.» Non so quanto alcol le serva per star male, ma non voglio rischiare di lasciarla da sola. Qualcuno dovrebbe starle accanto.

Tengo un braccio attorno alla sua vita, aiutandola a stare in equilibrio. «Va bene,» dice Amber e si stringe a me mentre attraversiamo la strada. C'è un hotel e una fila di taxi in attesa di clienti, il che rende facile trovare un passaggio senza dover chiamare un taxi.

Non passa molto tempo prima che io stia accompagnando Amber in casa mia. È un lussuoso appartamento con due camere da letto e due bagni. Più di quanto mi serva dato che ci sto a malapena con il mio rigoroso programma di hockey.

La seconda camera è piena di attrezzature da hockey, e sebbene ci sia un materasso, è appoggiato al muro, inutilizzato. Non ho tempo né energia stasera per ripulire la camera e offrirle il letto degli ospiti.

La mia camera da letto è abbastanza decente, eccetto il letto che non è rifatto. Lei sembra non notarlo o fregarsene. Si lascia cadere sul materasso e si toglie le scarpe. «Unisciti a me,» dice, sorridendo ad occhi chiusi mentre la sua testa affonda nel cuscino.

«Sì, un attimo.» Mi dirigo in bagno per lavarmi i denti e cambiarmi con qualcosa che possa essere interpretato come un pigiama. Di solito dormo nudo, ma non è un'opzione con Amber nel mio tetto.

Trovo un paio di boxer e una maglietta nera da indossare per dormire.

Amber brontola mentre esco dal bagno, e si sta togliendo la maglia degli Island Bruisers. «Troppo caldo,» si lamenta, lanciandomela.

«Sarei felice di bruciarla per te,» mi offro, afferrando la maglia tra le mani.

Lei si infila sotto le coperte. «Non ti azzardare.»

La ragazza si è sistemata comodamente nel mio letto, e non posso fare a meno di osservarla dalla soglia del bagno. Non ho un altro letto pronto dove dormire, e il divano non è adatto alle mie gambe lunghe. Sarei tutto contratto e scomodo.

Ho bisogno di riposare bene per l'allenamento di domani.

C'è una poltrona nell'angolo della stanza, e se fossi un gentiluomo, prenderei la poltrona, mi addormenterei tutto contratto, ma me ne farei una ragione durante gli allenamenti del mattino per rimettermi in forma.

Mi infilo a letto accanto ad Amber.

Siamo solo amici.

Due amici possono condividere un letto. Non deve succedere niente tra noi.

Lei è profondamente addormentata, e io prendo il mio telefono, lo metto in carica e imposto la sveglia. Lei non si muove di un millimetro, e io mi sistemo sul letto, mi distendo e mi tiro le coperte addosso.

Finché rimane dalla sua parte del letto, andrà tutto bene.

La sveglia mi fa sobbalzare, e sento Amber irrigidirsi quando la sente anche lei. Il suo braccio è avvolto intorno alla mia vita, il suo corpo rannicchiato contro la mia schiena.

Era piuttosto dolce, ma non posso permettermi questi tipi di momenti con lei, non se vogliamo mantenere le cose tra noi solo come amici.

Non dico nulla e mi libero dalle sue braccia, mettendomi seduto sul letto. Spengo la sveglia, guardandola da sopra la spalla.

«Come hai dormito?» chiedo, notando un messaggio da Kyler. L'ha mandato questa mattina.

«Bene. Grazie per avermi permesso di dormire qui ieri sera.»

«Figurati.» Mi alzo e mi stiracchio. «Come va la tua testa stamattina? Hai bisogno che ti prenda un'aspirina o altro?»

Lei si morde il labbro inferiore e le sue guance diventano rosse. «Sto bene. Spero di non essermi comportata in modo troppo imbarazzante ieri sera al bar. Di solito non bevo così tanto.»

L'avevo capito, ma non dico nulla. «Devo andare all'allenamento tra trenta minuti, ma sei libera di restare. C'è del cibo nel frigorifero e...»

«No, non è necessario,» dice Amber e si siede sul letto. Abbassa lo sguardo, apparentemente sollevata di essere ancora vestita.

Non ricorda una parte di ieri sera? Non pensavo fosse così ubriaca.

Si guarda intorno cercando la sua borsetta e la prende dal comodino, guardando il suo telefono. «Hai ricevuto un messaggio da tuo fratello?»

Sorrido. «Sì, non l'ho ancora letto. Ho immaginato che mi stesse probabilmente prendendo in giro per lo scherzo di ieri .»

«Apriamo il messaggio contemporaneamente?» propone.

C'è un nervosismo nella sua voce che era scomparso durante la nostra serata fuori, tra i drink e il piccolo gioco a cui abbiamo giocato.

«Certo,» dico.

Entrambi apriamo il messaggio di Kyler.

Dopo l'allenamento, voglio che tu venga a casa. Sto per fare la proposta a Em e voglio festeggiare.

Guardo Amber, e le sue spalle si rilassano, la tensione svanisce. Immagino fosse preoccupata per lo scherzo.

«Tuo fratello mi ha invitato a casa sua stasera. Farà la proposta a mia sorella.» C'è un sorriso naturale che le adorna il viso, quel tipo di piacevolezza che mi mostra quanto sia davvero felice per Emerson e quanto voglia condividere quella felicità con lei.

«Mi stavo chiedendo quando le avrebbe fatto ufficialmente la proposta.» Aveva comprato l'anello e ci stava pensando da alcuni giorni. Non l'aveva menzionato durante l'allenamento e mi aveva fatto giurare di non dirlo ai ragazzi della squadra, dato che già pensavano che Kyler fosse fidanzato con Emerson.

«Quindi, ci vediamo più tardi stasera?» dice Amber con un sorriso. Scende dal letto e mi offre una bella vista delle mutandine di pizzo viola che le coprono il sedere. La maglia degli Ice Dragons le si arriccia intorno alla vita.

Durante la notte, ha deciso di togliersi i leggings. Raccoglie i vestiti da terra, e io vado in bagno per fare la doccia e vestirmi per l'allenamento.

Quando esco dalla doccia, lei è già andata via.

C'è un messaggio di Amber sul mio telefono e lo apro.

Ci vediamo stasera a casa di Kyler. Dovremmo portare qualcosa?

Rido e rispondo al messaggio mentre mi lavo i denti.

A parte noi stessi?

Lei inizia a scrivere, e tre puntini indicano che sta per inviarmi qualcosa. Poi scompaiono.

È difficile da decifrare. Non che dovrei. Noah e i ragazzi avevano ragione. Andare a letto con Amber complicherebbe le cose. E ci rivedremo già stasera, questa volta con mio fratello e la sua futura sposa.

E se avessi dormito con lei, e fosse stato un disastro?

Non che pensi sarebbe stato male, ma sembra un po' nervosa, e affrettare le cose non è la soluzione. E nemmeno saltare nel letto insieme. Stiamo per diventare famiglia.

È solo un'amica.

Un'amica molto bella.

Che è una ragazza.

Posso controllarmi.

Non ho altra scelta, e sfogarmi con qualche altra ragazza a caso non risolverebbe il problema perché sono leggermente preoccupato che potrei gemere il suo nome o, quantomeno, pensare a lei.

Sì, ho una cotta colossale per Amber Ryan.

Devo capire come superarla. In passato, con le ragazze che mi correvano dietro, le trattavo con freddezza e facevo capire chiaramente che non ero interessato. Ma non voglio ferire Amber o comportarmi da completo stronzo con lei. Merita di meglio.

Prendo un caffè andando all'allenamento e, mentre sto entrando, con la tazza di caffè mattutino in mano, il mio telefono vibra.

Amber mi ha mandato un messaggio.

Non dovrei sentirmi così eccitato o entusiasta nel ricevere un messaggio da una ragazza qualunque. Ma lei non è una ragazza qualunque. È Amber Ryan.

Non c'è da meravigliarsi che mio fratello abbia proposto l'idea di una relazione finta con Emerson.

Giuro, c'è qualcosa nella genetica Ryan che rende le ragazze irresistibili.

Non che possa dirlo a Kyler.

Sto per aprire il messaggio, ma mio fratello mi si avvicina da dietro. «Spero sia decaffeinato,» dice, facendo un cenno verso la mia tazza.

«Cazzo, è stata una lunga notte. Ho bisogno di tutto l'aiuto possibile stamattina.»

«Qualsiasi cosa ti aiuti ad andare avanti. Ma verrai a casa mia più tardi, giusto?» chiede Kyler. «Ho intenzione di fare la proposta, e voglio te e sua sorella lì per festeggiare.»

«Ancora, eh?» Rido, prendendo in giro mio fratello maggiore. «Solo tu potresti dovere fare la proposta due volte...e dopo averla costretta a dire sì sulla pista da hockey.»

Kyler stringe i denti. «Non l'ho costretta a fare niente. E vuoi abbassare la voce?» mi ringhia. «Nessun altro sa della storia della relazione finta. Non che dovrebbe importare. Adesso siamo al cento per cento reali.»

«Certo, certo» dico annuendo, dandogli una pacca sulla schiena. «Tua figlia lo sa?»

«La mia piccola Bristol sa tutto, e sai cosa ha detto alle mogli dei giocatori? Che Emerson stava fingendo con me!» La faccia di Kyler è rossa, e non riesco a trattenere una risata.

«Perché diavolo hai raccontato queste cose a tua figlia?»

La mascella di Kyler è contratta e le sue mani sono chiuse a pugno. Farebbe meglio a non colpirmi durante l'allenamento prima ancora che ci mettiamo l'attrezzatura. «Non ho detto *quello* a Bristol. Le ho spiegato la nostra relazione finta.»

«Perché?» chiedo, fissando mio fratello maggiore. Per un uomo con una famiglia, che sembra avere tutto, non sembra avere molto controllo sulla situazione.

«Vaffanculo» dice Kyler e brontola, dirigendosi verso lo spogliatoio.

Le mie dita fremono dalla voglia di leggere il suo messaggio, ma non posso. Infilo le mie cose nell'armadietto di legno e mi cambio mettendomi i vestiti da allenamento.

Kyler è accanto a me mentre ci dirigiamo verso la sala pesi.

Il silenzio sembra essere nostro amico.

Gli altri ragazzi stanno facendo panca, e Kyler non continuerà la conversazione su Emerson davanti a loro. E io non ho intenzione di tirare in ballo Amber.

Lascio perdere. Non ho bisogno che Kyler o Amber mi entrino in testa durante l'allenamento. C'è troppo in gioco. La mia attenzione deve essere sull'hockey. Abbiamo degli esercizi da fare più tardi, e non voglio essere distratto.

«È andato tutto bene ieri sera con quella ragazza?» chiede Owen. Resta elusivo riguardo ad Amber, dato che Kyler è nella stanza.

Lavoro su alcune leg press mentre le panche per il sollevamento sono occupate. L'allenamento a circuito aiuta la resistenza durante la partita, anche se preferisco i pesi. Ma il coach ci fa lavorare su tutto.

«Quale ragazza?» Kyler mi lancia un'occhiata, prendendo posto accanto a me su un'altra macchina per leg press. Il suo sguardo si fa più intenso mentre mi studia.

Sospetta che possa trattarsi di Amber?

Lei era alla partita, e lui l'ha sicuramente vista lì, grazie al mio stupido gesto di indicarla.

«Non era niente. Mi sono assicurato che prendesse un taxi per tornare a casa» dico, il che è, in parte, la verità. Le ho trovato un taxi. Solo che ho portato Amber a casa mia. Non è successo nulla, ma questo non sarà oggetto di discussione.

Owen non aggiunge altro. Forse percepisce la tensione. Io la sento sicuramente crescere. Non vedo l'ora di fare gli esercizi sul ghiaccio, perché ho la sensazione che Kyler mi verrà dietro, e non sa nemmeno che ho condiviso il letto con Amber.

Ma credo sospetti che si tratti di lei.

Probabilmente lo scherzo telefonico lo ha messo in allarme, o forse è stato quando ho risposto al suo telefono al bar.

Potrei essere solo paranoico. Sì, spero sia solo questo, perché il modo in cui mi sta guardando, fissandomi, mi dice che mio fratello sa che ho una cotta per Amber Ryan.

SETTE
AMBER

È SABATO, il che significa che ho il giorno libero dalla scuola, ma devo lavorare al turno di pranzo al Mad Tea House. I sabati sono sempre affollati, ma ho fatto sapere al mio capo che non posso lavorare un minuto oltre le sei. Questo mi dà appena il tempo sufficiente per prepararmi e guidare fino a casa del fidanzato di mia sorella. Di solito lavoro da mezzogiorno alle cinque, ma se Samantha non si presenta, a volte sono costretta a coprire il suo turno.

Ho dovuto cercare il percorso della metropolitana per arrivare a casa sua, che consiste nel cambiare diversi treni, e spero di farcela per le sette, supponendo che i treni siano in orario, cosa per niente scontata.

Sono le tre e mezza, e Jasper mi risponde. Non pensavo avrei ricevuto sue notizie prima di stasera, soprattutto dopo stamattina.

Mi affretto in bagno per una pausa veloce e, mentre sono lì, do un'occhiata al messaggio di Jasper.

Vuoi che ti venga a prendere al tuo appartamento?

Non stiamo uscendo insieme. Perché si offre di accompagnarmi da Kyler?

Non sono sicura sia una buona idea. Sono al lavoro adesso. Non posso parlare.

Il messaggio che gli avevo inviato era un semplice *grazie per esserti preso cura di me ieri sera.* Non era intimo o romantico. Ho cercato di mantenerlo platonico perché, sebbene mi piaccia, andare a letto con un ragazzo quando sono ubriaca non è da me.

Non voglio che Jasper pensi che io sia così, perché è quanto di più lontano dalla verità possa esistere.

Prenderai tre treni se parti dal lavoro. Arriverai in tempo stasera?

Giuro che è come se potesse leggermi nel pensiero, cosa che so essere assurda, ma sembra davvero così. Sospiro e gli rispondo.

Probabilmente no. Stacco alle sei.

Faccio una smorfia alla mia risposta. Spero che non la interpreti in modo diverso dal fatto che finisco di lavorare alle sei. Ma ho già inviato il messaggio. È troppo tardi per tornare indietro.

Mandami il tuo indirizzo. Sarò lì alle 6:30. Saremo al limite, ma ce la faremo.

Invio rapidamente un messaggio a Jasper con il mio indirizzo e mi lavo le mani prima di uscire dal bagno.

Il pomeriggio è intenso, e i sabati sono sempre affollati. Charlotte entra per ordinare il suo solito tè verde al gelsomino e mango.

Se la mia capa non stesse aiutando al bancone, offrirei a Charlotte la sua bevanda gratuitamente, ma non posso con anche Maggie di turno oggi.

«Com'è andata la tua serata?» chiede Charlotte con un sorriso.

«Dovrei essere io a chiedertelo» dico, inclinando la testa verso di lei mentre batto in cassa il suo ordine. «Mi hai abbandonata al Blue Line.»

«Prego» dice Charlotte con un occhiolino. «Voglio i dettagli più tardi. Sei libera stasera?»

«No, ho questa cosa con mia sorella alle sette.» Non voglio elaborare perché Charlotte sa solo quello che i media dicono sulla relazione tra Emerson e Kyler. Non posso dirglielo, e odio mantenere segreti con la mia migliore amica.

«Sembra noioso. Se finisci prima, mandami un messaggio.»

Il lavoro sembra non finire mai e, alle sei, Samantha non si presenta. Non so come faccia ad avere ancora un lavoro. Ogni volta che Samantha ha un turno serale nel fine settimana, si tira indietro. Si dice che sia la cugina di Maggie, il che spiegherebbe perché non è ancora stata licenziata.

Non capisco perché non la metta di turno semplicemente per un giorno diverso. Ma Maggie lavora la sera da sola e insiste nel dire che non ha bisogno di altro personale con lei.

Mi affretto ad attraversare il campus verso il mio appartamento e mi cambio, togliendomi l'uniforme da lavoro per mettermi un maglione e dei leggings. Non sono sicura di quale sia l'abbigliamento adatto per stasera. Non ho pensato di chiedere a Kyler, ma non sembra che usciremo.

Mi metto il rossetto e l'eyeliner prima di prendere la borsa e il telefono. Mi dirigo verso l'ascensore e premo ripetutamente il pulsante.

Jasper sarà qui da un momento all'altro, e ho trascurato di dargli il numero della mia stanza di proposito. Mi piace, ma non voglio che si presenti misteriosamente alla mia porta senza invito.

Non che pensi che lo farebbe. Non sembra il tipo. Ma dopo il disastro con Tripp al bar, sono un po' più cauta con i ragazzi.

Ma Jasper non è il mio appuntamento.

Il fatto che mi venga a prendere è perché siamo famiglia, non perché ci stia provando con me o cercando di portarmi a letto. Non ha dato alcun segno di interesse oltre a quell'incidente sul ghiaccio con la maglia.

Non sono nemmeno sicura che fosse un flirt.

Jasper non voleva che io sostenessi gli Island Bruisers. Lo capisco. È territoriale quando si tratta di hockey. Vuole che i suoi amici tifino la *sua* squadra. Sono sicura che per Kyler sia lo stesso.

Premo il pulsante dell'ascensore diverse volte, e finalmente arriva. L'ascensore è lento, ma il mio telefono non sta ancora vibrando. Spero che Jasper non stia già aspettando. Non sono esattamente in orario.

Scendo nell'atrio del nostro palazzo ed esco.

Jasper scende dal veicolo e mi fa un cenno con la mano, assicurandosi che lo veda.

In pochi secondi, salgo sul lato passeggero. «Grazie per il passaggio» dico.

«Nessun problema.» Il suo telefono è pronto con il GPS, e lui preme il pulsante verde *vai* per iniziare il percorso verso casa di suo fratello.

«Bella macchina» dico, non troppo sorpresa dagli interni lussuosi.

«Vero? Non riesco a credere a quante macchina abbia Kyler dato che guida solo lui.»

«Questa è la sua macchina?»

«Una delle tante» sorride compiaciuto.

Mi allaccio la cintura, e lui si immette nel traffico, facendoci arrivare esattamente alle sette. Il viaggio è silenzioso, e lui tiene la radio accesa, il che aiuta ad alleviare la tensione.

Anche se non sembra teso. Jasper appare sicuro e rilassato.

Il mio ginocchio saltella per tutto il tragitto, e guardo fuori dal finestrino, ammirando il panorama. Mentre arriviamo alla tenuta, c'è un grande cancello metallico che blocca l'ingresso. Lui digita un codice e il cancello si apre, permettendoci di entrare.

«Elegante,» dico.

«Non hai ancora visto niente.» Jasper sorride, guardandomi. Mette la macchina in marcia e procede attraverso il cancello. C'è un lungo vialetto che porta all'ingresso della proprietà. Ci sono alberi su ogni lato, siepi che offrono privacy e una recinzione protettiva.

La casa stessa è enorme, come se la proprietà non fosse già abbastanza incredibile.

Non sono abituata a tanto lusso, specialmente vivendo in un monolocale.

Lui parcheggia davanti e scende dal veicolo. Lo seguo fino all'ingresso principale.

Jasper ha una chiave e apre la porta d'ingresso. Mi fa cenno di entrare per prima, e do un'occhiata all'ingresso. È la prima volta che vengo a casa di Kyler, ed è davvero impressionante. Sapevo che fosse un miliardario, ma vive secondo il suo ruolo con eleganza e stile.

Mi tolgo le scarpe e la giacca. Mi sentirei terribile se anche solo graffiassi il pavimento in legno. La casa sembra impeccabile e immacolata, cosa difficile da immaginare con sua figlia che corre in giro.

Anche Jasper si toglie le scarpe, lasciandole vicino alla porta. Non si è preoccupato di portare un cappotto, ma non sembrava aver freddo durante il tragitto.

«Sono in casa?» chiedo, guardandomi intorno. La casa è silenziosa, e mi sarei aspettata che la bambina di sei anni ci saltasse addosso appena entrati. Non che sia un cucciolo, ma è molto entusiasta e piena di energia.

«Ci hanno detto di vederci alle sette,» dice e guarda il suo orologio. «Siamo giusto in orario. Li troveremo.»

Non so come sia disposta la casa e Jasper mi guida lungo il corridoio, dove possiamo sentire un po' di trambusto. Kyler ed Emerson si stanno baciando, ignari del fatto che siamo appena entrati in casa. E diversamente da due persone che potrebbero stare amoreggiando sul bancone della cucina o premute contro un muro, lei è seduta sulle sue ginocchia, e lui è ancora inginocchiato.

Dopo che restiamo lì in piedi per un minuto buono, o almeno così mi sembra, Jasper si schiarisce la gola.

«Forse dovremmo tornare più tardi,» suggerisco.

«Amber?» Emerson sembra sbalordita quando mi vede e si scioglie dal suo abbraccio.

«È bello rivederti,» dice Kyler, stringendomi la mano. Sono passati alcuni giorni, e quasi mi viene voglia di abbracciarlo, ma mi sembra un po' troppo presto e informale.

La mascella di Emerson è rilassata, e guarda da me a Jasper. «Stai uscendo con mio fratello?» Giuro che potrebbe catturare qualche mosca da quanto è rimasta a bocca aperta, e il mio stomaco si stringe alla sua domanda.

Cosa le fa pensare questo?

Jasper è tutto sorrisi, e mi guarda prima di rispondere a Emerson. «Siamo solo amici. Tuo fratello ci ha presentati quando aveva bisogno di aiuto per scegliere l'anello da Tiffany's.»

Emerson sembra sorpresa da questa ammissione. Lo sono anch'io, anche se so che non siamo niente più che amici. E tecnicamente, ci siamo incontrati prima di Tiffany's, ma non lo correggo.

«Siete solo amici?» ripete Emerson come se non gli credesse. Mi sta fissando e poi guarda Jasper, aspettando conferma.

Jasper annuisce. Sembra molto più rilassato di quanto mi senta io. Sorrido, ma non sono sicura che le mie labbra si stiano effettivamente curvando verso l'alto. È imbarazzante. Condividere il letto ieri notte con lui non dovrebbe farmi sentire così turbata. Abbiamo solo dormito!

«È così, solo amici,» confermo.

Mia sorella si gira per affrontare il suo fidanzato, avvolta nel suo abbraccio. «Perché mi hai detto che Jasper avrebbe portato la sua ragazza?»

Mi strozzo alle parole di Emerson. «Ragazza?»

Fortunatamente, non sto bevendo nulla, o l'avrei sputato per tutta la stanza.

«Volevo sorprenderti con la proposta. E se ti avessi detto che mio fratello e tua sorella sarebbero venuti, saresti stata sospettosa,» dice Kyler, come se fosse la cosa più normale del mondo.

Lo sarebbe stato se non mi fossi ubriacata ieri sera e non avessi giocato a un infantile gioco di obbligo o verità con Jasper, cosa di cui non mi pento. E questa è la parte peggiore, perché non dovrei continuare ad avere una cotta per lui.

Emerson sembra rilassarsi con la sua risposta. «Beh, sei stato bravissimo a sorprendermi.» Si gira verso Jasper e me, e io cerco con tutte le mie forze di mantenere una ragionevole distanza tra di noi, ma se mi spostassi anche solo leggermente, mi sfiorerebbe.

Tecnicamente, sarei io a sfiorare lui. «Allora, hai detto sì?» chiedo e guardo la mano di Emerson. Ho bisogno di distrarmi dal ragazzo attraente e single che mi sta accanto. Quello per cui ho preso una cotta.

Mia sorella mi mostra l'anello al dito. «Sono fidanzata!»

«Congratulazioni!» squittisco di gioia e tiro Emerson tra le mie braccia per un abbraccio. Sono felice per lei, soprattutto ora che il fidanzamento è reale, e non deve fingere di essere innamorata di Kyler Greyson.

«Sono felice per entrambi voi,» dice Jasper, dando una pacca sulla schiena a Kyler. Quando lascio andare mia sorella, lui le dà un abbraccio amichevole. Si guarda intorno. «Qualcosa profuma di buono.»

«Abbiamo appena messo una torta di pesche nel forno.»

«Tu che cucini?» chiedo, guardando Kyler perché so che mia sorella è terribile in cucina.

«La tata si occupa di cucinare e preparare dolci qui,» dice Emerson. «Ci ha fatto un paio di torte di pesche durante l'estate, e le abbiamo congelate.»

«Sembra delizioso.» Jasper si sfrega le mani.

«Ho del vino da dessert per festeggiare,» dice Emerson, e mi guarda. «Puoi bere un bicchiere mentre sei qui, ma dovrai rimanere un po'. Non voglio che tu debba cercare la strada per la metropolitana da brilla.»

«Non serve che ti preoccupi per me, Em.»

«Sì invece. Non hai ancora ventun anni. Un bicchiere di vino. Non ho intenzione di corrompere la mia sorellina.»

Non ho bisogno di guardare Jasper perché posso sentire il suo sguardo che mi brucia addosso. «Quindi, quanti anni hai, sorellina?» scherza Jasper.

Emetto un respiro pesante. «La torta è pronta? Posso tirarla fuori dal forno per te.» Qualsiasi cosa pur di evitare questa conversazione sulla mia età perché non voglio che mia sorella scopra che bevo al Blue Line o, peggio ancora, che ho un documento falso.

Kyler mi raggiunge vicino al forno. Il timer non è ancora scattato. Segna quindici minuti, e sta contando alla rovescia. «Ha ancora bisogno di tempo,» dice.

Si appoggia contro i mobili della cucina, incrociando le braccia sul petto, con un sorriso divertito sul volto. Abbassa la voce mentre Jasper è ancora sconvolto dal fatto che io abbia meno di ventun anni.

«So che sei stata tu a farmi quello scherzo telefonico ieri sera,» dice Kyler. C'è un'espressione compiaciuta sul suo viso, come se fosse fiero di averlo scoperto. «Solo... non riesco a capire il perché.» Guarda prima me e poi suo fratello minore, Jasper.

La mia voce tentenna mentre parlo. «Non so di cosa tu stia parlando.» La mia risposta non suona per nulla discura, e mi sento ancora meno sicura quando guardo Jasper, sperando che possa salvarmi da questa conversazione. Perché per me la situazione è appena passata da brutta a pessima.

L'ansia mi invade lo stomaco, liberando le farfalle. Le mie dita tremano, e le spingo negli angoli delle mie tasche come se fossi rilassata, ma mi sento tutt'altro che calma.

«Non sono arrabbiato, solo curioso,» dice Kyler, forse percependo la mia esitazione.

Anche se sono sicura che chiunque mi guardi possa capire che non sono a mio agio con questa conversazione.

Jasper attraversa la cucina e incrocia il mio sguardo. Aggrotta la fronte mentre si fa avanti, e spero che stia per salvarmi da questo assalto di domande e dall'incombente dramma che non voglio affrontare.

«Sei all'università. Fammi indovinare, venti anni?»

Stringo le labbra. «Esatto,» dico.

C'è un sorrisetto consapevole sul suo viso, ma non mi tradisce con Emerson. «Dovremo portarti fuori quando compirai ventun anni per festeggiare,» dice Jasper.

«Certamente,» interviene Emerson attraversando la cucina e mettendomi un braccio attorno alle spalle. «Dovrai provare diversi cocktail e scoprire cosa ti piace. Ti terrò persino i capelli quando vomiterai.»

«Passo il vomitare.» Le do una gomitata nelle costole. «Che sorella che sei, mi faresti bere fino a stare male.»

«Sono una sorella fantastica,» ribatte Emerson. «Ti sto lasciando bere un bicchiere di vino con il dessert.»

«Un vero bicchiere, o mi darai solo un sorso?» Conosco il modo di fare di mia sorella. Fa sembrare che mi stia facendo questo grande favore, ma mi darà l'equivalente di un assaggio che si riceverebbe in una cantina.

«Hai vent'anni. Quando diventerai adulta come tutti noi, potrai bere quanto vorrai.» Emerson mi abbraccia prima di spostarsi verso Kyler. Lui le circonda la vita con un braccio, e io alzo gli occhi al cielo, più per Emerson che per loro due.

Sono felice per loro, ma sono infastidita da lei.

Jasper si schiarisce la gola, con lo sguardo su di me. «Ricordo di aver dovuto aspettare fino ai ventun anni per bere.»

«Stronzate,» dice Kyler. «Ricordo di aver ricevuto un paio di telefonate scherzo da parte tua mentre eri sbronzo in qualche squallido bar vicino a casa.»

Jasper si porta una mano al petto. «Non lo farei mai.»

«Stronzate,» mormora Kyler con una risata.

«Ragazzi,» dice Emerson, guardando tra loro due. «Niente risse in casa. Quelle tenetele per il ghiaccio.»

«Non stiamo litigando, tesoro,» dice Kyler e lascia un bacio sulle labbra di Emerson. «Sto solo dicendo a mio fratello minore come stanno le cose.»

«Minore?» Jasper alza un sopracciglio verso Kyler.

Giuro che sta per scoppiare una rissa, e anche se sembra tutto in buono spirito, sapendo che sono due giocatori di hockey, potrebbe facilmente trasformarsi in qualcosa di feroce.

«Credo che la torta sia pronta,» dico, guardando l'orologio. Sta contando l'ultimo minuto, ed Emerson prende i piatti e le forchette mentre Kyler estrae il dessert dal forno e lo lascia raffreddare per qualche minuto.

«Dov'è il vino?» chiedo mentre mia sorella prende i bicchieri appesi in cucina.

«In cantina. Vuoi portare Jasper laggiù e aiutarlo a scegliere un buon vino da dessert?»

Jasper mi conduce fuori dalla cucina, e sembra conoscere bene la casa mentre mi guida giù per le scale. Il seminterrato contiene una sala fitness, e sul retro c'è una porta che conduce alla cantina dei vini.

La stanza è scarsamente illuminata, e lui tira la catenella sul soffitto per diffondere una luce calda nella stanza refrigerata. «Elegante,» dico. La cantina sembra vecchia rispetto al resto della casa, che invece è piuttosto moderna.

«Giuro che questo è l'unico elemento ancora originale della casa,» dice Jasper. Mi guarda e poi guarda le centinaia di bottiglie di vino intorno alla stanza. «Sai quale sia un vino da dessert?»

«Lo chiedi a me?» Rido.

«Giusto. Avevo dimenticato che hai vent'anni,» scherza, e io ringhio giocosamente. «Non puoi dire a mia sorella del bar o dei drink o...»

«O del documento falso,» aggiunge. «Prometto che non lo farò. Tutti abbiamo segreti con i nostri fratelli.»

«Che segreti hai con Kyler?» chiedo guardando prima lui e poi le bottiglie di vino, leggendo le etichette. Niente che urli vino da dessert, ma cosa dovrei cercare?

Prendo il telefono dalla tasca posteriore.

«Cosa stai facendo?»

«Sto cercando su Google un vino da dessert,» dico mostrandogli il mio telefono.

«Potresti semplicemente mandare un messaggio a tua sorella,» dice Jasper. «Ti dirà quale vino prendere mentre siamo qui sotto.»

«Presumi che lo sappia, e vuoi davvero che dica a Kyler che sei incompetente nella conoscenza dei vini da dessert?»

Jasper ride, buttando la testa all'indietro, con gli occhi che lacrimano. «Pensi che me ne importi?»

«Oh, beh, in tal caso, gli manderò un messaggio.»

«Aspetta,» dice Jasper, posando la sua mano sulla mia, fermando le mie dita mentre digito. Alzo lo sguardo dalle nostre mani al suo viso. Si erge sopra di me, guardandomi dall'alto, e il mio stomaco si agita mentre tremo dentro.

Mi rende incredibilmente nervosa. Vorrei sapere perché. È perché ho una cotta enorme per lui? Forse è perché è un famoso giocatore della NHL, e so che è fuori dalla mia portata. È anche affascinante e disponibile, il che non aiuta la mia ansia. Anche se non sono sicura di cosa pensi di me, oltre al fatto che sono la sorellina di Emerson.

E ora sa che ho vent'anni. Il che significa che presentarmi al bar potrebbe essere un po' problematico la prossima volta, a meno che non riesca davvero a mantenere il segreto.

Mi fissa, il momento sembra prolungarsi, ed esalo un respiro leggero. «Ho qualcosa sulla faccia?» chiedo passandomi una mano sulla guancia.

Il suo pollice scende sulla mia pelle, strofinando delicatamente sotto il mio occhio. Sul suo pollice c'è un ciglio. «Esprimi un desiderio,» sussurra.

Desidero che Jasper Greyson mi baci.

Stringo le labbra e soffio dolcemente sul suo dito, lasciando volare via il ciglio.

Jasper si tira indietro, rovinando ogni possibilità che il mio desiderio si avveri.

Dannazione.

Era sciocco pensare che il desiderio potesse avverarsi.

«Allora, cosa hai desiderato?» chiede Jasper con un largo sorriso.

«Che scegliessi finalmente un vino da dessert.»

Non c'è modo che gli dica il mio desiderio. No. Zero possibilità.

Jasper sorride e prende una bottiglia di Moscato alla Pesca. «Penso che questo si abbinerà bene con la torta di pesche.»

«Hai un debole per le pesche?» lo prendo in giro, e lui raggiunge l'interruttore, tirando la catenella e spegnendo la luce. La stanza è immersa nell'oscurità, ma la porta è ancora socchiusa. Esco dalla cantina dei vini ed entro nel seminterrato, guardando la palestra domestica.

«Vi allenate mai insieme?» chiedo.

«Ad ogni allenamento, ma non qui,» dice Jasper, indicando l'attrezzatura. «Se voglio allenarmi, uso la palestra nel mio appartamento o lo faccio durante gli allenamenti con i ragazzi.»

Mi lascia salire le scale per prima, e non posso fare a meno di chiedermi se mi stia guardando il sedere mentre saliamo. Mordo il labbro inferiore, cercando di trattenere il sorriso mentre torniamo in cucina.

«Vi siete persi là sotto?» scherza Emerson.

La torta è fuori dal forno, già tagliata e servita nei piatti. Bristol irrompe in cucina, sentendo l'odore della torta di pesche. Fa un breve cenno a Jasper e mi guarda con curiosità.

«Ciao,» dico, offrendole un sorriso.

«Non assomigli a Emmie,» dice Bristol. «Pensavo che le sorelle si assomigliassero sempre.»

«Io vedo la somiglianza,» dice Jasper. Prende il cavatappi dal cassetto, familiare con la casa di suo fratello, e apre la bottiglia, versandoci un bicchiere ciascuno.

Lei prende il suo piatto di torta e lo porta in sala da pranzo.

«Quanto ne diamo alla tua sorellina?» chiede Jasper a Emerson, prendendomi in giro.

«Un assaggio,» dice Emerson. «Potrei darle succo d'uva come a Bristol. Kyler, mi aiuteresti a portare i piatti e le bevande in sala da pranzo?»

Rimango in cucina con Jasper mentre riempie un bicchiere abbondante per ciascuno di loro. A me dà un assaggio nel bicchiere e poi mi porge la bottiglia, chinandosi verso di me. «Non dirlo a tua sorella,» dice Jasper e mi fa l'occhiolino.

«Non preoccuparti,» dico. Mi volto e porto la bottiglia alle labbra. Se Emerson vuole farmi storie sul bere alcolici e su quanto posso averne in un bicchiere, berrò direttamente dalla bottiglia.

Inclino la testa all'indietro, lasciando che il Moscato alla Pesca mi scivoli in gola, e accidenti, è dolce e buono. Jasper sa come scegliere i vini, o almeno come abbinare pesca con pesca. Non si può sbagliare in questo caso.

«Non costringermi a portarti a casa in braccio,» sussurra Jasper, osservandomi con un sorriso. I suoi occhi castani brillano mentre mi guarda. Quello sguardo, con quella intensità, fa tornare le farfalle a svolazzare dentro di me.

Abbasso la bottiglia e mi asciugo la bocca con il dorso della mano.

«Sexy,» mi prende in giro Jasper, e gli spingo la bottiglia di vino proprio mentre Emerson rientra di fretta in cucina.

«Avete bisogno di aiuto per portare il resto in sala da pranzo?» chiede, ignara dello scambio tra noi. Probabilmente è meglio così, perché non sono nemmeno sicura di cosa pensare ormai.

Il minuto prima, sembra flirtare. Quello dopo,, siamo chiaramente solo amici. E poi flirta di nuovo.

Potrei stare interpretando male il flirt. Non è che abbia tonnellate di esperienza in materia. Jasper potrebbe essere un ragazzo naturalmente amichevole che va d'accordo con le donne, e questo lo percepisco come flirt. Essere amichevole non equivale a provarci.

OTTO
JASPER

IL DESSERT con Kyler ed Emerson va benissimo. Sono entusiasta che siano ufficialmente fidanzati, e mio fratello maggiore è felice. Non l'ho mai visto così sereno.

Una piccola parte di me è gelosa perché anch'io vorrei provare quella sensazione. La felicità che condividono è autentica.

Riaccompagno Amber a casa, dopo il dessert e il vino con mio fratello e la sua fidanzata. Amber è silenziosa mentre ci dirigiamo verso la macchina, e le apro la portiera del passeggero.

Lei alza un sopracciglio, sorpresa dal mio gesto, e apre la bocca per dire qualcosa, poi la richiude.

«Grazie,» dice infine, prima di salire sul sedile anteriore.

Mi affretto a raggiungere il lato del conducente. L'aria è fredda, e avrei dovuto usare l'avviamento automatico per riscaldare il veicolo, ma non pensavo che sarebbe stato così sgradevole.

«È stato divertente,» dico, allacciandomi la cintura dal lato del conducente. Aspetto che Amber faccia lo stesso prima di mettere la macchina in moto e allontanarmi dalla casa.

«È stato piacevole,» dice Amber, guardando fuori dal finestrino laterale e poi me. «Grazie per avermi accompagnata qui e poi a casa. Avrei potuto prendere la metropolitana.»

«Non se ne parla.» Non avevo intenzione di farla camminare fino alla metropolitana di notte al buio. Non sembra particolarmente sicuro, specialmente da sola.

Lei regola le bocchette dell'aria, e ci vogliono alcuni minuti prima che il calore si diffonda nell'abitacolo. Un silenzio ci avvolge, e non riesco a capire se stia trattenendo qualcosa o cosa le stia passando per la testa.

Mi schiarisco la gola, non volendo rimanere in silenzio per i trentacinque minuti di viaggio fino al suo appartamento. «Vai a molte partite di hockey?» chiedo.

«No,» risponde Amber, e la guardo di sfuggita. Sta sorridendo, mi lancia un'occhiata e poi guarda dritto davanti a sé, come se evitasse il mio sguardo quando la osservo brevemente.

«La tua amica è appassionata di hockey, allora?» azzardo.

«Charlotte? Forse, non lo so.»

Rido e scuoto la testa. «Due ragazze a cui non importa molto dell'hockey. Perché siete andate a comprare posti in prima fila?»

Lei inclina la testa all'indietro come se stesse chiedendo all'universo di rispondere alla domanda al posto suo. «Pensavamo fosse divertente.»

Non insisto sulla questione perché percepisco il suo disagio, e non ho alcuna intenzione di rendere le cose più imbarazzanti. «Certo, ha senso. Ti è piaciuto?»

«Immensamente,» dice.

Le lancio un'occhiata veloce e vedo il sorriso sul suo viso.

«Domani abbiamo un'altra partita. Dovresti venire, ma non puoi indossare quella maglia orribile dei Bruisers.»

«Mi piacerebbe molto, ma non credo di potermelo permettere,» dice Amber. «Anzi, so per certo di non potermelo permettere. Ma grazie per l'invito.»

«Posso procurarti i biglietti, gratis, a una condizione.»

«Quale?» chiede, e la sua voce trema leggermente.

La metto nervosa?

Siamo amici. Non c'è motivo che si senta nervosa con me. «Devi indossare la mia maglia,» dico. «Voglio guardare tra il pubblico e vederti tifare per me.»

«Devo indossare la tua maglia sudata?» ride Amber.

«Non puzzava *così* tanto.»

«Oh, sì invece.» Sembra rilassarsi quando scherziamo. «Mi hai lanciato una maglia sudata, bagnata e puzzolente pretendendo che la indossassi davanti a tutti.»

«La maggior parte delle ragazze lo troverebbe eccitante,» ribatto.

«Sì, lo so.» Ride e si spinge i capelli dietro l'orecchio. «Ma io non sono come la maggior parte delle ragazze.»

L'ho notato. È probabilmente è per questo che non riesco a smettere di pensare a lei.

«Per la cronaca, l'ho lavata ed è sul sedile posteriore.» Indico dietro di me. «La indosserai alla partita di domani se ti procuro i biglietti?» chiedo.

«A patto che i posti non ti costino nulla. Non voglio metterti nei guai.»

«Non succederà. Ma fammi un favore, lascia la tua amica a casa.»

«Non ti piace Charlotte?» chiede Amber, e ora mi sta fissando come se mi fossero spuntate due teste.

«Non mi sembra una buona influenza, dato che ti incoraggia a indossare la maglia dei Bruisers invece di quella degli Ice Dragons.»

«Te l'ho detto, era una sfida.»

«E tu accetti sempre ogni sfida che ti viene proposta?» chiedo, cercando di conoscere un po' meglio Amber.

«Tu no?» replica, ribaltando la situazione. Non risponde alla mia domanda, almeno non ancora.

«Dipende da chi lancia la sfida. Mi è capitato di portare a termine qualche sfida,» confesso.

«Davvero? Non sembri il tipo,» dice Amber. «Hai sempre scelto verità nel nostro piccolo gioco di ieri sera.»

Si è dimenticata che ho scelto anche l'obbligo? «Non è vero.» Anche se non avevo portato a termine la sfida, ma solo perché i miei compagni di squadra mi avevano fatto capire chiaramente che, se avessi baciato Amber, avrei infranto il codice dei fratelli.

«Beh, non hai portato a termine il compito,» dice Amber. Mi guarda e poi torna a fissare la strada. «Va bene. Non sono arrabbiata per questo.»

Però non sembra nemmeno felice, e a meno che non l'avessi baciata, non c'era altro modo di risolvere la sua sfida che non sarebbe finito in un disastro.

Non so molto di cosa pensino le donne, ma stavamo flirtando, e lei voleva che la baciassi. Potevo sentire il calore tra noi. La scintilla del desiderio.

Giriamo l'angolo, e sono sollevato quando il suo campus è in vista. Ancora un isolato, e saremo a casa sua.

«Puoi ritirare i biglietti al botteghino per la partita di domani,» dico.

«Biglietti? Pensavo che non potessi portare un'amica.»

«Solo non Charlotte.»

«E se la portassi?» La ragazza mi provoca. Cerco di fare una cosa carina per lei, e sta già pensando a come rovinarla.

La mia mascella si irrigidisce. Non è che io non gradisca Charlotte. L'ho incontrata al Blue Line, ma è lì che è iniziata quella brutta sensazione che non riesco a lasciar andare. La sua amica l'ha abbandonata per un ragazzo. Come avrebbe dovuto tornare a casa Amber? Camminare fino alla metropolitana da sola, di notte, ben dopo la mezzanotte?

«Ti lascerò un biglietto al botteghino,» dico. «E quando la partita sarà finita, verrai con noi a festeggiare la nostra vittoria.»

«E se gli Ice Dragons perdessero?» chiede lei. «Cosa succede dopo quelle partite?»

«Non vuoi scoprirlo.»

———

«Sembri nervoso, fratello,» dice Kyler mentre siamo seduti sulla panchina nello spogliatoio prima della partita.

Non gli dico che è perché ho invitato Amber alla partita. Non sono nervoso per il fatto che Amber si presenti. Sono più preoccupato che possa portare la sua piccola amica tiranna ed essere convinta a indossare la maglia del nemico. Di nuovo.

Era già abbastanza brutto che indossasse una maglia degli Island Bruisers. No, il peggio era che dovesse indossare la maglia di Knox Storm. Quel cretino. Ha dovuto vantarsi del fatto che lei indossasse il suo numero. Non l'avrebbe nemmeno notata sugli spalti se io non avessi fatto una scenata togliendomi la maglia e dandogliela.

Era stata colpa mia, e per il resto della partita, lui non aveva fatto che prendermi in giro, lanciando insulti e insinuazioni su Amber, anche se lei non poteva sentire.

Ma non m'importava che lei li avesse sentiti o meno. Knox Storm meritava di prenderle, e mi sono assicurato di dargliele più volte. Questo mi è anche costato l'espulsione dalla partita durante l'ultimo periodo.

Un errore che il coach Malone ha chiarito che non devo ripetere stasera.

Niente repliche, anche se avevamo vinto la partita.

«Sto bene,» borbotto. Vorrei che ci fosse un modo per vedere se è sugli spalti, sempre che si presenti stasera.

Lo saprò nel momento in cui uscirò e mi siederò sulla nostra panchina perché i posti riservati che abbiamo sono proprio dietro il vetro dove ci sediamo. I ragazzi si alternano nel far usare i posti alle loro famiglie, amici, fidanzate e a chiunque vogliano.

«Sembri proprio in forma,» dice Kyler.

Owen guarda Noah, scambiandosi un'occhiata silenziosa. «Si tratta di una ragazza?» Stanno cercando di essere discreti davanti a Kyler, ma lui non si lascia sfuggire nulla.

«Quale ragazza?» ribatte Kyler, fissando i suoi amici, e quando non rispondono, mi guarda male. «Stai finalmente frequentando qualcuna?»

Non rispondo a Kyler perché, sì, sto vedendo Amber, ma non nel senso tradizionale di uscire insieme. Non siamo fidanzati. Siamo solo amici. L'altra sera i ragazzi hanno sottolineato che è tutto ciò che potrebbe mai esserci con lei, e hanno ragione.

«Ti sembra che mi stia vedendo con qualcuno?» rispondo alla sua domanda con un'altra domanda.

Kyler si stringe nelle spalle. «Non vengo nei bar con voi ragazzi dopo le partite. Aspetta, tu e Amber eravate al bar due sere fa? Lo scherzo telefonico...»

Per fortuna, Kyler viene interrotto quando il coach Malone entra nello spogliatoio per farci un discorso motivazionale prima della partita. Non sono mai stato così felice di vedere l'allenatore in vita mia.

Quando la partita inizia, veniamo presentati e usciamo dallo spogliatoio per entrare in pista.

Immediatamente, vedo Amber sugli spalti. Indossa la mia maglia, quella che le ho dato, e non riesco a nascondere il sorriso compiaciuto sul mio viso.

Lei saluta con la mano, e cerco di fingere di non riconoscerla quando Kyler mi sfreccia accanto mentre ci dirigiamo verso la panchina. Nota Amber sugli spalti e il mio sguardo su di lei.

È solo un'amica.

Sono il primo sul ghiaccio con Kyler, Owen, Noah, Chase e il nostro portiere, Aiden. Kyler e io abbiamo sempre giocato bene insieme: dato che negli anni passati ci allenavamo insieme, conosciamo le mosse l'uno dell'altro, ed è come una danza armoniosa quella che facciamo, passandoci il disco avanti e indietro prima che lui lo passi a Owen per segnare un punto.

Voglio essere io quello che segna, che impressiona Amber.

Cazzo.

Da dove è venuto quel pensiero?

Guardo Amber sugli spalti, e sta facendo il tifo per Owen, battendo le mani e sorridendo. Voglio che lo faccia perché ho segnato io un goal.

Non sono mai stato il tipo geloso.

Non c'è mai stato motivo per me di essere geloso. Mi sono concentrato sulla mia carriera invece che sulle ragazze fin dalle superiori.

Sono sempre felice quando i miei compagni di squadra vanno bene perché noi, come squadra, andiamo bene. Questo è ciò che conta di più.

Ma non mi sento così in questo momento. C'è un'amarezza che mi consuma, una rabbia interna che striscia nelle mie vene, che prude per la voglia di essere scatenata.

Voglio che Amber urli il mio nome, applauda per me e sorrida quando mi vedrà segnare il prossimo goal.

Dovrei essere felice per Owen, ma non voglio che la sua attenzione sia su di lui. Le mie viscere sono in fiamme, e quando finalmente prendo il disco, non voglio passarlo a Kyler, il centrale, anche se è libero, e ho Storm e Conrad che mi stanno raggiungendo.

Knox Storm usa la sua mazza per farmi lo sgambetto, e Conrad ruba il disco, riportandolo verso la nostra porta.

«La tua ragazza è sugli spalti, e ha gridato il mio nome,» dice Storm.

So che sta cercando di provocarmi. Dovrei ignorarlo. È sempre stato un po' stronzo sul ghiaccio, ma ogni volta che nomina Amber, vedo rosso.

Sbatto Knox contro il vetro, il mio pugno che colpisce il suo petto, e lui ricambia colpo dopo colpo contro il mio addome.

La rissa dura un minuto, forse di più, prima che veniamo separati.

«Ma che diavolo è stato?» chiede Kyler.

Non rispondo a mio fratello. Lui non capisce perché detesto Knox. Storm e io veniamo mandati nella gabbia di penalità. Amber è seduta dietro la panchina dei giocatori, dall'altra parte della pista, e non può vedermi. Sono sollevato di non doverla affrontare adesso, soprattutto dopo quello che ha detto Knox.

«NON POSSO CREDERE che mi stai facendo indossare una parrucca,» borbotta Charlotte accanto a me.

«Ti ho procurato un biglietto gratis, zitta.» Lancio un'occhiataccia alla mia migliore amica. Indossiamo entrambe maglie degli Ice Dragons, anche se, più precisamente, io sto indossando quella che Jasper mi ha dato l'altro giorno togliendosela di dosso. Almeno ha avuto la decenza di lavarla, e nonostante sia pulita, emana ancora un piacevole sentore di Jasper.

Sto cercando di non annusare continuamente la mia maglia come una pazza. Per fortuna, l'odore nauseabondo di palude è stato eliminato in lavatrice.

«Sì, ma perché al tuo ragazzo non piaccio?» chiede Charlotte.

«Non è il mio ragazzo.» Mantengo lo sguardo sulla partita e devo ammettere che sono delusa che Jasper sia nella gabbia di penalità, perché non riesco a vederlo. Anche se non stesse giocando, sarebbe sulla panchina davanti a me e non dall'altra parte del campo.

Fortunatamente, lo stadio è così rumoroso che è difficile per i suoi compagni di squadra seduti davanti al vetro sentire la nostra conversazione.

«Comunque, non hai risposto alla domanda: perché non gli piaccio?» chiede Charlotte.

«Non lo so. Mi hai incoraggiata a indossare la maglia dei Bruisers. Forse te la sta facendo pagare.»

Charlotte fa un gesto sprezzante con la mano. «L'abbiamo indossata entrambe. Sei colpevole quanto me.»

La fulmino con lo sguardo. «Mi hai sfidato tu a indossarla.»

«Sì, e io sto indossando questa parrucca, quindi siamo pari, okay?» La parrucca bionda le sta piuttosto bene, con la sua carnagione chiara e lentigginosa. La porta con disinvoltura. «Ma sono abbastanza sicura che il tuo innamorato capirà chi sono, parrucca o meno.»

«Va bene. Dubito che ci stia prestando così tanta attenzione,» dico, sperando di avere ragione.

Jasper viene rilasciato dalla gabbia di penalità e torna sul ghiaccio con Kyler e i suoi compagni di squadra. Il punteggio è uno a zero con gli Ice Dragons in vantaggio, ma non per molto.

Jasper è tornato in gioco, così come il suo avversario, Storm.

«Ehi, non è quello di cui abbiamo comprato le maglie?» chiedo a Charlotte.

«Sì, pensi che sia per questo che stanno litigando per noi?» chiede Charlotte, alzando le sopracciglia in modo malizioso.

La mia migliore amica è pazza. «È assurdo.»

«Ma lo è davvero?» chiede, guardandomi. Alza le spalle e poi torna a concentrarsi sulla partita di hockey.

Il periodo è quasi finito, e quando termina, i ragazzi si dirigono tutti verso lo spogliatoio. La folla intorno a noi si alza e si sposta dai propri posti, stiracchiandosi, andando in bagno, le solite cose. Dopo qualche minuto, un tizio cerca di passare accanto a noi in prima fila, portando tre bicchieri di birra. Riesce a versarmene uno sulla maglietta, inzuppando la mia maglia degli Ice Dragons.

«Scusa,» biascica e continua a camminare.

«Sul serio?» Mi alzo, cercando di pulire i residui di birra dai miei vestiti. «È proprio fantastico,» mormoro. Non indosso altro che un reggiseno sotto la maglia, e fa freddo nello stadio. Come se non bastasse, ora la birra è penetrata e mi sta facendo gelare.

«Corsa al bagno,» suggerisce Charlotte, e ci affrettiamo su per le scale verso il bagno. C'è una lunga fila, e promettiamo a tutti che non stiamo saltando la coda, ma solo cercando di arrivare all'asciugamani elettrico, che però non funziona.

Ci sono salviette di carta disponibili, e cerco di asciugare la maglia inzuppata, ma è ancora gelida e scomoda.

«Potresti comprare un'altra maglia?» suggerisce Charlotte mentre usciamo dal bagno, gettando le salviette umide nella spazzatura.

Sto stringendo la parte anteriore della mia maglia, cercando di impedire al freddo di mordermi la pelle. Il banco più vicino che vende merchandise degli Ice Dragons ha una fila che si avvolge attorno all'arena. Perderemo parte della partita se rimaniamo in coda.

«Potresti provare là,» dice, indicando il merchandise degli Island Bruisers.

Gemo. Ho già una delle loro maglie che non indosserò mai. «Sul serio? Jasper mi ucciderà.»

Charlotte inclina la testa, sorridendo. «E perché mai? Se non state insieme, non vedo il problema.»

«Siamo amici, Char. Sarebbe come pugnalarlo alle spalle.»

«Capirà. Altrimenti, ti darà un'altra maglia. Non sarebbe fantastico, due maglie direttamente da lui? Puoi darmene una quando non ti serve più.»

Rido per la sua franchezza. Mi porta più vicino al piccolo negozio degli Island Bruisers, dove non c'è nessuno in fila. Siamo nello stadio degli Ice Dragons, quindi non è una sorpresa che la maggior parte della merce in vendita sia per la squadra di Jasper. «Non succederà. Non posso farlo.»

«O congeli in quella maglia zuppa e dall'odore disgustoso, che puzza di birra, oppure compri una di quelle maglie per poter vedere giocare il tuo ragazzo.»

«Non è il mio ragazzo,» dico tra i denti.

«Non con questo atteggiamento,» replica Charlotte.

Mi dirigo a grandi passi verso lo stand. «Qual è la maglia meno costosa che avete?» chiedo.

«Abbiamo una recluta, Charlie Hayes, al suo primo anno con gli Island Bruisers. Abbiamo la sua maglia in vendita.»

«Quanto costa?» chiedo. Pago con la mia carta di credito e mi precipito rapidamente in bagno per cambiarmi vicino ai lavandini dato che tutte le cabine sono occupate e le file non sono diminuite.

«Jasper mi ucciderà,» mormoro, sfoggiando la maglia blu dei Bruisers mentre torno con Charlotte ai nostri posti.

«Forse.»

Guardo Charlotte. «Scambiamoci i vestiti. Dammi la tua maglia degli Ice Dragons.» Perché diavolo non ci ho pensato quando ero di sopra in bagno? I giocatori cominciano a uscire dallo spogliatoio mentre inizia il periodo successivo.

«Col cavolo. Questo sarà uno spettacolo niente male.» Charlotte sorride maliziosamente.

«Giuro che se hai pagato quel perdente per versarmi la birra addosso...»

«Non l'ho fatto!» ridacchia Charlotte. «Ma sarebbe stato un piano geniale.»

Jasper entra nella panchina dei giocatori e si siede. Si volta a guardarci e aggrotta la fronte. «Sul serio, Amber?»

Indico il tizio sei posti più in là nella nostra fila. «Mi ha versato la birra addosso!»

Kyler si siede accanto a suo fratello e si volta per vedere di cosa si tratta tutto questo trambusto. «Accidenti, Amber. Non ti avrei mai preso per una traditrice.»

Spalanco la bocca. «Non lo sono. Sto tifando gli Ice Dragons!»

«Non sembra proprio,» dice Kyler e se ne fa una ragione.

«La sorella della tua fidanzata è un problema,» dice Jasper un po' troppo forte. Mi chiedo se voglia farsi sentire da me.

«Non è un problema mio. Può tifare chi vuole. So di essere nella squadra vincente.» Kyler dà una pacca sulla schiena a suo fratello prima di tornare sul ghiaccio mentre la partita inizia.

Jasper, tuttavia, sembra essere in panchina, almeno per ora. Fissa i ragazzi sul ghiaccio, con le mani giunte, e noto che ha una borsa di ghiaccio sulle nocche. Quando ha avuto lo scontro con Storm, probabilmente si è fatto male alle mani.

Quando Kyler torna, Parker Montgomery prende il suo posto come centro.

Più guardo e mi concentro sulla partita, più comincio a capirla.

Jasper getta la borsa del ghiaccio nella spazzatura. Dovrei guardare la partita, ma sto passando più tempo a osservare Jasper che qualsiasi altra cosa, e l'allenatore ordina ad Asher di uscire dal ghiaccio mentre Jasper prende il suo posto come ala destra.

Almeno avrà più tempo per giocare. Deve essere un bene.

Il secondo periodo è una battaglia senza un chiaro vincitore. Quando gli Ice Dragons segnano, segue subito un gol degli Island Bruisers. Faccio attenzione a fare il tifo solo per gli Ice Dragons, ma con Kyler e Jasper sul ghiaccio, nessuno dei due sembra notarmi. E perché dovrebbero? La loro attenzione deve essere sulla partita.

Quando il secondo periodo finalmente finisce, e gli Ice Dragons sono in vantaggio solo di uno, posso sentire la tensione che cresce tra la squadra. La partita è serrata. Si dirigono verso lo spogliatoio, e io mi alzo, assicurandomi che lo stesso idiota che mi ha rovesciato la birra addosso non abbia una seconda opportunità quando ci passa accanto per raggiungere il corridoio.

«Il tuo ragazzo non ti ha guardato neanche una volta da quando hai indossato la maglia della squadra rivale,» dice Charlotte.

Vorrei non averlo notato, ma è come se Jasper avesse avuto una mazza da hockey infilato nel sedere per tutto l'ultimo periodo.

«Non è il mio ragazzo,» la correggo.

«Beh, è chiaro che ti vuole. Almeno, lo era quando indossavi la maglia degli Ice Dragons.»

«Scambiamoci le maglie,» dico, indicando la sua.

«E rischiare l'ira degli Ice Dragons? Siamo sedute proprio dietro la squadra. Neanche per sogno. Soprattutto se c'è la possibilità che uno di loro sia single,» dice con un sorrisetto. «Reece, come si chiama? È piuttosto sexy.»

«Noah,» dico e mi mordo il labbro inferiore. È carino, ma non è Jasper Greyson. «Potrebbe avere una ragazza.»

Charlotte sta armeggiando con il suo telefono. «Non ce l'ha,» dice, categorica, e mi mostra la sua foto profilo di Instagram. «Non è sexy?»

Mi spinge praticamente il telefono in faccia, un po' troppo vicino. Le afferro il polso e lo tiro leggermente indietro così da non guardare il telefono strabica. «Sì, non saprei.»

«È perché hai occhi solo per Jasper, che, devo aggiungere, è decente, ma non è Noah Reece.»

«Invitalo a uscire se ti piace,» dico. Dubito che una di noi due abbia una possibilità con Jasper o Noah, ma almeno non sarò l'unica a farmi spezzare e calpestare il cuore. Non che lo auguri a lei, ma siamo delle nessuno per gli Ice Dragons, e sono sicura che abbiano tonnellate di altre ragazze, molto più sexy di noi, che ci provano con loro tutto il tempo.

Charlotte scuote la testa. «No, sarà lui a invitarmi a uscire stasera.»

Non so cosa stia tramando, ma posso già immaginare che abbia a che fare con qualcosa al Blue Line dopo la partita. Non sono sicura di essere pronta per dei drink, specialmente se Jasper farà la spia su di me con il mio documento falso.

L'intervallo è quasi finito, e la squadra ritorna alla panchina dei giocatori. Non dovrei cercare Jasper con lo sguardo, ma quando finalmente esce, ha una maglia tra le mani.

Si avvicina al vetro, guardandomi come se l'avessi tradito.

Mi alzo in piedi. Non so nemmeno perché o cosa mi spinga a farlo, ma è come se avessi bisogno di essergli vicina, di spiegare il mio punto di vista, quello che è successo.

«Ti incolpo per la mia pessima prestazione sul ghiaccio. Indossare quella...» indica con un gesto la maglia che ho addosso, «è il più grande tradimento da parte di un'amica.»

Un'amica?

Esalo un respiro pesante, e appanno il vetro davanti a me.

Mi sta guardando, i suoi occhi agganciati ai miei, lo sguardo fermo. C'è confusione tutt'intorno a noi, ma non me ne accorgo. Avvicino la mano al vetro e disegno un cuore nella condensa mentre lo fisso.

Jasper non si muove. La sua fronte si corruga quando distoglie lo sguardo dal mio e vede cosa ho disegnato sul vetro, il cuore tra di noi.

Apre la bocca, e il mio stomaco si contrae, in attesa che le parole raggiungano le sue labbra. Noah prende la maglia dalle mani di Jasper e la lancia oltre il vetro verso di me. «L'allenatore ti vuole sul ghiaccio,» dice Noah a Jasper.

Afferro la maglia con le mani.

Jasper sbatte le palpebre e si volta, l'incantesimo tra noi si spezza.

Noah osserva i suoi compagni di squadra pattinare sul ghiaccio. Al momento è in panchina, il che potrebbe darmi l'opportunità di scoprire che diavolo sta succedendo con Jasper.

«Mettiti quella maglia prima che Jasper crolli.»

La maglia dorata è pulita e profuma di Jasper. È grande, quindi la indosso sopra l'altra che sto portando perché non ho niente sotto eccetto un reggiseno per cambiarmi i vestiti restando al mio posto.

Noah si siede sulla panchina davanti a noi, dandoci le spalle mentre si concentra sulla partita.

«Noah,» dico, picchiettando sul vetro, cercando di attirare la sua attenzione.

Lui guarda oltre la sua spalla verso di me e mi fa un segno di approvazione quando nota la maglia degli Ice Dragons.

Charlotte saluta Noah con la mano e sorride, ma lui fa un cenno brusco e si volta di nuovo quando Montgomery, uno dei suoi compagni di squadra seduto accanto a lui, gli dà una gomitata nel fianco. Si scambiano alcune parole, ma siamo troppo lontani per sentire cosa dicono.

Jasper guarda nella mia direzione mentre è sul ghiaccio, e il giocatore di hockey dell'altra squadra, Hayes, fa oscillare la mazza come se stesse giocando a golf e colpisce Jasper sotto il mento.

Ci sono imprecazioni da parte di Jasper, e quando gli arbitri alzano le spalle, non avendo visto l'azione, Jasper aspetta finché non sono di nuovo sul ghiaccio e si scaglia contro Hayes. Stanno lottando per il disco, correndo attraverso il ghiaccio quando Hayes inizia a perdere il controllo e a scivolare verso il muro. Jasper lo spinge contro di esso con forza. Rubando il disco, Jasper lo passa a Kyler.

Knox Storm spunta dal nulla, sbattendo Jasper contro il vetro, tirando un pugno dopo l'altro, difendendo il suo compagno di squadra.

Conrad arriva pattinando da dietro, pronto ad attaccare Jasper, quando Kyler interviene.

Kyler afferra Conrad per la maglia e lo trascina sul ghiaccio lontano dal suo fratellino mentre si scambiano pugni. Gli arbitri separano Kyler e

Conrad ma sembrano lasciare che Storm e Jasper continuino a combattere.

Owen si affretta verso Jasper, impedendo agli Island Bruisers di accanirsi contro di lui; almeno uno contro uno è uno scontro equo. Altri due compagni di squadra degli Island Bruisers si lanciano contro Owen, e lui li blocca impedendo loro di intercettare il suo compagno degli Ice Dragons.

Gli arbitri finalmente separano Jasper e Knox, espellendoli dalla partita. Espellono anche Kyler e Conrad.

«Sul serio?» grida Noah.

DIECI
JASPER

LE NOCCHE mi facevano male prima, ma ora il dolore si irradia sotto il mento, e mentre siedo sulla panchina nello spogliatoio con una borsa di ghiaccio sul viso, vedo una macchia di sangue.

La pulisco, ma probabilmente ce ne deve essere molto altro.

Non mi sono preoccupato di guardarmi allo specchio. Sono sicuramente un disastro. Guardando i monitor sopra la testa, posso vedere la partita in televisione, e almeno non sono l'unico giocatore ad essere stato espulso.

«Hai un aspetto di merda,» dice mio fratello mentre mi raggiunge nello spogliatoio.

«Grazie,» rispondo con un sorriso. Almeno ho ancora tutti i denti.

Prende un asciugamano pulito e me lo lancia. «Hai del sangue che cola,» indica il mio viso. «Puliscti. La stampa vuole un'intervista dopo la partita.»

«Non gli dirò un cazzo,» rispondo. Mi chiederanno della rissa. Non gliene frega niente di come gioco, di quanti gol ho segnato. È sempre tutto sulla rissa. La brutalità dello sport.

«È un peccato che non siamo gemelli,» dice Kyler con un sorriso.

«Lo so.» Mio fratello adora i riflettori. Ci si trova a suo agio e ha imparato a usarli per aiutare la sua carriera.

Io? Preferirei passare inosservato. Cioè, apprezzo il contratto da recluta che ho, e quando scadrà, vorrei un'offerta più grande, ma non mi piace dover essere intervistato e rispondere a domande, specialmente quelle che hanno poco a che fare con l'hockey.

Nell'ultima intervista, la giornalista sportiva mi aveva chiesto se stessi frequentando qualcuno. Sul serio? Cioè, che cazzo importa?

Si è scoperto che era una "puck bunny" che puntava alla nostra squadra dopo essersi fatta mezza squadra dei Wolverines e la maggior parte dei Barbarians. No, grazie. Non ho bisogno di ficcare il mio cazzo in una che ha scopato con altre due squadre NHL.

Do un'occhiata al monitor, guardando gli ultimi secondi della partita. Gli Ice Dragons sono in vantaggio di uno.

«È doloroso,» dico, guardando, consapevole di non potere fare un cazzo per aiutare i nostri compagni di squadra.

Kyler si toglie l'attrezzatura e si siede accanto a me sulla panchina. Guarda lo schermo della televisione e poi torna a guardarmi. «Cosa c'è tra te e Amber?»

«Niente.»

Kyler mi fissa per un attimo prima di annuire, accettando la mia risposta come un fatto. «Okay, bene.»

Entrambi torniamo a concentrarci sullo schermo quando la partita finisce, ed è chiaro che gli Ice Dragons sono i vincitori. Finalmente posso respirare, esalando un respiro profondo.

«Andrai al Blue Line stasera?» mi chiede mio fratello mentre gli altri giocatori cominciano ad entrare nello spogliatoio.

«Avevo intenzione di farlo. Tu uscirai con noi stasera?» Sarebbe la sorpresa del secolo, Kyler che si prende una serata libera dalla paternità. Non ricordo l'ultima volta che ha portato Emerson a bere con la squadra. È passata un'eternità.

«Sì, per una birra o due. Poi dovrei tornare a casa.»

«Potresti invitare Emerson a uscire, no?» Non capisco perché scelga sempre di tornare a casa invece di uscire con i ragazzi. «Hai una tata. Lascia che si occupi lei di Bristol.»

Prende il telefono e invia alcuni messaggi. C'è parecchio chiasso nello spogliatoio, ed è difficile fare una telefonata e che l'altra persona senta una parola di ciò che viene detto.

Vado alla doccia, mi lavo e mi cambio con un paio di jeans e una camicia pulita. Aspetto che Noah e Owen finiscano prima di andare tutti insieme al Blue Line.

Kyler si asciuga dopo la doccia e mi guarda mentre si veste. «Due drink. Poi devo tornare a casa.»

«Emerson verrà?»

«L'ho invitata,» risponde mio fratello cripticamente.

«E...?»

Kyler non risponde. Finisce di vestirsi e si siede sulla panchina, allacciandosi le scarpe da ginnastica. Finisco di mettermi le scarpe, e una volta che i miei compagni di squadra sono pronti e hanno finito con la stampa, ci dirigiamo al Blue Line.

Il nostro tavolo riservato è libero, e ci sistemiamo tutti ai nostri soliti posti. Kyler si siede di fronte a me, e io sono all'estremità, come sempre.

Owen e Noah scherzano tutte le volte sul fatto che io abbia il posto migliore per controllare le ragazze che entrano e abbordarne qualcuna. Prendo una birra dal secchiello e tolgo il tappo, bevendo un sorso. La bottiglia fredda fa bene alle mie nocche. Avevo dimenticato quanto si fossero rovinate durante la partita. Il dolore al mento le aveva fatte passare in secondo piano.

Il ghiaccio aveva aiutato ad anestetizzare abbastanza velocemente.

Kyler prende una birra per sé e si appoggia con un sorriso compiaciuto. «M&M, sei venuta!» grida e le fa cenno di avvicinarsi.

Non posso fare a meno di guardare. M&M? Mi giro verso la porta, ed Emerson entra nel bar. È uno schianto, indossa la maglia di Kyler e leggings neri.

Il mio stomaco sobbalza, e lei si avvicina al tavolo, posando le labbra su quelle di Kyler. Lui la tira contro di sé, le loro bocche si sfidano mentre le sue dita si intrecciano nei suoi capelli.

Distolgo lo sguardo, bevo un altro sorso della mia birra, e i miei occhi quasi escono dalle orbite quando vedo Charlotte e Amber entrare nel bar.

Amber, che ha vent'anni e non ha nessun motivo per trovarsi al Blue Line, si avvicina con disinvoltura al bancone per ordinare.

Mi alzo dal mio sgabello. «Torno subito,» mormoro sottovoce, sperando che i ragazzi non facciano domande. Kyler, almeno, è totalmente preso da Emerson. Non mi preoccupo di lanciare un'occhiata a Noah e Owen. Mi impedirebbero di commettere il più grande errore della mia vita.

Mi avvicino al bancone, bottiglia di birra in mano, mettendomi accanto ad Amber, girandomi verso di lei. Lei sorride, e abbasso lo sguardo, notando che indossa la mia maglia. Il mio cuore si gonfia, ma non dovrebbe.

Non avrebbe dovuto nemmeno importarmi quando prima indossava quella stupida maglia della recluta Charlie Hayes. Ma mi aveva divorato dentro, facendomi a pezzi.

«Vorrei un...» inizia a dire, aprendo la bocca e mostrando il suo documento.

Le spingo la mano sul bancone e la premo contro il suo petto. «Lei resta sobria stasera,» dico. «Non darle niente con alcol.»

«Ma cosa stai...» dice Amber, e mi sposto leggermente, permettendole di vedere oltre me. Sua sorella è con mio fratello. «Cazzo e stracazzo,» borbotta Amber.

«Sono sicuro che non resteranno a lungo.» Le blocco la visuale e, più importante, blocco la loro visuale su di lei. La sto proteggendo, ma non sono nemmeno sicuro del perché lo stia facendo. Ha vent'anni. Non dovrebbe nemmeno essere al Blue Line. Controllano i documenti all'ingresso, ma deve aver mostrato il suo documento falso per entrare, proprio come ha fatto l'altra sera per bere.

«Non stai per fare la spia con mia sorella?» chiede Amber, inclinando leggermente la testa, con un'espressione curiosa sul volto.

«Che divertimento ci sarebbe?» rispondo con una scrollata di spalle. «Preferisco vederti in difficoltà.» Il mio sguardo percorre il suo corpo un po' troppo a lungo.

Lei si sposta sui piedi e distoglie lo sguardo, forzando un sorriso e mettendosi una ciocca di capelli dietro l'orecchio. Amber mi guarda, e posso percepire il nervosismo che si irradia da lei, colpendomi come piccole scintille di elettricità.

Amber non dice una parola. Non l'ho mai vista così silenziosa, ma non è che la conosca così bene, dopotutto. Abbiamo passato un po' di tempo insieme, niente di irragionevole per due amici.

È questo che siamo, amici?

«Allora, qual è il tuo tipo?» le chiedo, intercettando il suo sguardo prima di guardarmi intorno nella sala. «Potrei fare da spalla, aiutarti a conquistare qualsiasi ragazzo qui dentro che tu possa desiderare.»

Perché diavolo mi sto offrendo di aiutarla a scopare?

Bevo un sorso di birra, avendo bisogno di piantare mentalmente i piedi per terra. Bere non aiuterà in questo, ma almeno terrà la mia bocca chiusa mentre ingoio l'alcol invece di parlare troppo.

«Io non... non è proprio così che funziono,» dice Amber.

«Giusto. Hai menzionato le ragazze,» dico, forzando un sorriso. Certo, le piacciono le ragazze. Almeno il suo rifiuto non fa così male, sapendo che non le piace il cazzo.

Le guance di Amber diventano rosse. «Mi piacciono entrambi, per la cronaca, non che importi. Ma non faccio incontri casuali.»

Charlotte spunta da dietro Amber. Indossa una parrucca bionda, e sembra abbastanza naturale, ma è la sua amica e riconosco il suo viso. Le avevo detto di non portare Charlotte e cosa ha fatto? L'ha portata alla partita. Perché pensavo che mi avrebbe ascoltato?

«Di nuovo tu,» mormoro, lanciando un'occhiataccia a Charlotte, la ragazza che sta rovinando le mie possibilità per... cosa, esattamente? Amber è off-limits, anche se il mio cazzo non la pensa così.

«È vergine,» interviene Charlotte.

La mia lingua scivola verso il lato del labbro mentre assimilo l'informazione che la sua amica ha condiviso con me. Lo sospettavo da quello che mi aveva detto qualche notte fa, ma ora ho appena avuto conferma dei miei sospetti.

Gli occhi di Amber si spalancano, e colpisce il braccio della sua amica. «Sei una stronza!»

Charlotte ride e bacia la guancia di Amber. Non posso fare a meno di sentire il mio cazzo reagire, immaginando le due ragazze intrecciate tra le lenzuola.

«Sparisci,» dice Amber e spinge via Charlotte. «Troverò un passaggio per tornare a casa da sola.»

«Ci scommetto,» dice Charlotte con un occhiolino. Si gira verso di me. «Prenditi cura di lei.»

Charlotte scompare tra la folla, e Amber abbassa lo

sguardo, nascondendo il viso tra le mani. «È stato umiliante.»

Penso di chiederle "cosa", ma questo le farebbe solo rivivere il momento. «Tutti hanno una prima volta,» dico con una scrollata di spalle.

«Non io,» mormora nelle sue mani.

Territorio vergine.

Dovrei lasciar perdere. Non è che non abbia già immerso la mia asta nel miele, ma so che è meglio non lasciarsi coinvolgere con una vergine. Tendono ad essere appiccicose ed eccessivamente emotive. Il gioco è la mia priorità, il mio primo amore.

Mi piace il sesso,– a quale maschio sulla Terra non piace, ma non ho bisogno di una ragazza che mi scriva lettere d'amore ogni giorno o disegni le nostre iniziali nei cuoricini sui suoi compiti scolastici.

«Succederà,» dico e appoggio la mia mano sul suo braccio.

Lei solleva il viso dalle mani e mi guarda con cautela. «Non mi stai prendendo in giro?» chiede, sorpresa.

«Perché dovrei?»

«Perché sono una ventenne...» Non finisce la frase.

«Non è un grosso problema. Voglio dire, sei già stata baciata. Giusto?»

E quando non mi risponde, realizzo quanto Amber sia innocente e inesperta, e vorrei aiutarla... ma non dovrei.

«No,» dice Amber, e allunga la mano verso la mia bottiglia di birra.

Gliela cedo, lasciando che beva un sorso. Fa una smorfia per il sapore ma non lo sputa. La mia mente va immediatamente dove non dovrebbe, chiedendomi se sputerebbe o ingoierebbe...

Mi schiarisco la gola e riprendo la bottiglia. «Ne hai avuta abbastanza.»

«Siamo amici, vero?» chiede Amber, e io annuisco.

«Sì, ti considero un'amica.» Non ho detto a Emerson che la sua sorellina minorenne è al bar. Penso che questo significhi che abbiamo solide basi di amicizia, o quantomeno, che mi piace la sua compagnia e non voglio che se ne vada.

«Mi insegneresti a baciare? Cioè, e se fossi terribile e nessun ragazzo volesse mai più baciarmi?»

«Aspetta. Sei stata con due ragazze e non hai mai baciato nessuna delle due?» Mi passo una mano tra i capelli. Dire che sono senza parole è un eufemismo.

Le sue guance arrossiscono, e per un minuto penso che stia per dirmi che mi ha fatto uno scherzo. Che non è vergine oppure che non è stata con delle ragazze. Non so cosa preferirei sentire. Onestamente, non importa. Non m'interessa il suo passato. M'interessa che sia onesta con me.

«I baci erano fuori discussione. Era più esplorativo.» Il viso di Amber è arrossato.

Prendo un altro sorso della mia birra, che è ormai quasi finita. «Esplorativo. In che modo?» Voglio che si apra con me. Non so perché sto continuando con questa linea di domande, ma voglio saperne di più.

Arriccia il naso quando sorride. «Non mi farai dire tutto nei minimi dettagli.»

«Lingua? Dita? Giocattoli?» chiedo, cercando di capire cosa abbia fatto.

«Risponderò se mi ordini un drink forte» dice Amber e fa un cenno verso il barista.

«Non posso farlo» dico. E quanto vorrei farla ubriacare e sentire ogni sporco dettaglio della sua fase sperimentale all'università, perché sono un uomo, e il mio cazzo è interessato quanto me.

«Allora non posso risponderti» dice Amber timidamente. «Ma non ho mai baciato né un ragazzo né una ragazza. E le altre cose erano okay ma non fantastiche. Quindi, diciamo che ero curiosa.»

«E ora sei curiosa riguardo ai ragazzi?» chiedo.

«Non ho mai avuto davvero un ragazzo interessato a me» dice Amber. «Quelli per cui avevo una cotta, era un amore non corrisposto.»

Stringo le labbra e rifletto sulla sua affermazione per un minuto. Amber è giovane, innocente e ingenua. Probabilmente ha avuto un sacco di ragazzi interessati e semplicemente non se n'è accorta a causa della sua mancanza di esperienza.

Lei emette un respiro tremante. «Vuoi essere il mio primo bacio?»

«No» dico, e mi odio per averla respinta. «Dovrebbe essere con qualcuno che ti piace, non solo un amico.»

Sono abbastanza sicuro che io le piaccia, e mi sento un completo stronzo per averla respinta, ma non posso fare questo con la sorella di Emerson. Kyler non mi perdonerebbe mai per aver spezzato il giovane cuore di Amber.

«Ti sfido a baciarmi» dice, guardandomi piena di speranza.

«Non stiamo giocando a obbligo o verità.» Ho imparato la lezione con quel gioco l'ultima volta. Soprattutto, perché mi ha sfidato a baciare la ragazza più carina nel bar, e sarebbe stata una trappola disastrosa. Sapendo che non ha ancora avuto il suo primo bacio, non voglio rubarglielo per un gioco.

Lei merita di essere corteggiata, portata a cena, e poi accompagnata a casa con un bacio della buonanotte. Non sono quell'uomo. Conosco il mio cazzo, ed entrambi vorremmo di più da lei.

«Ma potremmo? Pensavo che non ti tirassi mai indietro davanti a una sfida» dice Amber.

Ha ragione, non lo faccio, ma non ho accettato questo gioco di obbligo o verità improvvisato che ha deciso di propormi. «Non siamo in mezzo a una partita di obbligo o verità» ripeto.

«Non hai mai portato a termine l'ultima sfida» ribatte, fissandomi con lo sguardo. «Ti sfido a baciare la ragazza più carina nel bar.»

Emetto un pesante sospiro. «Non vuoi che lo faccia, Amber.»

Aggrotta la fronte e stringe le labbra. È preoccupata che sia perché penso che ci sia qualcuna più carina di lei qui dentro? Perché non c'è nessun'altra. Ho occhi solo per Amber Ryan.

Le mie dita sfiorano la maglia che indossa. La mia maglia. Afferro l'orlo, tirandola più vicino a me. «Perché oggi ti sei cambiata mettendo una maglia dei Bruisers?»

«Un cretino mi ha versato addosso la birra tra un tempo e l'altro» mormora Amber. «Avrei comprato un'altra maglia degli Ice Dragons, ma la fila era troppo lunga.»

«Ti piace solo farmi innervosire» dico, fissandola, cercando di capirla. Amber è un mistero. Anche con tutte le sue carte in tavola, ancora non riesco a capirla.

«Vuoi andare via da qui?» chiede. «Non sembra che

mia sorella e tuo fratello se ne andranno tanto presto.»

Normalmente, quando una ragazza mi chiede se voglio andare via, implica tornare a casa sua o portarla a casa mia per una scopata.

Ma non è quello che ho in mente per Amber.

«È BELLISSIMO,» dico, guardando la città mentre stiamo sul tetto del suo complesso di appartamenti. C'è un giardino fiorito, con luci appese che emanano un'atmosfera romantica e un cielo notturno punteggiato di stelle. La città rende difficile vedere tante stelle, ma è comunque molto bello.

Porta tutte le ragazze con cui esce quassù prima di invitarle a casa sua?

Rabbrividisco, e Jasper se ne accorge. Togliendosi la giacca di pelle, me la mette sulle spalle.

«Morirai di freddo,» dico, lanciandogli un'occhiata mentre viene a posizionarsi accanto a me.

«Sono già abbastanza coperto.»

È tardi, ben oltre la mezzanotte, e probabilmente dovrei andarmene, ma non voglio che la serata finisca. Con Jasper è appena iniziata.

«Hai una partita domani?» chiedo.

«Giornata di allenamento. E tu? Lezioni mattutine?» mi chiede.

«Non troppo presto.» Ho lezione alle nove del mattino, ma non voglio che mi mandi a letto per farmi dormire abbastanza. Non sono una bambina.

Ci sono due sedie all'aperto sul tetto, e lui mi tira a sedere sulle sue ginocchia, con le braccia attorno alla mia vita.

Esalo un respiro nervoso.

Mi bacerà?

Gli ho detto che volevo che fosse il mio primo bacio, che volevo sapere come baciare correttamente un ragazzo, e sebbene non abbia necessariamente acconsentito, stasera è stata un susseguirsi di limiti superati.

Perché portarmi a vedere la città e le stelle a casa sua se non fosse interessato a me? Perché illudermi?

A meno che non sia quello che fa con tutte le sue amiche? Improbabile. Non è possibile che porti i suoi compagni di squadra quassù, facendoli sedere sulle sue ginocchia.

Mi irrigidisco, e lui afferra i risvolti della sua giacca, avvicinandoli per aiutarmi a rimanere al caldo. «Stai tremando.» Trova la cerniera sul fondo e mi chiude la giacca intorno.

Sto tremando, sì, ma non è per il freddo. Fa fresco fuori, ma sono i miei nervi a farmi tremare.

Almeno, lui non sembra notare la differenza. Dovrei esserne grata, ma il mio stomaco fa le capriole.

«Mi fai sentire nervosa,» sussurro, sperando che, se esprimo la mia ansia ad alta voce, cesserà di avere potere su di me.

Jasper abbozza un sorriso. «Non devi essere nervosa con me. Siamo solo amici.»

Esalo un respiro breve, ma è abbastanza forte da fargli sollevare un sopracciglio, in attesa che io parli. «Ti sfido a baciare la ragazza più bella sul tetto,» dico.

Il sorriso si allarga sul suo viso, e spinge le lunghe ciocche dei miei capelli dietro le orecchie, raccogliendoli in una coda. Stringe i miei capelli nel pugno, tenendomi la testa alta, i miei occhi fissi nei suoi, tenendomi completamente ferma e alla sua mercé.

Oserei dire che mi piaccia la sensazione di cedergli il controllo. Lascia che le sue dita accarezzino la mia testa, i miei capelli, e poi si avvicina, il suo respiro che stuzzica le mie labbra prima che si avvicini al mio orecchio. «Piccola, eri tu la ragazza più bella del bar, ma non ti bacerò.»

L'aria sembra essermi stata strappata dai polmoni, e sono grata di essere seduta, anche se sulle ginocchia di Jasper, perché altrimenti avrei perso l'equilibrio. La stanza gira, e sto cercando in tutti i modi di riprendere fiato.

Cosa sto facendo?

Perché continuo a buttarmi su di lui quando chiaramente non è interessato? Certo, pensa che sia attraente, ma ci sono tonnellate di altre donne attraenti che lo interessano di più, e non sono io.

Dovrei alzarmi e scendere dalle sue ginocchia. I campanelli d'allarme nella mia mente stanno suonando, avvertendomi che stare seduta su di lui in questo momento potrebbe essere pericoloso.

Ma non riesco a muovermi, nemmeno di un centimetro. Sono immobile. Il mio respiro esce rauco e veloce, nervoso e agitato.

«Ovviamente non lo farai,» dico e faccio diversi respiri profondi prima di muovere i fianchi contro i suoi mentre cerco di alzarmi, ma le sue mani sui miei fianchi non mi permettono di farlo.

E adesso quello che sento non sono solo le sue mani, ma qualcos'altro che si annida sotto il mio sedere, quasi pungendomi.

I miei occhi si spalancano, e guardo indietro verso Jasper. «La ragazza più bella del bar non ti ispira? Beh, sono sicura che chiunque tu stia fantasticando di baciare, puoi chiamarla o usare la tua mano.» Mi libero dalla sua presa, e lui mi lascia andare.

Mi affretto giù per le scale fino al primo piano e mi dirigo fuori, chiamando un taxi. Ce n'è uno che sta arrivando proprio mentre esco.

«Amber Ryan?» chiede l'autista mentre apro la portiera posteriore.

«Sono io,» dico.

Jasper deve aver chiamato il taxi. Invece di inseguirmi, mi sta mandando a casa. Beh, almeno so quali sono le sue priorità.

Quando torno a casa, mi butto subito a letto, ma non riesco a dormire a lungo. Due ore e venti minuti, per l'esattezza.

L'allarme antincendio suona e, per fortuna, ho scelto di dormire con una maglietta e pantaloni del pigiama di flanella. Afferro la borsa, il telefono e le chiavi. Probabilmente è un falso allarme. Le esercitazioni sono un'occorrenza semi-regolare, ma non sono mai state nel mezzo della notte.

Tocco la maniglia della porta ed entro nel corridoio. C'è una foschia di fumo, e il corridoio è più caldo di quanto dovrebbe essere, come se il fuoco stesse avvolgendo l'edificio.

Non sono l'unica nel corridoio. Alcuni vicini escono per vedere di cosa si tratta, e quando ci rendiamo conto che non è un falso allarme, bussiamo alle porte, dirigendoci verso le scale, cercando di svegliare tutti.

Finalmente metto piede fuori, e in lontananza, il suono di un'autopompa annuncia il suo arrivo. Le fiamme illuminano il cielo notturno. Il tetto è divorato dal fuoco, e l'ultimo piano vicino al lato ovest dell'edificio è completamente nascosto dal fumo. Almeno due appartamenti sono stati distrutti, forse di più. È impossibile dirlo da qui.

Ci spostiamo dall'altra parte della strada, osservando mentre i vigili del fuoco arrivano e collegano le manichette. Mandano una squadra dentro, cercando residenti.

Arriva un'altra autopompa e un'ambulanza. Guardo l'orologio. Sono le quattro e mezza del mattino.

Charlotte vive in un altro complesso di appartamenti. La chiamo, ma parte direttamente alla segreteria telefonica. Non sono nemmeno sicura che sia a casa. Potrebbe aver dormito da qualche ragazzo che ha conosciuto al Blue Line.

Mando a Charlotte un breve messaggio.

Incendio all'appartamento. Sto bene. Scrivimi quando leggi questo.

Sono sicura che ne sentirà parlare quando si sveglierà o vedrà la distruzione andando a lezione domani alle sette.

Nella fretta di uscire non mi sono nemmeno preoccupata delle scarpe, ma probabilmente è stato meglio così. Avrei potuto rimanere intrappolata all'interno.

L'incendio ruggisce, le fiamme si alzano ancora più in alto mentre più parti dell'edificio si carbonizzano e il fuoco si propaga verso un altro piano.

Il mio piano.

Guardo il mio telefono.

Chiamo Emerson, ma non risponde. Riattacco e riprovo. Forse non ha risposto abbastanza velocemente? Sicuramente è rientrata tardi. Probabilmente ha il telefono in modalità silenziosa.

Ho il numero di Kyler e, con una smorfia, provo a chiamare lui.

«Pronto?» borbotta, mezzo addormentato.

«Devo parlare con mia sorella.»

«Amber, sei tu?» chiede Kyler. «Stai bene?» Sembra più vigile, sveglio quando si rende conto che sono io a chiamare e che qualcosa deve essere andato storto perché non lo contatto mai.

«Devo parlare con Emerson.»

«Cosa c'è che non va, Amber?» chiede finalmente mia sorella, rispondendo al telefono.

«C'è stato un incendio nel mio appartamento» dico, con voce tremante. «Sto bene, ma ho bisogno di un posto dove stare per la notte.»

Mi invita a casa loro, e insistono che prenda un taxi a quest'ora. Non discuto. Chiamo un taxi e aspetto all'isolato successivo, lontano dal caos. La polizia è arrivata e fa allontanare le persone, tenendole fuori dal pericolo.

I vigili del fuoco non sembrano più cercare di salvare l'edificio quanto piuttosto proteggere il complesso di appartamenti accanto e impedire che l'incendio si propaghi incontrollato verso un altro edificio.

Ma stanno sparando acqua con gli idranti, e il fumo si alza prima che altre fiamme illuminino la notte.

Non riesco a guardare, e sono grata quando arriva il taxi e mi porta lontano dal campus.

Il cancello si apre prontamente prima che io abbia il tempo di suonare, insieme alla porta d'ingresso.

Kyler è sveglio, e mi aspetta davanti alla porta.

«Mi dispiace avervi svegliato» dico.

Lui guarda i miei piedi nudi e aggrotta la fronte mentre resta all'entrata della porta principale.

«Non ho avuto il tempo di mettermi le scarpe.»

«Immagino di no» dice Kyler. «Vieni, ti mostro la camera degli ospiti. Domani, Em può accompagnarti a fare shopping per comprare vestiti e scarpe nuovi.»

Stringo le labbra e annuisco. Non voglio vestiti nuovi. Mi piacciono le mie cose, ma anche se fossero sopravvissute all'incendio, non saranno immediatamente accessibili. E anche se potrei andare a lezione in pigiama, di sicuro a piedi nudi sarebbe troppo.

«Grazie» dico. Seguo Kyler di sopra, e cerco di fare meno rumore possibile.

La porta della camera da letto a sinistra si apre di colpo, ed Emerson esce, tirandomi in un abbraccio. «Sono felice che tu stia bene.»

«Grazie.» Forzo un sorriso. Sto bene, ma non mi sento bene.

Mi conducono nella camera degli ospiti in fondo al corridoio, e io chiudo la porta e mi lascio cadere sul letto.

DODICI
JASPER

IL MIO CELLULARE è fastidiosamente rumoroso questa mattina. Borbotto e allungo la mano verso il telefono. «Cosa c'è?» dico, leggendo il nome sullo schermo.

«Oh bene, sei sveglio,» cinguetta Noah.

«Non poteva aspettare fino all'allenamento?» mormoro. Qualunque cosa voglia, la risposta sarà no. Niente favori. Niente corse per il caffè. Semplicemente, no.

Sono particolarmente scontroso questa mattina dopo qualunque cosa sia successa tra Amber e me.

«La tua ragazza, frequenta la NYU.»

È un'affermazione, non una domanda. «Non ho una ragazza. Dove vuoi arrivare, Noah?» Mi strofino gli occhi assonnati e mi metto seduto sul letto.

«Amber, la tipa per cui sospiri, hai visto le notizie? Uno degli edifici vicino al campus è bruciato fino alle fondamenta.»

Questo mi sveglia all'istante. Salto giù dal letto e accendo la televisione.

«Che canale?»

«Tutti,» dice Noah. «Hanno già recuperato tre corpi.»

Lo stomaco mi crolla come se stesse per sprofondare, e trovo uno dei canali locali che mostra ancora residui di fumo che bruciano sullo sfondo, e un complesso di appartamenti che è un cumulo di macerie e cenere.

«Hanno detto l'indirizzo?» chiedo.

E proprio mentre lo chiedo a Noah, appare in sovrimpressione sullo schermo.

«È l'edificio di Amber.» Mi infilo un paio di jeans e una maglietta e mi dirigo verso la porta. Chiudo la chiamata con Noah, pronto a chiamare Amber.

Non risponde.

Guardo l'orologio. Sono le nove. Potrebbe essere a lezione questa mattina? Forse è con Charlotte?

Anche se non so dove viva la sua amica.

Provo a chiamarla di nuovo.

Nessuna risposta.

Le mando un messaggio.

Sei viva? Non rispondi al telefono, e c'è stato un incendio nel tuo palazzo ieri notte! Chiamami.

Ovviamente, se non fosse viva, non potrebbe rispondere al mio messaggio. Ma nel panico, ho mandato il primo pensiero che mi è venuto in mente.

Prendo un taxi e vado dritto al suo appartamento. Non so cosa mi aspetti di trovare, ma ho bisogno di risposte. Forse possono dirmi chi è morto nell'incendio, perché i notiziari si rifiutano di dare quell'informazione fino a quando i parenti più stretti non siano stati informati.

Mi viene la nausea solo a pensare ai parenti più stretti. È Emerson? Sarebbe lei la prima a saperlo o qualcun altro? Non ho mai sentito molto parlare dei genitori di Emerson, e Amber non ha mai fatto menzione di sua madre o suo padre.

Non so quasi nulla di Amber, e questo fa ancora più male.

Hanno messo delle barricate a un isolato dal suo appartamento, e il tassista mi lascia il più vicino possibile. Lo pago in contanti, mancia inclusa, e mi affretto a percorrere il resto del tragitto a piedi.

C'è un camper parcheggiato in mezzo alla strada e una lavagna sul lato con i numeri degli appartamenti delle persone di cui si hanno notizie.

Non conosco il numero dell'appartamento di Amber. Non sono mai entrato a casa sua. Scatto alcune fotografie, cercando di dare un senso alle informazioni.

«Posso aiutarti?» mi chiede una donna, osservandomi.

«La mia ragazza...» mi fermo. Non è esattamente la parola giusta. Anche se è una ragazza e un'amica. «...vive qui.»

«Come si chiama?»

«Amber Ryan,» dico ed esalo un respiro.

«Numero dell'appartamento?» chiede.

Scuoto la testa. «Abbiamo appena iniziato...»

Lei non sorride, la sua espressione è cupa, e allunga la mano nel camper e recupera una cartelletta. «Si chiama Amber Ryan?» ripete la donna.

Annuisco. «Esatto.»

«Non è stata rintracciata,» dice la donna.

«Cosa significa?» Scuoto la testa, sconsolato. «Le notizie dicevano che almeno tre corpi sono stati estratti dall'incendio.» Non voglio immaginare che possa essere uno di quei corpi.

«Molti residenti sono fuggiti dall'incendio e sono andati da amici nelle vicinanze del campus, o sono stati prelevati da familiari. Abbiamo cercato di farci dare da tutti le loro informazioni, ma alcuni residenti se ne sono andati prima che arrivassimo.»

«È scappata,» ripeto. Devo crederci. Amber è una combattente.

«Non lo sappiamo. Abbiamo ventisei residenti di cui non abbiamo notizie. È anche possibile che alcuni potrebbero non essere stati nel loro appartamento ieri notte,» dice la donna.

Amber era qui. L'ho mandata a casa, e se le fosse successo qualcosa, non me lo perdonerei mai.

I resti sono bloccati con del nastro di sicurezza come se fosse la scena di un crimine, e barcollando, torno verso la metropolitana. Non mi preoccupo di chiamare un taxi. Ho bisogno dell'aria fredda sul viso per intorpidirmi.

Provo a chiamare Amber di nuovo. Nessuna risposta. Non sono sicuro se mi stia ignorando o se le è successo qualcosa. Ma voglio pensare che non mi ignorerebbe, specialmente dato che il suo appartamento è andato a fuoco. Deve sapere che sarei preoccupato.

Non ho il numero di Charlotte. Non ho modo di contattarla. E non so quali corsi stia seguendo Amber, quindi non posso appostarmi fuori dalle aule. La NYU ha un campus enorme, il che non mi renderà più facile trovarla.

Mi dirigo verso la metropolitana, prendo il treno e lascio vagare la mente. Se fosse a lezione, non potrebbe rispondere ai miei messaggi o alle chiamate. Potrebbe non vederli per un po'.

È passata più di un'ora da quando l'ho chiamata questa mattina.

Non posso sopportare l'attesa. Restare a chiedermi cosa sia successo. Questa preoccupazione... è tutto troppo doloroso.

Cambio treno alla stazione e seguo la mappa, dovendo cambiare di nuovo per arrivare a casa di mio fratello. Sarebbe stato più semplice prendere un taxi per andare da Kyler. Non sono sicuro che sia nemmeno a casa, ma ho bisogno di qualcuno con cui parlare, e forse Emerson ha saputo qualcosa, o la farò preoccupare a morte.

Non vedo altre opzioni.

Mi ci vuole un po' per arrivare a casa di Kyler, soprattutto perché i treni non sono puntuali. Ma quando finalmente arrivo, il cielo è diventato nuvoloso e scuro. Sembra che stia per piovere, il che è appropriato.

Mi viene aperto l'ingresso dal cancello principale. Ho il codice di accesso e cammino lungo il vialetto fino alla porta d'ingresso.

Cosa dirò?

E se Emerson non sapesse nulla?

Busso alla porta d'ingresso e, sebbene abbia una chiave, non mi sembra giusto entrare senza essere invitato.

Kyler apre la porta, mi squadra, accigliandosi. Sembra stanco quanto me.

«Hai sentito dell'incendio alla NYU?» chiedo, incerto su come affrontare l'argomento con Kyler. Iniziare il discorso dicendo che la sua nuova cognata o meglio, futura cognata, potrebbe essere morta, è un po' drastico.

Kyler sospira e annuisce. «Sì, l'abbiamo saputo. Amber sta ancora dormendo di sopra.» Indica la scala.

«È qui?» L'aria sembra uscirmi dai polmoni, e per un momento mi sento leggero, persino stordito.

«Ha chiamato sua sorella ieri sera, e quando non ha risposto, ha telefonato a me per farci sapere cos'era successo. Ha preso un taxi ed è rimasta qui. Lei ed Em andranno a comprare vestiti e scarpe quando si sveglierà.» Guarda l'orologio e fa spallucce. «Immagino che si alzerà tra poco.»

«Sono sollevato,» dico e cerco di riprendermi perché Kyler mi sta guardando in modo strano.

«Sì, lo siamo tutti. Hai ancora quella stanza in più?» chiede mio fratello.

Annuisco. È piena di roba, ma la camera da letto in sé non è scomparsa. «Sì, perché?»

«Io ed Em siamo fidanzati. Siamo in questa perfetta piccola bolla, e temo che portare sua sorella a vivere con noi potrebbe...»

«Potrebbe far scoppiare la vostra bolla?» Rido e incrocio le braccia sul petto. Capisco dove vuole arrivare. Finalmente, ha ufficializzato la relazione tra lui ed Emerson. Aggiungere un'altra persona alla situazione abitativa potrebbe certamente influenzare le dinamiche.

«Amber è fantastica. Stavo pensando che avevi parlato di avere un coinquilino, e dato che non sei quasi mai a casa tra partite e allenamenti, potresti considerare di invitarla a trasferirsi da te.»

«Passo,» dico. «Inoltre, non ci sono altri alloggi nel campus che può affittare?»

Kyler fa spallucce. «Non lo so. Vado a prendere un caffè. Ne vuoi uno?» chiede, dirigendosi verso la cucina.

«Sto bene così. Torno subito,» dico e salgo silenziosamente le scale. Se Amber sta ancora dormendo, allora non ha visto i messaggi frenetici e le chiamate che le ho mandato. E non ha bisogno di vederli.

Conosco abbastanza bene la casa di mio fratello, quale stanza è la sua, quella di sua figlia, e persino dove dorme occasionalmente la tata. Ci sono ancora diverse stanze per gli ospiti in fondo al corridoio, e mi azzardo a guardare dentro, spingendo silenziosamente la porta.

Le luci sono spente, le tende chiuse, e Amber sta russando dolcemente sul letto, con la testa sul cuscino, i capelli sparsi accanto a lei.

Cerco di non fissarla, ma è difficile non guardarla mentre dorme. È bellissima.

Mi guardo intorno nella stanza buia e noto il suo telefono accanto al letto. Naturalmente, l'ha messo vicino al cuscino. Sono il più silenzioso possibile, avvicinandomi in punta di piedi e allungandomi verso il suo telefono.

Lei mormora nel sonno e si gira dalla schiena su un fianco, rivolta verso di me.

Aspettando per assicurarmi che non apra gli occhi, attendo qualche secondo prima di staccare il suo telefono e guardare lo schermo. È bloccato.

Lo giro verso il suo viso, cercando di usare il Face ID, quando si illumina come il sole che splende sul suo viso.

Lei apre gli occhi, e io abbasso rapidamente il telefono, senza nemmeno controllare se ha funzionato.

«Jasper?» Corruga la fronte e si strofina il sonno dagli occhi. Si tira la coperta più stretta intorno a sé. «Cosa ci fai nella mia camera?»

TREDICI
AMBER

AVEVO SENTITO LO SCRICCHIOLIO, il gemito delle assi del pavimento, ma ero sicura che non venisse dalla mia stanza. Diamine, non sono nemmeno nella mia stanza.

I ricordi della scorsa notte mi inondano la mente, e non voglio svegliarmi. Voglio dormire, immergermi in un altro mondo di dolci sogni e fantasie calde e confortevoli. Non nella fredda e dura realtà che il mio appartamento ha preso fuoco ieri sera, e che mi sono rifugiata a casa del fidanzato di mia sorella.

Ma quando apro gli occhi, perché potrei giurare che qualcuno abbia aperto le tende, mi ritrovo faccia a faccia con Jasper.

Tecnicamente, lui è sospeso sopra il mio letto, e io sono sdraiata con la testa sul cuscino più morbido del mondo, ma mi sta fissando senza alcuna vergogna.

«Jasper, cosa ci fai nella mia camera da letto?» Non voglio offrirgli uno spettacolo gratuito di alcun tipo, quindi tiro la coperta più in alto. Anche se indosso una maglietta, non ho più addosso i pantaloni del pigiama. Avevo caldo sotto le coperte e, durante le prime ore del mattino, li ho sfilati gettandoli sul pavimento.

«Che ne dici di parlarne a colazione? Vestiti, offro io.»

Emetto un sospiro. «Va bene. Esci» dico, indicando la porta.

Lui si affretta a uscire dalla mia camera e chiude la porta. Aspetto un minuto per assicurarmi che non irrompa di nuovo prima di alzarmi dal letto. Prendo i pantaloni di flanella del pigiama dal pavimento e me li rimetto.

Suppongo di essere vestita. Non è che abbia altri vestiti. Non ho preparato i bagagli per un viaggio. Questa non è una vacanza.

Allungo la mano verso il mio telefono sul comodino e mi rendo conto che è sparito.

«Jasper!» ringhio e spalanco la porta della camera. Lui è in piedi nel corridoio, intento a dare un'occhiata al mio telefono. «Che diavolo stai facendo?»

«Niente» dice. Mi infila il telefono in mano e si precipita giù per le scale.

Che diavolo gli è preso? Guardo il mio telefono. Non c'è nulla di strano o sospetto, ma è sbloccato.

Aspetta. Ha usato il mio viso mentre dormivo per sbloccare il telefono? Oppure potrebbe aver visto il mio codice di sblocco al bar?

Scendo le scale dietro di lui, a piedi nudi, e lo seguo in cucina.

«Porto Amber a fare colazione. Ti dispiace se prendo in prestito la tua macchina?» chiede Jasper a suo fratello.

«Certo, e comprale anche dei vestiti e delle scarpe mentre siete fuori. Em ha detto che le sue scarpe non vanno bene a sua sorella e le mie sarebbero troppo grandi.»

È come se non fossi nemmeno in cucina, con loro due che parlano come se non ci fossi.

«Prima shopping, poi colazione. Capito» dice Jasper.

«Prima colazione» dico, incrociando le braccia sul petto. «Sono affamata.»

«Non discutere mai con una donna» dice Kyler.

Jasper mi conduce verso il garage e prende le chiavi della Porsche. Salgo sul sedile anteriore nel mio comodo pigiama. Anche se fa un po' freddo quando apre il garage e una fredda raffica di vento mi assale. Chiudo la portiera e allaccio la cintura di sicurezza.

«Conosco una piccola tavola calda carina dall'altra parte della città, se per te va bene» dice Jasper.

«Offri tu?» chiedo, guardandolo.

«Offre mio fratello» dice e mi mostra la carta di credito di Kyler.

«Hai davvero rubato quella a Kyler?» Resto a bocca aperta e guardo indietro verso la porta del garage che conduce alla casa, aspettandomi che si apra e che lui urli contro suo fratello minore per avergliela rubata.

«No, me l'ha data per le emergenze, e visto che hai solo i vestiti che indossi e niente scarpe, considererei questa un'emergenza.»

«Non voglio elemosine, Jasper. E sono i soldi di tuo fratello.»

«Emerson aveva intenzione di portarti a fare shopping oggi...»

«Sì, e avevo intenzione di pagare tutto quello che avrei comprato.»

Jasper annuisce, uscendo dal vialetto. «Okay, allora avrai un'assicurazione per l'affitto e hai intenzione di presentare le ricevute per il rimborso» ipotizza.

«È una cosa che esiste?» Scuoto la testa. «Nessuno ha menzionato di fare un'assicurazione per l'appartamento.»

Jasper rimane in silenzio mentre si avvicina al cancello d'ingresso, digita il codice e questo si apre per lui.

Guidiamo in silenzio finché finalmente si ferma davanti a una tavola calda. È fortunato, perché qualcuno è appena uscito e c'è un posto proprio davanti al ristorante. Il locale sembra decente dall'esterno e il mio stomaco brontola.

«Aspetta qui» dice, e io lo fisso come se gli fossero cresciute due teste.

«Ehm, perché?»

Spegne il motore, esce dall'auto e si affretta a venire dalla mia parte, aprendo lo sportello.

«Okay, puoi slacciare la cintura di sicurezza» dice Jasper con una risata. Sembra quasi nervoso con quel sorriso da ragazzino che gli adorna il viso.

Slaccio la cintura e prima che possa appoggiare i piedi a terra, lui mi solleva tra le sue braccia. «Cosa stai facendo?» strillo ridendo.

«Non hai le scarpe, e non voglio rischiare che tu prenda il tetano o l'epatite o qualcosa del genere sul marciapiede.»

Avvolgo le braccia attorno al suo collo mentre mi porta dentro la tavola calda e trova un separé. Mi fa sedere delicatamente sul bordo, e io mi giro per rivolgermi verso il tavolo.

«Non credo che si possa prendere il tetano o l'epatite dai piedi nudi,» dico, sorridendo.

«Be', potresti congelarteli.»

«Certo, se ci fossero venti gradi in meno. Non che mi stia lamentando. Non ho mai avuto un uomo che mi portasse in braccio.»

Ride e si siede nel posto di fronte a me mentre la cameriera ci porta entrambi un menù.

«Prenderò un caffè, con tanta panna e zucchero.»

«Caffè, nero.» Jasper sorride alla cameriera, che è abbastanza anziana da poter essere nostra nonna. Ma la donna annota tutto e torna dietro al bancone. «Fammi indovinare, preferisci che il tuo caffè non sappia di vero caffè.»

Mi sta prendendo in giro, e non mi dà fastidio. Sono felice per la distrazione, specialmente dopo la scorsa notte e questa mattina.

Mi mordo il labbro inferiore, ricordando la sensazione di stare seduta sulle sue ginocchia, e apro il menù, cercando di distrarmi.

«Cosa c'è di buono qui?» chiedo, e la stanza sembra calda, persino un po' soffocante. Non l'avevo notato prima, ma ero fuori, portata in braccio dal giocatore più sexy della NHL.

«Tutto,» dice Jasper. «Ma i miei preferiti sono i waffle croccanti con ciliegie, gocce di cioccolato, scaglie di mandorle e panna montata.»

Scuoto la testa, sorridendo mentre alzo lo sguardo verso di lui. Se mangiassi come mangia lui, peserei il doppio, ma lui si allena molto e gioca a hockey, il che deve bruciare un sacco di calorie.

Il mio sguardo scorre lungo il suo torso, immaginando come sarebbe premere le mie dita, i miei palmi, sulla sua pelle calda.

«Mi stai fissando,» dice Jasper.

E io sbatto rapidamente le palpebre, alzando di nuovo lo sguardo verso i suoi occhi.

Sta sorridendo, e si appoggia all'indietro, stiracchiandosi, il sorriso non abbandona mai il suo viso. I suoi occhi brillano, quel marrone sembra più simile alla cioccolata calda sotto la dura illuminazione del ristorante, eppure, in qualche modo, lui ha sempre un bell'aspetto.

«Qual è il programma per oggi, intendo, oltre a portarti a fare shopping?»

«Non devi venire con me,» dico. Non riesco a immaginare che voglia venire a fare shopping con me. Lo sta facendo solo perché, beh... non sono nemmeno sicura del perché abbia accettato. Emerson doveva unirsi a me, ma probabilmente è impegnata. Non ho bisogno di un accompagnatore.

La cameriera porta le nostre due tazze di caffè insieme a una piccola ciotola di confezioni monodose di panna e diverse varietà di zucchero e dolcificanti.

«Shopping?» Jasper ride. «È ciò per cui vivo.»

Alzo gli occhi al cielo e afferro una bustina di zucchero, lanciandogliela contro. «Bugiardo.»

Jasper si sporge in avanti quando la bustina di zucchero colpisce il suo petto e cade sul tavolo. Prende una confezione di panna e la tiene nella mano destra.

«Pensavo che tu lo prendessi nero.»

«Oh, è così,» dice con un sorrisetto e stringe delicatamente i lati del contenitore di plastica della panna. Il coperchio si spinge in avanti ma non si stacca completamente.

«Giuro, Jasper, se mi spruzzi quella addosso...» lo avverto. Il contenitore è puntato direttamente verso di me.

«Farai cosa?» chiede con un sorriso malizioso. «Cosa farai?»

«Indosserò la maglia della tua squadra rivale alla prossima partita a cui assisterò,» lo minaccio.

Preme un po' troppo forte, e la panna esplode attraverso il tavolo, colpendomi in faccia. Ride, ma sembra fuori luogo. Forse è imbarazzato o nervoso? Non ho mai visto Jasper essere nessuna di queste cose.

I suoi occhi sono spalancati, e si guarda intorno. È preoccupato che qualcuno l'abbia visto?

La cameriera viene al tavolo. «È stato carino,» dice e mette una mezza dozzina di tovaglioli extra accanto a me.

Tampono la panna, pulendo il pasticcio che ha fatto.

«Grazie,» dico alla cameriera, e lei fa un cenno con la testa.

«Siete pronti per ordinare?»

«Ci servono ancora alcuni minuti,» dice Jasper, e il suo viso sta diventando di quindici diverse sfumature di rosso.

Oh diamine, è imbarazzato. È effettivamente piuttosto carino, a parte il fatto che mi ha spruzzato con la panna.

«Ti piace davvero quando indosso la maglia degli Island Bruisers alla partita,» dico, fissandolo.

Il suo sguardo si irrigidisce. «L'hai già fatto due volte. Credo che tu possa lasciare la maglia della squadra rivale a casa.» Fa una smorfia quando sente le sue stesse parole. Casa. Ovvero... il posto che è andato a fuoco la notte scorsa. «Merda, mi dispiace.» Jasper alza lo sguardo verso di me e allunga la mano per prendere la mia sul tavolo.

«Va tutto bene,» dico. «È solo un'altra cosa che devo sostituire, giusto?» Forzo un sorriso, e lui mi guarda male.

«Non comprerai un'altra maglia degli Island Bruisers. Stai cercando di dirmi che sei innamorata di loro o cosa?»

Non di loro.

Faccio una smorfia, e il suo sopracciglio si increspa. «Giuro che se stai uscendo con Knox Storm o Charlie Hayes...,» ringhia.

«È carino. Tu che diventi tutto geloso,» dico e arriccio il naso con un sorriso, prendendolo in giro. «Specialmente, quando sai che non ho la minima possibilità con un giocatore professionista di hockey.»

Jasper si schiarisce la gola e dà un'occhiata al menù.

Non lo nega nemmeno.

«Sei pronta per ordinare?» chiede.

Quello che voglio non è sul menù. *Lui.*

QUATTORDICI
JASPER

DOPO COLAZIONE, ci fermiamo prima a comprarle delle scarpe, perché lei insiste sul fatto che non posso portarla in braccio in ogni negozio. È qui che si sbaglia. Potrei, molto facilmente, portarla in giro. Ci sono state alcune persone che si sono fermate a fissarci. Le ho ignorate tutte.

Alcuni hanno scattato delle foto, ma sono sicuro che sia perché non sono abituati a vedere un ragazzo che porta in giro una ragazza carina in pigiama.

Non indossavo una maglia da gioco. È improbabile che mi abbiano riconosciuto.

Kyler mi dice che sono in fase di negazione quando si tratta della mia immagine e del fatto che ogni volta che esco dal mio appartamento, qualcuno potrebbe riconoscermi.

Non sono come mio fratello maggiore, che viene costantemente bombardato dai media e da richieste di autografi appena mette piede fuori. Durante le partite, quando sono riconoscibile con la mia maglia, certo, i fan accorrono per un autografo, ma lo fanno per qualsiasi giocatore della squadra.

Passiamo in due negozi, e il suo primo acquisto è un paio di stivali alla moda, insieme a un set di calzini neri a pois rosa da abbinare al suo pigiama. Questa ragazza rende tutto sexy.

Non mi ha lasciato usare la carta di credito di mio fratello, tranne che per la colazione, dove ha insistito che avrei dovuto pagare io perché l'avevo spruzzata con la panna.

Sì, quella non è l'unica crema che mi piacerebbe vedere sul suo viso.

Metto da parte i miei sentimenti e la crescente erezione per lei cercando di pensare a qualsiasi altra cosa.

Non funziona molto bene.

Ad essere sincero, più la allontano, più la desidero. Probabilmente, è tutta quell'atmosfera da storia d'amore proibita, e una volta che avremo sfogato la tensione, entrambi la supereremo.

Ciò che mi preoccupa di più è che non posso avere un incontro imbarazzante con lei dopo averci fatto sesso, dato che è probabile che ci rivedremo. Per cominciare, al matrimonio di Kyler ed Emerson.

La mia unica altra opzione è seguire il consiglio di Noah e metterla nella friend zone. Ho fatto un lavoro abbastanza buono nell'assicurarmi di restare platonici, ma ogni volta che mi fa quegli occhi da cerbiatta o quel sorriso esplosivo, voglio scoparla e mostrarle cosa significhi essere venerata da un uomo.

«Hai quasi finito lì dentro?» chiedo. È nel camerino per l'ennesima volta, mentre prova un vestito, cosa che mi sorprende, dato che la vedo sempre in jeans, leggings e una maglia o un maglione.

«Non ridere, okay? Ho bisogno del tuo parere.» Lentamente, apre la porta ed esce.

Il mio cazzo sobbalza nel momento in cui mette piede fuori dal camerino. Il vestito è di un blu intenso, e la scollatura scende incredibilmente in basso mentre le spinge i seni l'uno contro l'altro, offrendo un'ampia visuale del suo décolleté.

Sta benissimo con quel vestito. Mette in ombra tutti gli altri abiti. Ma l'idea che lo indossi per qualche altro ragazzo mi fa rivoltare lo stomaco. Non voglio che esca con Charlotte con *quel* vestito, fingendo di avere ventun anni, bevendo, facendo festa, divertendosi e facendosi abbordare da vari ragazzi.

«È da sgualdrina,» dico. Mi pento di ogni parola che esce dalla mia bocca perché è sexy da morire, e ancora di più perché odio quella parola. Mi schiarisco la gola. «Darai l'impressione sbagliata, a meno che tu non stia cercando di dire a tutti i ragazzi del bar che sei DTF.»

«DTF?» ripete lei.

«Down to fuck,» dico io. «Pronta a scopare.»

I suoi occhi si spalancano e si copre il seno, affrettandosi a tornare nel camerino.

Sono il più grande stronzo del pianeta. Non posso avere Amber Ryan, ma non voglio nemmeno che qualcun altro l'abbia.

Non dice un'altra parola, lascia il vestito sull'appendiabiti vicino al camerino e prende un paio di jeans, leggings e maglioni. Senza parlare, si dirige alla cassa.

«Devi provare qualcosa di tutto questo?» chiedo.

«No.» La sua risposta è fredda, calcolata e decisa.

Tiro fuori la carta di credito di mio fratello, la sua Amex nera, quando la cassiera inizia a registrare tutti gli articoli.

«Metti via quella roba,» dice Amber. «Posso pagare i miei vestiti da sola.» Mi spinge da parte, usando la sua carta di credito sul terminale della cassa.

Apro la bocca per discutere, ma la cassiera ci sta fissando e giuro che sembra pront a staccarmi la testa a morsi se intervenissi. Quando finisce, chiede alla commessa di togliere le etichette e se può usare il camerino per cambiarsi.

Amber prende le sue borse con sé nel camerino, e io afferro il vestito abbandonato sull'appendiabiti che, con tanta eloquenza, le ho detto che la faceva sembrare disposta a farsi sbattere da chiunque. Sono un mostro.

Lo porto alla cassa mentre lei si sta cambiando.

«Sei sicuro?» chiede la commessa. «Sembravi piuttosto determinato a non far indossare quel vestito alla tua ragazza.»

«Non è la mia ragazza,» dico e le faccio cenno di registrare l'acquisto.

Lei esce dal camerino, il pigiama presumibilmente ficcato in una delle sue borse della spesa. Invece, ora indossa leggings neri e un maglione bordeaux oversize che le cade oltre il sedere... un sedere che non dovrebbe nascondere. Prego silenziosamente che non mi odi ancora per il mio commento precedente.

«Dove andiamo?» chiedo.

Lei guarda le mie mani, che tengono una delle borse del grande magazzino. «Ho dimenticato qualcosa alla cassa?» chiede.

«No, ho solo fatto un piccolo acquisto per me.»

Lei sorride, i suoi occhi si illuminano. «Cosa hai comprato?» Sbircia nella mia borsa, ma c'è della carta velina sopra che nasconde la sorpresa all'interno.

«Te lo dirò a una condizione...anzi, lascia stare.»

«Cosa?» La sua bocca si spalanca. «Non puoi lasciarmi così, Jasp. Dammelo.»

Oh, mi piacerebbe darglielo eccome, ma non come pensa lei. Mi mordo la lingua e tengo la borsa della spesa fuori dalla sua portata mentre cerca di afferrarla dalle mie mani.

«Ti ho fatto vedere quel vestito sciocco. Cos'hai comprato di così imbarazzante? Era biancheria intima?» Amber ride, e la sua risata è naturale e autentica. Non c'è nulla di falso in lei, mai. Amo questo suo lato, come possa essere così spensierata, persino dopo quello che è successo questa mattina.

«Non è biancheria intima o lingerie,» dico.

I suoi occhi si illuminano. «Oh, sarebbe stato fantastico! Non avrei mai pensato che tu potessi indossare lingerie femminile.» Mi dà una leggera spinta e si dirige verso la porta. La apre prima che io ci arrivi e mi fa cenno di uscire per primo.

Non discuto con lei, anche se mi piace tenere la porta aperta a una signora. È almeno una piccola forma di cavalleria che non dovrebbe morire.

«Per la cronaca, non indosso lingerie femminile,» dico, chinandomi verso di lei, non volendo che qualcuno ascolti la nostra conversazione perché è troppo imbarazzante fuori contesto.

«Vedi, non lo saprò mai finché non me lo mostri,» dice Amber con espressione seria, guardandomi dal basso. «Mostrami cosa c'è nella borsa, o mostrami le tue mutandine.» Il sorriso le si allarga da un orecchio all'altro.

«Bel tentativo,» la rimprovero. «Non succederà. Questo prezioso regalo è mio.»

«Aspetta. Quindi, è un regalo?» Amber non si perde nulla. «È per tuo fratello? Mia sorella? Me?» L'ultima opzione esce un po' stridula, come se la stesse buttando lì senza credere davvero che possa essere per lei.

«Non sono autorizzato a discuterne.»

Continuo a camminare, dirigendomi verso la Porsche, e lei è proprio accanto a me, che si affretta a tenere il mio passo. Rallento, rendendomi conto che sono quasi trenta centimetri più alto di lei, e sembra che stia quasi correndo per starmi dietro.

«È un uso interessante della terminologia,» dice Amber. Non riesco a capire se parli di più quando è nervosa o se voglia davvero sapere cosa ho nella borsa. «È per una ragazza?»

«Cos'è questo, un quiz televisivo?»

«Sì!» esclama e schiocca le dita. «Fammi indovinare in venti domande, e se ho ragione, potrò vedere cos'è. Se sbaglio, allora lascerò perdere.»

Sì, ne dubito.

«Va bene,» borbotto. Spero che ne valga la pena. «Sì.»

«Sì alle venti domande, o sì, è per una ragazza?» ribatte. Ci avviciniamo all'auto e premo il pulsante di sblocco sul telecomando.

Mi assicuro di aprire il bagagliaio e ci metto dentro la mia borsa, dove lei non potrà prenderla e frugare nel contenuto mentre sto guidando.

«Questa è un'altra domanda,» la avverto. «Sì, per una ragazza.»

I suoi occhi si spalancano e stringe le labbra. Amber lascia cadere le sue borse nel bagagliaio accanto alla mia e si affretta a entrare in macchina. L'aria è diventata fredda con il sole nascosto dietro le nuvole.

Non ho portato un cappotto, ma lei ha avuto abbastanza lungimiranza da comprare vestiti caldi mentre era al negozio.

«Ragazza. Okay, prossima domanda. Stai uscendo con qualcuno?»

Non è la prima volta che mi fa questa domanda, ma forse pensa che le cose siano cambiate negli ultimi giorni. «No.» Questa è l'unica risposta che le do, sì o no.

«Okay. Il regalo è per la famiglia?»

Faccio una smorfia mentre cerco di pensare esattamente cosa sia Amber per me. Non siamo ancora famiglia. «No,» dico.

«Ci hai messo un po' a rispondere. Non famiglia, ma non eri sicuro. Oh, è per mia sorella, Emerson? Diventerà famiglia, ma non ancora.»

È troppo perspicace.

Questa volta, rispondo più velocemente: «No.»

«Okay, non per la famiglia. Non per mia sorella. È per una ragazza, quindi non può essere per nessuno dei tuoi compagni di squadra.»

«È una domanda?» chiedo, sapendo che non lo è ma cercando di sviarla.

«È per qualcuno a cui piace l'hockey?»

Rido. «Sì.» Penso che le piaccia l'hockey, è stata a due partite, quindi vado con il sì. Quella è stata una domanda decisamente banale da parte sua. Avrebbe potuto chiedermi qualcosa di meglio, più succoso. Dovrei essere sollevato che non abbia incluso sé stessa nella linea di interrogatorio. «Ti rimangono quattordici domande.»

«È per me?»

Quella è la domanda a cui non voglio rispondere. Do un'occhiata allo specchietto laterale, aspetto che il traffico si liberi e premo a fondo l'acceleratore.

«Allora?» Sta aspettando la mia risposta.

Non ho intenzione di mentirle. Evitare, forse, ma non mentire. «Sì,» dico infine.

«Posso aprirlo?»

«No.»

«Perché no?» si lamenta Amber, e giuro che suona

molto simile a Bristol quando mia nipote non ottiene ciò che vuole.

«Sì o no.»

Borbotta sottovoce. «Hai intenzione di darmi il regalo?»

Le mie mani stringono il volante fino a diventare bianche. «Sì.»

«Quando?»

«Sì o no,» ripeto. «E hai sprecato due domande con il tuo perché e quando.»

«Quelle non contano perché non hai risposto.»

Almeno questa volta non c'è una domanda. Sbuffa e incrocia le braccia sul petto. Non sembra arrabbiata, solo infastidita con me. «Va bene, prossima domanda. Hai intenzione di darmelo oggi?»

La guardo. Probabilmente no, ma devo rispondere sì o no. «No.»

«Domani?» chiede.

«No.»

Appoggia la testa contro il sedile. «Per una festività?» indovina.

«No.»

«È per me, ma non hai intenzione di darmelo mai. Che storia è, Jasper?»

«Questa è un'altra domanda sprecata,» dico, cercando di nascondere il sorriso sul mio viso. Ha fatto quindici domande finora, ed è lontana dall'indovinare il regalo.

«Okay, quindi non per una festività. Oh, il mio compleanno. Hai intenzione di darmelo per il mio compleanno?» I suoi occhi si illuminano come se forse l'avesse capito.

Ma io non so quando sia il suo compleanno. Quindi, scuoto la testa. «No.»

«Questo gioco è difficile,» dice con una risata. «Mi rimangono ancora tipo dieci domande, giusto?»

«Te ne restano quattro.»

«Solo? Okay, devo davvero concentrarmi.» Si strofina le mani mentre contempla la prossima domanda. «È qualcosa che regaleresti a qualcuno in pubblico?»

La sua domanda mi confonde. «Sì?» Non sono del tutto sicuro della mia risposta. Perché non dovrei farle un regalo in pubblico? Ma d'altra parte, perché dovrei?

Lei stringe le labbra. «Allora non è lingerie per me,» dice maliziosamente. «E no, Jasper, questa non è una domanda.»

«Non potrei sapere la tua taglia,» sussurro, e l'auto mi sembra piuttosto soffocante.

«Okay, quindi non possono essere vestiti perché non conosci la mia taglia. Ma la busta dello shopping viene dallo stesso negozio dove abbiamo appena comprato i vestiti. È una copertura? Hai comprato qualcosa per me in un negozio diverso e hai chiesto al commesso di metterlo in una delle loro buste?»

«Queste sono due domande. No, e no. Ti resta l'ultima domanda,» dico. «Falla valere.» Sono contento di tenerla distratta, ma non sono sicuro per quanto tempo continuerà a sorridere mentre ci avviciniamo al campus della NYU.

Lei nota la direzione che stiamo prendendo, lontano dalla casa di Kyler e dall'altra parte della città rispetto al mio appartamento. «Dove stiamo andando?»

Sogghigno, grato che almeno la sua ultima domanda sia stata sprecata per qualcosa che non ha a che fare con il vestito. Glielo darò. Ho solo bisogno dell'occasione giusta.

«Quella era la ventesima domanda, e ti risponderò all'ultima. Stiamo andando al tuo appartamento. Dobbiamo far sapere loro che sei al sicuro. Ti hanno registrata come dispersa dopo l'incendio e stanno cercando di identificare i resti.»

«Oh.» Esala un respiro leggero e le sue spalle si afflosciano. La realtà sembra colpirla, mentre diventa silenziosa.

«Andrà tutto bene,» dico e le prendo la mano. «Non devi affrontare questo da sola.»

Guidiamo fin dove possiamo e percorriamo l'ultimo isolato a piedi. Il perimetro è transennato, impedendo alle auto di passare per la strada. Il posto di comando di prima è ancora davanti a quello che una volta era l'edificio degli appartamenti.

Le mani di Amber tremano, e ne stringo una prima di tirarla più vicino, avvolgendole un braccio attorno alla vita. Non ero mai stato così preoccupato come questa mattina: frenetico, incapace di mettermi in contatto con lei.

Si avvicina alla persona incaricata, risponde ad alcune domande e compila un questionario per il team locale di gestione delle emergenze, la Croce Rossa e la scuola.

Le do un po' di spazio mentre si siede sul bordo del marciapiede, con la clipboard in mano. «Ehm.» Amber mi fa cenno di avvicinarmi.

«Certo, che c'è?»

«Hanno bisogno dell'indirizzo a cui sto alloggiando... non ho intenzione di rimanere a casa di tuo fratello a lungo, ma puoi darmi il suo indirizzo?»

«Usa il mio,» dico.

«Cosa?» Mi fissa, confusa.

Forzo un sorriso. «Non so il suo indirizzo, è salvato sul telefono. L'ho lasciato in macchina. Usa il mio.» Le dico l'indirizzo del mio appartamento, e lei lo scrive.

«Grazie.»

Quando finisce di compilare i moduli, chiede loro informazioni su opzioni abitative aggiuntive, e le danno un numero di telefono da contattare tramite la scuola. Fa alcune chiamate mentre torniamo alla macchina, ma ogni appartamento nel raggio di otto chilometri è occupato. I dormitori sono pieni, avendo già ospitato diversi residenti sfollati dall'incendio.

Riattacca e fa una smorfia. «Non importa. Troverò un posto più lontano dal campus e farò la pendolare con il treno.» Le apro la portiera della macchina. Sembra persa, intrappolata nei suoi pensieri, come in una ragnatela da cui non riesce a liberarsi.

Le parole di mio fratello mi risuonano in testa, ricordandomi che dovrei invitare Amber a restare come coinquilina. Non sono esattamente vicino al campus della NYU, ma renderebbe l'alloggio più economico avere una coinquilina. E anche se non ho bisogno dei soldi e che lei contribuissca alle spese, mi piace starle vicino. Non avrei bisogno di una scusa per vederla, e la aiuterei in una situazione difficile.

«Sarei felice di averti come coinquilina,» dico, guardandola.

«Lo dici solo perché ti dispiace per me.» Amber infila i piedi in macchina e mette la cintura di sicurezza. Chiudo la portiera e mi affretto verso il lato del guidatore.

Salgo e accendo l'auto, e non ci vuole molto perché il riscaldamento si attivi. Il motore è ancora un po' caldo dall'ultimo viaggio.

«Non ho pietà di te. Stavo cercando un coinquilino prima di essere scelto al Draft di ingresso nella NHL.»

«Non ti darò fastidio?» chiede Amber. «Voglio dire, dovremo avere una specie di codice, sai, nel caso tu voglia portare a casa una ragazza per momenti di divertimento.»

«Momenti di divertimento? Intendi tipo videogiochi e alcol?» So che non è questo a cui si riferisce, ma è divertente guardarla contorcersi.

«Netflix and chill.»

«Vuoi dire che non ci si siede solo a guardare un film e condividere i popcorn insieme?» Il sorriso non lascia il mio viso mentre mi dirigo verso il mio appartamento. Ho un po' di pulizia da fare nella stanza degli ospiti, ma Amber potrà aiutarmi o, almeno, prendermi in giro mentre rendo la stanza presentabile.

«Forse? In realtà non ho mai fatto "Netflix and chill" con nessuno,» risponde lei. «Ricordi... vergine?»

Cerco di non ridere o di non eccitarmi ridicolmente per la sua onestà. È rinfrescante. «Probabilmente, non dovresti prendere l'abitudine di dire ai ragazzi single che sei vergine. Potrebbero pensare che significa che sei disponibile a fare sesso.»

«Oh, beh, in tal caso, Jasper, sono vergine.»

Giuro che sta cercando di farmi venire un infarto. Ogni volta che la parola "vergine" esce dalle sue labbra, il mio cazzo si agita. È come la parola magica che accende quella dannata cosa, letteralmente. E non c'è un interruttore di spegnimento quando si tratta di Amber.

QUINDICI
AMBER

ARRIVIAMO A CASA DI JASPER, che insiste che io possa trasferirmi da lui, ma non sono sicura che sia il piano migliore. Insomma, il sexy giocatore di hockey per cui ho una cotta pazzesca e che ho segretamente stalkerato online vuole che vada a vivere con lui?

Charlotte mi direbbe, *certo che sì, trasferisciti da lui.* Ma non le ho ancora mandato un messaggio. Forse dovrei. Potrebbe persino farmi ragionare.

Ma comunque, non posso vivere con Charlotte. Ha un appartamento con una sola camera da letto, e a meno che non voglia dormire sul divano a tempo indeterminato, non funzionerebbe. Inoltre, le piace portarsi a casa dei ragazzi, e non sono entusiasta all'idea di svegliarmi nel mezzo della notte per vederli nudi mentre vanno in bagno.

«Devo mandare un messaggio a Kyler, fargli sapere che torneremo per cena e che restituirò la Porsche stasera.» Jasper scrive velocemente un messaggio nel corridoio mentre camminiamo verso l'ascensore.

Sono colpita dal fatto che ci siano ascensori e un portiere. Il posto sembra già elegante, e mi chiedo come farò a permettermi anche solo la metà dell'affitto. È una discussione che dobbiamo affrontare al più presto.

«Sì, certo,» dico, e lui si dirige verso l'ascensore, premendo il pulsante per il ventiquattresimo piano. Conosco l'edificio. Ci sono stata una volta quando ero un po' più che brilla, e lui mi ha lasciato il suo letto. L'altra volta è stata ieri sera, quando mi ha portata sul tetto e mi ha mostrato la città di notte.

Preme invio e borbotta. «Nessun segnale.» Ci vuole un minuto perché il messaggio venga inviato una volta che siamo chiusi nell'ascensore.

«Gli hai accennato che mi hai chiesto di vivere con te?» Sorrido, prendendolo in giro.

«Pensavo di parlarne stasera a cena.»

Non sono sicura se stia scherzando o meno. L'ascensore emette un suono e lui mi fa cenno di uscire. «Siamo arrivati.»

Esco, e lui tenta di inviare di nuovo il messaggio. Questa volta, ci riesce. Prende la chiave dalla tasca e apre la porta d'ingresso. «Prima le signore,» dice, e io lo guardo scuotendo la testa, sorridendo.

«Non dirai più così dopo che vivremo insieme... come amici,» preciso, anche se non sono sicura del perché mi preoccupi di aggiungere questo dettaglio. Sa che è tutto ciò che siamo. Jasper si è assicurato che rimanessimo nella friend-zone e io sono bloccata, senza via d'uscita.

Mi fa entrare nel suo appartamento e accende la luce appena entro, chiudendo la porta dietro di me. Metto gli acquisti che ho fatto vicino alla porta. Lui porta con sé la sua misteriosa borsa per tutta la casa, stuzzicandomi.

C'è una cucina completa e un bancone per mangiare con sgabelli. La sala da pranzo è stata trasformata in un'area giochi con un tavolo da air hockey. Perché non sono sorpresa?

«Si trasforma anche in un tavolo da ping pong,» dice Jasper, «se ti piace giocare.»

«Ho fatto qualche partita. Sembra divertente.»

Mi conduce più all'interno dell'appartamento, che sembra accogliente ma più simile a una casa, in quanto è molto più spazioso del mio monolocale. «Il soggiorno.» Indica il divano in pelle e l'enorme televisore attaccato alla parete.

«Wow.»

«Sì, settantacinque pollici. Più grande non sarebbe entrato dalla porta.» Sorride raggiante.

Stringo le labbra e mi trattengo dal fare qualche battutaccia paragonando la dimensione al pene di un uomo. È sulla punta della lingua, ma non riesco a farlo.

Il mio nervosismo sembra riapparire, e stringo le mani in pugni e poi le incrocio sul petto.

Jasper non sembra notare il mio disagio, o fa finta di non vederlo. «Le camere da letto,» dice e mi fa cenno di seguirlo. «La mia stanza.» Indica e apre la porta per pochi secondi, abbastanza perché io dia una rapida occhiata. Spinge la misteriosa borsa dentro la sua camera, vicino alla porta.

Il letto è fatto, ma ci sono alcuni vestiti sparsi fuori dal suo cesto della biancheria, traboccante sul pavimento.

Sono puliti o sporchi? Non è la prima volta che vedo la sua camera da letto, ma l'ultima volta la mia testa ha toccato subito il cuscino, e il resto è un po' confuso.

«E la tua stanza, che dobbiamo sistemare, o almeno, io devo sistemare. Tu puoi sederti e guardare la televisione o tenermi compagnia,» dice Jasper.

«Posso aiutare,» dico.

«Potresti pentirtene.» Jasper apre la porta della camera degli ospiti. All'interno, ci sono pile di libri impilati dal pavimento fino alla vita e il tavolo da ping pong appoggiato verticalmente sul materasso, posto contro la parete.

C'è un comò nell'angolo, l'unico pezzo di mobilio che è effettivamente in un posto decente e non sembra aver bisogno di essere spostato.

Al centro del pavimento c'è un'enorme borsa nera che potrebbe seriamente contenere un essere umano. «Cosa diavolo c'è là dentro?» chiedo indicando il borsone oversize.

«Roba di lavoro.»

«Lavoro? Che diavolo fai come doppio lavoro che coinvolge cadaveri?»

Jasper ride. «Solo roba della NHL, e anche se ci sono alcuni rivali che mi piacerebbe vedere morti,» mi supera e si piega, aprendo la zip del borsone nero, «mi dispiace deluderti, ma niente cadaveri. Solo attrezzatura extra per l'hockey.»

Mi sento stupida. Ovviamente, Jasper lavora per la NHL. È la sua professione. È un giocatore di hockey. «Cosa ci fa la tua attrezzatura qui? Non la tieni, tipo, allo stadio?»

«La squadra ha un responsabile delle attrezzature che si occupa di tutto, ma ho dell'equipaggiamento di prima che entrassi nella NHL. Non posso semplicemente buttarlo via.»

«Potresti donarlo,» suggerisco. «O firmarlo e darlo in beneficenza se non lo usi. Immagino che potrebbe valere un bel po' di soldi a un'asta di beneficenza.»

Sorride calorosamente. «Mi dai troppo credito.» Prende il borsone e solleva la borsa enorme, gettandola nell'armadio dei cappotti, che ora è strapieno con tre cappotti, due paia di scarpe e un'enorme borsa da hockey.

«Cosa vuoi fare con tutti questi libri?» chiedo, osservandoli. C'è una pila di libri di testo. Evidentemente, deve essere andato all'università ad un certo punto della sua vita. Jasper non ha mai menzionato di essere stato uno studente, anche se immagino che non sia più iscritto, con la NHL occupa tutte le sue giornate.

«Quelli,» dice, lasciando uscire un sospiro, «possiamo donarli.»

«Sei sicuro? Potremmo riuscire a rivenderli all'università dove li hai comprati. Sembrano tutti in perfette condizioni.»

«Perché non li ho mai aperti,» dice Jasper. «Ero indeciso tra l'università o il Draft NHL. Puoi immaginare quale ha vinto. Non fraintendermi, non ho assolutamente rimpianti se non per i soldi spesi per quei giganteschi fermacarte.»

«Potresti rivenderli alla libreria universitaria,» dico.

«E prendere venti dollari per un libro da trecento? No, grazie. Preferisco donarli. Lasciare che qualche studente universitario abbia una bella sorpresa quando fa shopping al negozio dell'usato.»

«Se vuoi farlo, potresti lasciarli in un negozio dell'usato vicino al campus che hai frequentato. O non era a New York?»

Non so molto di Jasper o del suo passato. Quello che so è basato sulle nostre brevi conversazioni e sul suo profilo sui social media, dove sembra che faccia festa e si diverta molto con i suoi compagni di squadra.

Quanto di tutto ciò è reale?

«Possiamo lasciarli vicino alla NYU,» dice Jasper.

Un sorriso mi si stampa in faccia quando realizzo che potremmo essere stati alla NYU nello stesso periodo, magari persino compagni di classe. «Cosa avevi intenzione di studiare?»

«Sembrerò un secchione.»

«È questo che ti preoccupa? Dai, lo sai che sto studiando microbiologia.»

Scuote la testa e ride, i capelli che gli cadono sugli

occhi. «Giusto, dimenticavo. Ancora più secchiona.» Mi indica e sorride.

«E quindi?» Aspetto che elabori. Gli piace questo gioco di stuzzicarmi, non dandomi niente di concreto in termini di risposte. La verità è che non mi dispiace nemmeno. Mi rilasso quando sono con lui, specialmente quando scherza ed è giocoso, come due amici che si conoscono da tutta la vita.

«Venti domande?» Mi sorride.

«No!» Rido e gli do un colpetto sul braccio. «Dimmelo e basta.»

«Okay, che ne dici se tu fai una domanda, io rispondo? E viceversa. Avanti e indietro.»

«Quindi come obbligo o verità senza l'obbligo?» chiedo.

«Non lo stavo pensando come un gioco, ma sì, se è così che vuoi chiamarlo.» Prende un po' di sacchetti per metterci dentro i libri di testo, ma non può metterne troppi altrimenti i sacchetti si strapperanno ben prima che lui provi a sollevarli.

«Hai fatto la tua domanda. Risponderò. Mi sono iscritto alla NYU per studiare letteratura.»

«Secchione,» dico, prendendolo in giro. Lo aiuto a impilare i libri di testo in diversi sacchetti.

«Tocca a me,» dice Jasper. Mentre metto i libri di testo nei sacchetti di plastica, lui esamina la pila di libri di narrativa, decidendo quali donare e quali mettere sulla libreria nella sua camera da letto. «Qual è il vero motivo per cui indossavi la maglia degli Island Brewers durante il secondo periodo della partita di ieri?»

Questa è la sua domanda?

«Te l'ho detto ed era la verità. Un idiota mi ha versato della birra sulla maglia che mi avevi dato. Era bagnata, e il palazzetto di ghiaccio è freddo. Non era una gran combinazione. Volevo comprare una maglia degli Ice Dragons con il tuo numero, ma la fila era pazzescamente lunga. Inoltre, ha attirato la tua attenzione,» dico con un sorriso timido.

«Tu attiri sempre la mia attenzione durante una partita,» mormora.

«Tocca a me. Cosa c'è nella borsa che hai comprato per me?»

Jasper sorride e alza gli occhi al cielo. «Non riesci a lasciar perdere. Non ti piacciono le sorprese?»

Stringo le labbra mentre finisco con la pila di libri di testo. «Mi piacciono alcune sorprese, ma divento anche nervosa quando non so qual è la sorpresa.» Non c'è modo che non abbia notato il mio nervosismo e la mia ansia.

«È comprensibile,» dice Jasper.

«E quindi? Non hai risposto cosa c'era nella borsa.»

Jasper inspira bruscamente, il respiro che gli si blocca in gola. «Hai notato che ho evitato la domanda. Che ne dici se ognuno di noi ha diritto a una domanda a cui non deve rispondere?»

Posso accettarlo. «Va bene. Okay, prossima domanda...»

«Tocca a me,» dice Jasper.

«No, non è assolutamente così. Mi hai chiesto se non mi piacciono le sorprese. Ergo, la tua domanda. La prossima la faccio io.»

Borbotta a bassa voce. «Spara.»

«Hai mai pensato a me, non come una sorella, ma come...» mi fermo, cercando di chiedere senza dire le parole effettive.

«Intendi romanticamente?» Jasper è cauto nel chiedere conferma della domanda.

Dovrei dire sì, che è quello che intendevo, ma non è così. E questa potrebbe essere la mia unica possibilità di mettere tutte le carte in tavola.

«Sessualmente.»

Jasper si alza e si pulisce le mani sui pantaloni. Guarda ovunque tranne che me. «Basta con questo gioco,» dice e sgattaiola fuori dalla camera da letto, passandomi accanto e scavalcando i sacchi di libri.

Impreco sottovoce e mi stringo il ponte del naso. Sono andata troppo oltre.

SEDICI
JASPER

NON POSSO CREDERE alla domanda di Amber. Va bene, forse non dovrei essere così sorpreso dato che le piacciono ancora giochi come obbligo o verità e venti domande. Ma sono stato io a dare inizio a questo piccolo gioco della verità, quindi non è completamente colpa sua.

Dovrei mentirle, dirle che non la vedo come nient'altro che una sorellina. Che è carina ma troppo giovane e immatura per stare con uno come me. Se dicessi la cosa giusta per lasciarle una piccola cicatrice, andrebbe avanti. Potrebbe odiarmi, ma almeno potremmo entrambi mettere a tacere questa tensione sessuale irrisolta.

Beh, non letteralmente a letto.

Non so come farò a vivere con Amber e guardarla mentre esce con altri ragazzi. Ma questo è un problema per un altro giorno. Ora, mi ha chiesto se ho mai pensato a lei sessualmente.

La mia risposta?

Sono scappato via.

Sono un fottuto codardo quando si tratta di Amber.

Se le dicessi la verità, dovrei dirle che penso a lei tutto il fottuto tempo, che quando faccio la doccia mi masturbo pensando a lei che mi fa un pompino e quando cerco di addormentarmi la notte, me lo faccio venire duro immaginando la sua fica stretta sul mio cazzo.

E i sogni, sono ancora più reali. Posso sentire il suo profumo, quel bagnoschiuma alla lavanda e lillà che fa sussultare il mio cazzo quando lei è vicina. Basta una sola annusata, e mi viene un'erezione.

Ma è troppo da rivelare, e se vivrà con me, dovranno esserci confini e regole di base.

Per cominciare, niente sesso.

Almeno non tra di noi. E se dipendesse da me, preferirei che rimanesse vergine perché non voglio che nessun altro faccia giochetti con Amber. Mi mordo il labbro inferiore.

Non posso dirle di non uscire con nessuno. Ha vent'anni. È single. È destinata a trovare uomini con cui uscire, o donne, per quel che ne so. Semplicemente, non voglio che ne porti nessuno a casa. Non che io sia entusiasta che vada a letto con loro da qualche altra parte per poi intrufolarsi nell'appartamento al mattino o a tarda notte.

Emetto un gemito e mi dirigo verso la cucina quando sento il leggero rumore dei suoi passi che mi seguono.

«Jasper?» La voce di Amber è dolce e soave, come il miele.

Ma se dovessi indulgere in ciò che voglio davvero, sarei destinato a pungermi. Noah aveva ragione, lei è off-limits, e questo anche se non vivessimo insieme.

È la mia nuova coinquilina.

Non posso fantasticare di piegarla nella doccia o di scoparla sul bancone della cucina.

«Sto bene. Avevo solo bisogno d'acqua.» Prendo la caraffa dal frigo con l'acqua filtrata e un bicchiere, versandomi da bere. «Ne vuoi un po'?» chiedo.

«C'è possibilità di avere qualcosa di più forte?» chiede Amber con una risata. È la risata nervosa, quella che le sfugge quando è a disagio e ansiosa. Ho visto i suoi tic. Le piccole cose che gli altri potrebbero non notare di lei, io le vedo. Il suo piede sobbalza. Torce le dita in grembo. A volte si mordicchia persino il labbro inferiore.

C'è bellezza nel suo nervosismo, non che glielo direi mai. Probabilmente, la renderebbe solo più ansiosa.

«Certo. Mi mostri dove sono i bicchieri?» chiede Amber.

Le faccio fare un rapido tour della cucina e le mostro dove si trovano le stoviglie, poi prendo un bicchiere perché possa bere un po' d'acqua.

«Grazie.» Sta forzando un sorriso, e le sue guance sono eccessivamente arrossate.

Scommetto che sta desiderando di non aver fatto quella domanda cinque minuti fa. Forse posso fingere che non sia mai successo? Mi rende uno stronzo evitare di rispondere se ho mai pensato a lei sessualmente?

Certo che ho pensato a lei sessualmente. Ho anche pensato a lei nuda. E ho pensato a come sarebbe scoparla sul ghiaccio con l'intero stadio a guardarci e tifare per noi.

Sono solo fantasie.

Non possono accadere. Di certo non l'ultima. E forse va bene tenere queste fantasie per me per avere qualcosa da godermi quando ho bisogno di rilassarmi. Non ho mai avuto interesse per le puck bunnies, le ragazze che vanno dietro ai giocatori di hockey per scopare, come se fossimo un nome da spuntare nella loro lista.

No, grazie. Non ho bisogno di mettere il mio cazzo dove sono stati i miei fratelli, e considero tutti i miei compagni di squadra fratelli, non solo Kyler.

Il telefono di Amber vibra, e lei lo prende dalla borsa, guardando il messaggio sullo schermo. «È la tua persona preferita, Charlotte,» dice e invia una rapida risposta.

Posso solo immaginare cosa stiano tramando quelle due.

«Dille che i capelli biondi non mi hanno ingannato. So che era alla partita con te.»

«La parrucca è stata una mia idea,» ribatte Amber. «Contrariamente a ciò che potresti pensare, non ho molti amici stretti. Inoltre, senza di lei, non avrei avuto il coraggio di presentarmi di nuovo al Blue Line.»

«Beh, ogni volta che i ragazzi sono qui, sei la benvenuta a unirti a noi. Non posso prometterti che Kyler non porterà Emerson, quindi è una cosa che voi due dovrete risolvere.»

Amber arrossisce. «Vuoi dire che non continuerai a coprirmi?»

«Ti coprirei, ma sono abbastanza sicuro che, se continui così, verrai scoperta. Kyler o Emerson ti noteranno.»

Lei sospira e beve un sorso d'acqua. «Non voglio mettermi contro Em. Ci sono già stata, e non è piacevole.» Il suo telefono vibra, ma questa volta non è un messaggio. È Charlotte che la chiama.

«Puoi rispondere nella mia stanza,» le offro, cercando di darle un po' di privacy mentre finisco di liberare la stanza degli ospiti in modo che possa ufficialmente diventare sua.

«Grazie,» dice con un debole sorriso, incamminandosi lentamente lungo il corridoio. Non dovrei voltarmi. Non dovrei rubare un'altra occhiata, ma devo farlo, e mi chiedo se lei sa che la sto guardando, sospirando per lei, fantasticando su di lei.

Continuo a sentire le parole di Noah nella mia testa.

Codice tra amici.

Ma ora che siamo coinquilini è più di un semplice codice tra amici. Avere una storia con Amber non sarebbe saggio. Renderebbe le cose disordinate e complicate, e per pochi minuti di innegabile piacere, non vale il rischio.

Perché indubbiamente, fallirebbe. Che sia tra qualche settimana, mese o anno, metterò sempre l'hockey al primo posto, e lei resterebbe delusa, e il suo risentimento si trasformerebbe in odio. Non voglio far passare ad Amber quel tipo di dolore.

Mi piace troppo per farle del male, e voglio che resti nella mia vita come amica, prima di tutto.

Ci vogliono un paio d'ore, ma ho quasi finito e sto rimontando la struttura del letto quando sento la porta della mia camera cigolare.

Ha parlato con Charlotte per un po' prima che il silenzio avvolgesse l'appartamento.

Amber emerge dalla mia camera. Sembra che si sia appena svegliata da un pisolino. Le sue guance sono rosee e i capelli scompigliati. Le dona questo aspetto, ma lei potrebbe rendere sexy qualsiasi cosa.

«Scusa, mi sono addormentata sul tuo letto.»

Non mi dispiace. Stanotte le mie lenzuola avranno il suo profumo. «Non preoccuparti,» dico. «Come hai dormito?»

«Meglio di ieri notte.» Accenna un debole sorriso e guarda l'orologio. «Hai fatto quasi tutto.»

«Sì, devo solo finire questa struttura e poi metterci sopra il sommier e il materasso. Vuoi mandare un messaggio a tua sorella per farle sapere che partiremo presto?»

«Certo,» dice Amber mentre sbadiglia. È assolutamente adorabile, così mezza addormentata.

Finiamo con il materasso, e la stanza degli ospiti è presentabile. Amber avrà ampio spazio per mettere le poche cose che ha acquistato oggi nel cassettone vuoto. Sorprendentemente, i cassetti erano già vuoti. Il resto della stanza, tuttavia, era un disastro.

«Vuoi prendere le tue borse e sistemare le tue cose?» chiedo ed emetto un respiro.

La borsa con il vestito che le ho comprato. Mi n'ero dimenticato che l'avevo infilata nella mia camera da letto, la stessa stanza che lei ha occupato da sola per un bel po' di tempo.

Incontro il suo sguardo, ma non dice una parola. Se sa che nella borsa c'è il vestito, non sembra volerne fare alcun cenno. E non sta più chiedendo cosa ci sia dentro, ma forse si è rassegnata al fatto che l'avrei fatta aspettare.

Ma per quanto ancora?

E perché diavolo ho pensato fosse una buona idea comprare *quel* vestito? Non voglio che altri uomini la divorino con gli occhi quando lo indosserà.

I miei pantaloni si fanno stretti, e borbotto mentre mi dirigo in cucina. Apro il frigorifero. Dovrò rifornirlo se Amber vivrà qui. Non che non possa farsi la spesa da sola, ma non voglio che pensi che vivo di cibo d'asporto. Perché non è così. Beh, di solito.

Il mio corpo è un tempio.

Solite stronzate, vero? Beh, da atleta, ci credo. Il cibo che mangio mi fornisce nutrienti e mi mantiene pronto per il giorno della partita. Se sgranocchio porcherie tutto il giorno, non avrei la stessa resistenza durante un match.

«Sono pronta,» cinguetta Amber mentre entra in cucina. «Ma dovremmo parlare.»

«Di cosa?» La guardo da sopra la spalla, chiudo il frigo e mi giro per affrontarla. Di solito, non mi piace sentire queste due parole. «Dell'affitto.»

«Giusto,» dico con un cenno della testa. «Quanto pagavi per il tuo appartamento?» So senza dubbio che il mio appartamento sarà ben al di fuori del suo budget. È disgustoso quanto costino gli immobili a New York City, e non mi aspetto che lei contribuisca per metà, quando so che il suo reddito non è nemmeno lontanamente vicino al mio. È all'università e lavora, credo, part-time. Non abbiamo nemmeno affrontato questo argomento recentemente.

«Pagavo 2.850 dollari d'affitto.»

«Puoi permetterti di continuare a pagare quella cifra?» chiedo, andando dritto al punto. Il mio affitto supera i 14.000 dollari per un appartamento con due camere da letto e due bagni a Manhattan. Non ho intenzione di chiederle di dividere il costo. Lei guadagna meno di un decimo di quello che guadagno io in un anno, e io ho firmato un contratto di tre anni.

«Sì, posso farcela.» Forza un sorriso, e ho l'impressione che probabilmente faccia fatica a pagare le bollette. A meno che non provenga da una famiglia benestante, e non ho visto nessuna indicazione di ciò da parte di Amber o Emerson, non riesco a immaginare come possa permettersi di pagare l'affitto lavorando part-time.

«Pagami metà del tuo affitto, 1.400 dollari, e dovrebbe essere giusto ed equo. Inoltre, mi occupo io delle utenze.»

«Non devi...»

«Lo so, ma voglio farlo,» dico. «Dovrai sostituire il tuo guardaroba, i libri di testo e tutto il resto.»

Amber geme. «Non ricordarmelo.»

«C'è possibilità che uno di quei libri ti possa servire?» chiedo, indicando le pile di borse nel corridoio. Dovrei portarle giù in macchina e donarle, ma dubito che ci sia abbastanza spazio nella Porsche per tutta quella roba.

«Niente,» dice Amber. «Va bene. Userò il mio bell'aspetto e il mio fascino per convincere i professori a darmi dei bei voti.»

«Sì, non credo che funzioni all'università, ma forse se gli mostri le tue tette...»

Mi dà uno schiaffo sul braccio, buttando la testa all'indietro e ridendo. «Metà dei miei professori sono donne.»

«Non significa che non apprezzino un bel paio di tette quando le vedono.»

Le sue guance si arrossano, e afferra una delle borse che intendo portare a un negozio dell'usato. «Lascia stare. Chiamerò qualcuno per ritirare tutta quella roba.»

«Possiamo lasciarla lungo la strada per andare a cena,» dice Amber. «Almeno una parte.»

«È nella direzione opposta, va bene così. Manderò un messaggio a un amico. Avrà fatto sparire tutto prima che torniamo a casa.»

«Sul serio?» Mi guarda come se mi fossero cresciute due teste. «Che tipo di amico fa sparire le cose dal tuo appartamento?»

Sorridendo, la fisso, inclinando la testa. «Sei sicura di volerlo sapere?»

Lei sbuffa e scuote la testa. «Non proprio. Non ho bisogno di essere complice di alcun crimine.»

«Uno dei miei amici vive nel palazzo e lavora vicino al negozio dell'usato. Se gli do cento dollari, sarà felicissimo di portare le borse laggiù per me.»

«Lo farò io per cento dollari,» ribatte Amber.

«Hai una macchina?» Non l'ho mai vista guidare in città, ma è possibile che abbia un veicolo parcheggiato da qualche parte.

«Trascinerò le borse in metropolitana.» Il sorriso sul suo viso si allarga. «Immagina tutti gli sguardi mentre trascino tre borse giù per le scale e sulla banchina della metropolitana.»

«Con il peso di quelle borse, qualcuno penserà sicuramente che ci sia un cadavere in una di esse.»

«Un cadavere con angoli taglienti e appuntiti come quelli dei libri,» ribatte.

Prendo le chiavi della Porsche e quelle dell'appartamento. C'è una di scorta nel cassetto, e la prendo con il suo portachiavi solitario. «La chiave della tua nuova casa,» dico, consegnandole la chiave di riserva.

«Pensavo davvero che, quando mi sarei trasferita con un ragazzo, non sarebbe stato così... noi due.» Amber arrossisce.

La conduco fuori nel corridoio, giù per l'ascensore, e verso la macchina.

«Posso guidare?» dice lei, alzando le sopracciglia verso di me.

Non so se abbia la patente o meno, ma non credo che a mio fratello farebbe piacere che io consegni le chiavi della sua Porsche alla mia coinquilina.

«Che ne dici di chiedere a Kyler, quando lo vedi a cena, se puoi prendere in prestito la macchina?» Apro la portiera del passeggero per lei e le faccio cenno di salire.

«Valeva la pena provarci,» dice, sorridendo debolmente mentre scende nell'auto.

Chiudo la portiera e mi affretto a entrare, avvio il motore e ci dirigiamo verso la casa di mio fratello.

«Glielo dirai tu o io?» chiede Amber.

«Dire cosa?»

«Che viviamo insieme.» Il modo in cui lo dice fa sembrare la cosa quasi scandalosa.

Mi mordo il labbro inferiore, guardandola. «Siamo solo coinquilini,» le ricordo.

«Lo so. Potremmo prenderli in giro e dire loro che stiamo insieme.»

«No,» rispondo bruscamente, stroncando la sua idea prima che sfugga completamente al controllo. «Non faremo questo con Kyler. Puoi dire a Emerson quello che vuoi, ma non dirò a lui che mi sto facendo la sorella della sua fidanzata.»

Lei non ha idea che è stato Kyler a chiedermi di far trasferire Amber da me, e che inizialmente non ero d'accordo con l'idea.

Ma oggi mi sono abituato all'idea di averla intorno, dopo che mi sono reso conto che ha davvero bisogno di un posto dove stare, e la voglio come coinquilina.

Amber sorride, fissandomi. «Ti sfido a farlo.»

DICIASSETTE
AMBER

VIVERE con Jasper è stato più facile di quanto immaginassi, probabilmente perché lo vedo molto meno di quanto veda mia sorella. Beh, non è esattamente vero.

Ci incontriamo occasionalmente. Ma con i suoi allenamenti all'alba e le serate delle partite in cui resta fuori fino a tardi, seguiamo orari diversi.

Io ho la scuola e tre turni alla settimana alla Mad Tea House. Ho preso un turno extra per assicurarmi di avere abbastanza per coprire la mia parte dell'affitto, che so non essere nemmeno lontanamente vicina a quanto paga realmente Jasper, ma l'affitto sta prosciugando comunque i miei risparmi.

Jasper non mi permette di pagare un centesimo in più, e onestamente riesco a malapena a far quadrare i conti così com'è, dovendo sostituire ciò che ho perso nell'incendio, compreso il mio laptop, che è costato quasi quanto il mio assegno dell'affitto.

Il mio telefono vibra. Charlotte che mi avvisa di essere fuori. Scendo con l'ascensore per accoglierla. È in piedi al freddo quando metto piede sul marciapiede.

«Puoi entrare,» dico, gettandole le braccia attorno per un abbraccio.

Non ci siamo più sentite dall'incendio. Ho lavorato come una pazza, cercando di recuperare con gli studi. Ho saltato un paio di giorni dopo l'incendio. Uno di quei giorni è stato facilmente giustificato. Gli altri due sono stati perché non avevo voglia di prendere la metropolitana per andare a lezione. Pioveva e c'era un tempaccio fuori.

Scusa pietosa, lo so. Ho comunque fatto le letture e i compiti che erano stati pubblicati online per il corso.

«Ti sei sistemata bene,» dice Charlotte. «Il fidanzato è in casa?»

«Non è il mio fidanzato, e sì, questo posto è fantastico. Dai, sali. E poi, fa un freddo cane qui fuori,» dico. Charlotte non sta tremando, ma io sì, con un maglione e i jeans. Dovrò comprare presto un cappotto invernale, ma ho continuato a rimandare, aspettando il prossimo stipendio per coprire il costo.

Entriamo e la conduco all'ascensore e poi all'enorme appartamento con due camere da letto.

«Cavolo,» esclama quando la faccio entrare. «Quindi, è così che vivono i ricchi.»

«Io non sono ricca,» ribatto. Ma ha ragione. Questo posto è spettacolare, specialmente rispetto al mio precedente alloggio. Il suo appartamento con una camera da letto non è molto meglio di quello che avevo io, una cucina un po' più grande, ma niente di più.

«No, ma lui sì. Ho cercato su Google lo stipendio base per un giocatore di NHL e santo cielo! È quasi un milione di dollari a stagione.»

«Non ci credo.» Non le credo. Lei cerca sul suo telefono, digitando finché non mi mostra la cifra di tre quarti di milione di dollari sulla pagina di ricerca.

Non voglio guardare. Mi sembra un'invasione della sua privacy, un confine che non dovrei attraversare. Ma lei mi mette il telefono in faccia, rendendo impossibile non guardare.

«Buon per lui,» dico. Almeno non mi sento così male a pagare la mia piccola parte. Mi piacerebbe pagargli di più dato che stiamo dividendo il posto e viviamo insieme come coinquilini, ma non posso nemmeno avvicinarmi a permettermi questo spazio elegante.

«Buon per te,» ribatte Charlotte. «Puoi presentarmi uno dei suoi amici single? Noah è sexy.»

Prendo due limonate alcoliche dal frigorifero e conduco Charlotte nel soggiorno. «Non conosco davvero i suoi amici,» ammetto. «Voglio dire, a parte la nostra interazione al bar.» Mi siedo sul divano accanto alla mia migliore amica. C'è una poltrona vuota di fronte e la televisione davanti a noi. Non mi preoccupo di accenderla. Ho abbastanza intrattenimento con Charlotte che è venuta a trovarmi.

«Voi due non uscite insieme? E a Jasper non darà fastidio se gli rubi l'alcol?»

«È mio, e non dirgli che l'ho preso. Dobbiamo finire la confezione da dodici prima che torni a casa.»

«O nasconderla sotto il tuo letto.» Charlotte ride, scuotendo la testa. «Sei davvero preoccupata che si arrabbi quando lo scoprirà? Non è tuo padre. A meno che non ti piaccia quando lo chiami Papino.»

Afferro il cuscino dal divano e glielo lancio. «Sei terribile, e abbiamo praticamente la stessa età.»

«Eccetto che lui può bere legalmente,» dice Charlotte.

Qual è il suo punto? Tra pochi mesi, anche io sarò abbastanza grande per bere legalmente. E anche Charlotte.

Lei alza gli occhi al cielo e si appoggia allo schienale, mettendosi comoda sul divano. «Dio, sono così gelosa che tu abbia tutto, Amber. La casa. Un fidanzato sexy. In più, è nell'NHL. È come un ulteriore casella spuntata nella lista dei desideri.»

«Non essere gelosa. Il mio appartamento è andato a fuoco,» le ricordo.

Fa il broncio. «Ma è meglio così. Voglio dire, se la vita di da una limonata, fai i limoni.»

«Penso che intendi fare una limonata con i limoni,» la correggo.

Lei beve un altro sorso della sua limonata alcolica. «Fare alcol dai limoni. Questa è la cosa migliore.» Charlotte si alza e si guarda intorno. «Fammi fare un giro.»

«Oh, giusto. Certo.» Sono una pessima padrona di casa. Sono abituata al mio monolocale, dove si vede praticamente tutto con un piede dentro l'appartamento. La guido per l'appartamento, indicando la cucina e il soggiorno, che ha già visto. «Questa è la sala giochi,» dico, indicando il tavolo da air hockey al centro di quella che normalmente sarebbe una sala da pranzo.

«Tana da scapolo.» Charlotte tossisce sottovoce.

Le do una gomitata per farla stare zitta. Per fortuna, Jasper non è nei paraggi per sentirsi insultato. Ma non mi piace che prenda in giro il suo appartamento, dato che ora è anche il mio.

«Fammi vedere dove avviene la magia.»

«Cosa?» chiedo.

«La sua camera da letto.» Agita le sopracciglia.

«Ti mostrerò la mia camera da letto, ma niente magia. Nessuna azione. Nessuna eccitazione tranne il sonno.»

«Il sonno può essere divertente. Dopo averlo cavalcato.» Charlotte sembra non sapere quando fermarsi.

Spalanco la porta della camera da letto. La stanza è semplice, pratica. C'è una scrivania vicino alla finestra che Jasper ha insistito per comprarmi per studiare. Il comò è contro il muro e il letto è all'estremità opposta.

«E la sua stanza?» chiede, dopo aver dato un'occhiata al mio spazio banale.

«Vietata ai non addetti,» dice Jasper, apparendo alle nostre spalle.

«Non ti ho sentito entrare,» dico. La mia mano è avvolta attorno alla lattina di limonata alcolica, e lui la guarda ma non dice nulla.

«Ciao! Sono Charlotte.» La mia amica dai capelli rossi sorride raggiante, come se lui non l'avesse già vista alle partite di hockey e incontrata al bar.

«So chi sei.» Gli occhi di Jasper si fanno più stretti. «Non hai lezione?» mi chiede.

«Ho finito per oggi. E ho già fatto anche i compiti» rispondo.

Charlotte mima con le labbra *Papà* alle sue spalle mentre esce dal corridoio. «Posso andarmene se sto interrompendo qualcosa.»

«Sei appena arrivata. Non essere ridicola» dico. «Stavo per preparare la cena, Jasper. Rimani a casa stasera?»

Ieri aveva una partita, il che significa che oggi ha fatto solo allenamento, pratica, il solito o qualunque cosa facciano i giocatori professionisti di hockey in un giorno senza partite.

«A quanto pare, sì» dice, facendo un cenno verso il mio drink. «Qualcuno ha bisogno di un accompagnatore.»

«Sei solo di qualche mese più grande di me» ribatto. «E non ho intenzione di uscire o andare da nessuna parte.»

«Anche bere e cucinare potrebbe diventare un

crimine sse poi dai fuoco all'appartamento» replica Jasper.

Charlotte ci osserva in silenzio, buttando giù il resto della sua limonata alcolica. Ha un sorrisetto sul viso. Si sta godendo questo battibecco un po' troppo.

«Non sono stata io a causare l'incendio nel mio complesso residenziale.»

«No, ma hai fatto scattare l'allarme antincendio qui due volte» dice Jasper.

Charlotte non riesce più a contenere il suo silenzio. «È per questo che ordini sempre cibo d'asporto o mangi alla mensa del campus?»

Charlotte ha appena cercato di spifferare i miei segreti? «Traditrice!» La fulmino con lo sguardo e mi giro verso Jasper. «Per la cronaca, l'allarme antincendio è solo troppo sensibile.»

«Dovrei dargli un fazzoletto per evitare che pianga?» ribatte lui. I suoi occhi scintillano, e io vorrei cancellargli quel sorriso compiaciuto dalla faccia.

«No, ma potresti togliergli le batterie» dico.

«Zero possibilità che succeda. Cucino io la cena» dice Jasper e fa cenno a Charlotte e a me di allontanarci dalla cucina. Non sono nemmeno in cucina, solo in piedi nel corridoio, ma capisco l'antifona e mi lascio cadere sul morbido divano con la mia amica.

«Cosa ci preparerai?» chiede Charlotte dal divano, con un sorriso allegro sul viso.

«Dipende. Anche tu dai fuoco alle cucine e fai scattare gli allarmi antifumo?» chiede Jasper a Charlotte. «Mi sembri proprio il tipo, dato il tuo desiderio di convincere la mia coinquilina a indossare la maglia della squadra rivale a ogni partita a cui ha partecipato.»

«Due partite» dico, alzando due dita verso di lui. «E non mi hai più invitata a vederti giocare.»

«Ho avuto una serie di trasferte» dice Jasper. «Ora sono a casa.»

«Ti è mancato qualcosa?» interviene Charlotte.

«A parte il mio letto?» chiede Jasper.

Al cenno del suo letto, le mie guance si scaldano, ricordando quando ho fatto un pisolino sul suo materasso. Accidenti, ho dormito sotto le sue coperte la prima notte in cui ci siamo conosciuti. Anche se ero ubriaca, e lui si era comportato da perfetto gentiluomo.

A volte vorrei che non lo fosse stato, e forse questa tensione sessuale irrisolta tra noi sarebbe stata, beh, risolta.

«Ti sono mancata io» dico. «La preoccupazione che potessi dare fuoco al tuo appartamento preparando la cena.»

«Ti ho lasciato i menù d'asporto» replica Jasper. «E contanti, ma vedo che li hai lasciati intatti.»

Charlotte si avvicina, con gli occhi spalancati, e mi sussurra: «Ti ha lasciato dei soldi?»

«E non li ho toccati. Siamo coinquilini. Non sarebbe appropriato.» Il mio sussurrare ha bisogno di un po' di pratica perché Jasper mi guarda dalla cucina.

«Cosa ci sarebbe di inappropriato nel nutrirti e non distruggere la nostra casa?» chiede Jasper. È genuino nella sua domanda, e distoglie lo sguardo per piegarsi e prendere un tagliere dal mobile.

«Sono soldi tuoi. Non ho intenzione di spenderli.» Proprio come quando gli ho detto che non avrei permesso a lui, o a suo fratello, di pagare per i miei vestiti o scarpe dopo l'incendio.

«È onesta» commenta Charlotte. «Ma se vuoi qualcuno che prenda i tuoi soldi...» Tende il palmo, disposta a prendere qualsiasi contante lui stia offrendo, che per lei casualmente è zero.

«Oh, sono sicuro che ci siano molte ragazze là fuori per quello» dice Jasper. Mi sorride mentre inizia a tagliare le verdure, e io mi distendo sul divano, invadendo lo spazio di Charlotte.

Lei coglie il suggerimento e si sposta sulla poltrona vuota, assicurandosi che, quando arriverà il momento per Jasper di unirsi a noi, sarà costretto a sedersi sul divano con me.

Non era questo il mio piano, lo giuro. Volevo solo allungare le gambe. Ma non passa molto tempo prima che lui abbia messo la cena nel forno e impostato il timer.

Apre il frigorifero e prende una birra. «Volete un altro drink, ragazze?» offre.

«Sì!» diciamo entrambe all'unisono.

Jasper porta altre due limonate alcoliche nel soggiorno e una bottiglia di birra per sé. «Dovresti comprare le bottiglie di limonata analcoliche» dice. «Non hanno quel sapore metallico.»

«Forse mi piace il sapore metallico» ribatto. «E la facilità con cui si apre.» Mi sposto, mettendomi seduta in modo che Jasper abbia spazio sul divano accanto a me, e apro la linguetta quando lui si siede.

Lui fa toccare la mia lattina con la sua bottiglia. «Salute.»

Charlotte alza il suo drink all'unisono, facendo un brindisi in aria piuttosto che alzarsi dalla sua poltrona. Mi fa piacere che almeno si sia seduta sulla poltrona vuota.

Dopo un minuto, Jasper appoggia la sua birra sul tavolino accanto al divano.

«Puoi rimettere i piedi su» dice Jasper, e io alzo un sopracciglio, curiosa. Mi sposto leggermente indietro, riportando le gambe sul divano ma tenendole piegate, assicurandomi di non invadere il suo spazio. Questa è ancora casa sua, e anche se non dovrei sentirmi un'estranea, dato che pago l'affitto, sembra ancora il suo posto, e io solo un'ospite.

Non che lui mi faccia mai sentire così. Al contrario, fa tutto il possibile per farmi sentire benvenuta. Ha preparato asciugamani puliti e mi ha persino mandato un messaggio dall'hotel in cui si trovava dicendo che avevano dei graziosi shampoo in miniatura e mi ha chiesto se volessi che ne rubasse qualcuno dal carrello delle pulizie quando ci passava davanti.

Per la cronaca, ho detto di no.

Posso permettermi di comprare il mio shampoo, bagnoschiuma e uno spazzolino nuovo. E mentre lui fa portare la spesa da qualcuno perché è troppo occupato per andare a farla, c'è un negozio a un paio di isolati di distanza dove vado a piedi dall'appartamento per fare la mia spesa.

Tengo le ginocchia piegate, i piedi proprio accanto alle sue gambe, ma non appoggio il mio corpo sul suo. Quella è una linea che non abbiamo ancora oltrepassato, e non credo che lui voglia i miei piedi, avvolti in calzini a pois rosa e neri fino al ginocchio, sul suo grembo.

«Non sei contenta di esserti trasferita con un coinquilino che si dà il caso sia uno chef incredibile?» si vanta Jasper.

«Incredibile? Devo ancora assaggiare uno dei tuoi piatti.» È sempre fuori per una partita, un allenamento o in viaggio con la squadra. Premo le dita dei piedi contro la sua gamba, spingendolo leggermente. «Come faccio a sapere che non stai cercando di avvelenarmi? Attirarmi nella tua bellissima dimora dove rubi i miei vestiti per una settimana, il mio portatile nuovo di zecca, i libri di testo, e poi mi soffochi con un cuscino mentre dormo?»

Lui afferra delicatamente le mie gambe, tirandole giù sul suo grembo. «Sei sicura di non essere una studentessa di teatro?» ribatte sarcastico.

Jasper mi inchioda con il suo sguardo, e sento l'aria uscire dai polmoni per l'intensità dei suoi occhi. Le sue dita si spostano sui miei piedi. Non sono sicura se stia per farmi il solletico o un massaggio.

«Probabilmente dovrei andare. Prenderò qualcosa da mangiare sulla strada di casa.» Charlotte si alza, e interrompe il momento, frantumandolo come vetro.

Jasper si siede più dritto, le mani sospese sopra i miei piedi, ma non mi presta più la stessa attenzione di prima. Allunga la mano verso la sua birra sul tavolino e ne beve un sorso.

Quest'uomo non mi è mai sembrato nervoso, il che mi fa temere ancora di più che possa pentirsi dello sguardo intenso che ci siamo scambiati.

Non era niente.

Solo uno sguardo.

«Sei la benvenuta a restare,» dice Jasper. Prende un altro sorso di birra. «La cena è pronta. Ne ho fatto abbastanza per tre.»

«Beh, se la metti così.» Charlotte si lascia ricadere sulla poltrona.

Bevo un sorso della mia seconda limonata alcolica, che ha un sapore ancora migliore della prima.

Charlotte sta sorridendo maliziosamente, e quel ghigno mi preoccupa perché lei sembra sempre creare problemi quando sta tramando qualcosa. «Allora, ditemi, vi siete già baciati?»

Quando quelle parole escono dalle sue labbra, la limonata alcolica lascia le mie. La sputo addosso a Jasper, spruzzandolo senza pietà. Impreco a bassa voce, e sono certa che le mie guance siano cremisi. Non c'è modo di confondere la mia umiliazione per quello che è o di nasconderla.

Lui prende la sua maglietta, la solleva per asciugarsi il viso, e poi se la toglie completamente dal torso, lanciandomela.

Mi atterra sul viso e cade in grembo. Non mi aspettavo che si spogliasse davanti a me o a Charlotte.

«Non me la metto,» dico, indicando la limonata alcolica spruzzata sulla sua maglietta. L'ultima volta che si è tolto la maglietta e me l'ha lanciata per farmela indossare, era la sua maglia sudata.

Resta sul mio grembo mentre lui fa scorrere delicatamente le dita sui miei piedi, tracciando un percorso dalla parte superiore a quella inferiore.

Ed è allora che mi fa il solletico. Le sue dita danzano con un tocco leggero come una piuma sulla pianta del piede, e mi contorco sul divano, cercando di liberarmi, ma lui non me lo permette.

«La tua punizione,» dice con un sorriso malizioso.

«Per cosa?» urlo tra le risate, e lui continua a tormentarmi mentre cerco di allontanare i piedi. Mi trascina più giù sul divano, mi cavalca, mi fa il solletico sulla pancia e mi fa contorcere sotto il suo tocco.

L'unica via di fuga è contrattaccare, e cerco di fargli il solletico sui fianchi. Lui si contorce appena, abbastanza per far oscillare il suo centro sul mio, e la sensazione è deliziosamente piacevole.

«Charlotte, aiutami!» strillo tra gli attacchi di risate.

La guardo, e sta sorseggiando la sua bevanda, guardando lo spettacolo che stiamo mettendo in scena per lei. «Ti sto aiutando,» dice con un occhiolino e si alza.

«Dove stai andando?» grido.

«A perdermi in cucina,» dice Charlotte.

«Siamo solo io e te,» commenta Jasper, guardandomi dall'alto.

Sto ansimando mentre lui smette momentaneamente di farmi il solletico, lasciandomi respirare. Guardandomi dall'alto, i suoi occhi marroni sono di una tonalità più scura, e il suo respiro è pesante e profondo.

Si sposta, e sento il suo membro sussultare contro di me.

Voglio che mi baci, ma se mi sollevassi, se lo raggiungessi, mi allontanerebbe come ha fatto sempre fino ad ora. So che mi vuole. Posso *sentire* che mi vuole.

Jasper si schiarisce la gola e si alza dal divano. «Dovrei prendere una maglietta pulita e controllare la cena.»

Charlotte si fa da parte mentre la guardo in cucina. «La cena ha ancora quindici minuti sul timer,» dice. Con lui che mi da le spalle, mentre si dirige verso il corridoio per la sua camera da letto, lei mima qualcosa di incomprensibile.

Alzo le spalle, incapace di leggere le sue labbra, e le faccio cenno di avvicinarsi.

Ci riprova mentre lui esce dalla sua camera, e quando non riesco a capire cosa stia silenziosamente mimando, lei si arrende. Charlotte prende un'altra limonata alcolica dal frigorifero. «Ne vuoi un'altra, Amber?» chiede.

«Sto bene così.» Due sono decisamente il mio limite stasera se voglio evitare che le cose diventino ancora più imbarazzanti tra noi coinquilini. I miei sentimenti per Jasper devono essere sepolti.

«Sei libera domani sera?» dice Charlotte di colpo,

portando la sua limonata alcolica con sé mentre si lascia cadere sul divano accanto a me.

«Non ho nulla in programma,» dico. «Perché?» Posso già vedere gli ingranaggi girare nella sua testa, e questo fa ribollire il mio stomaco.

«C'è una festa al campus e voglio che tu venga con me.»

«C'è sempre una festa al campus,» dico.

«Fidati di me, ci saranno,» abbassa la voce per evitare che Jasper ci senta, «giocatori di hockey.»

«Cosa?» abbaia lui. La sua versione del sussurrare è quasi pessima quanto la mia. «Chi diavolo della squadra andrà a una festa di confraternita?»

«Hockey universitario,» sottolinea Charlotte. «Ho pensato che, vista la tensione sessuale irrisolta qui intorno, se le piacciono i ragazzi dell'hockey, forse potrebbe rimorchiare uno del campus.»

«Non ho una cosa per i ragazzi dell'hockey,» dico.

L'unico ragazzo per cui ho una cotta è in piedi a venti metri di distanza. Certo, si dà il caso che giochi a hockey, ma i miei sentimenti sono per lui. Non guasta che abbia un fisico da urlo, addominali da morirci dietro e una mente che è sexy tanto quanto il resto di lui.

Dannazione, sono troppo presa da Jasper Greyson. Forse dovrei dare retta al suggerimento di Charlotte e uscire per conoscere qualche ragazzo nuovo.

Jasper è silenzioso. Lo osservo mentre prende i piatti dalla credenza e poi fruga nel frigorifero, preparando qualcosa per tenersi occupato.

«Ti serve aiuto?» chiedo.

«Hai fatto abbastanza» mormora Jasper.

Charlotte e io ci scambiamo uno sguardo. *Geloso*, dice lei con le labbra, e ha ragione. Ma perché?

Siamo solo amici. Jasper si è assicurato che tra noi non succeda nient'altro. Anche dopo avermi lanciato la maglia, ha rifiutato ogni approccio che ho mai fatto, e sebbene non siano stati molti, sono più di quanti vorrei ricordare.

Potrò interrogare Charlotte più tardi quando Jasper non sarà a portata d'orecchio. Prendo il telefono dal tavolo e le scrivo un messaggio.

Perché è geloso?

Le faccio vedere il testo senza inviarlo. Non c'è bisogno di avere una registrazione della nostra conversazione o che il suo telefono vibri facendogli chiedere cosa stia succedendo tra noi.

Lei prende il mio telefono e cancella il messaggio, rispondendomi.

Vuole portarti a letto.

Le strappo il telefono dalle mani e cancello il messaggio il più velocemente possibile. «Cosa state complottando voi due?» chiede Jasper, lanciandoci un'occhiata da sopra la spalla.

«Niente. Le stavo solo mostrando alcune foto sul mio telefono.» È una piccola bugia bianca, ma sto effettivamente passando il telefono a Charlotte, quindi è almeno credibile.

Charlotte ha un sorrisetto compiaciuto sul viso, un'espressione tipo *Te l'avevo detto,–* che dice molto più del necessario.

Sono in fase di negazione. Non è possibile che Jasper Greyson provi qualcosa per me. Clicco ancora, mostrandole un altro messaggio che scrivo.

Impossibile. Mi vede come una sorella.

Lei prende il telefono, ridendo mentre cancella il messaggio.

«Che tipo di foto?» chiede lui. È in piedi al bancone che taglia le verdure e prepara un'insalata in una grande ciotola di legno. Si ferma e mi fissa, con le labbra socchiuse, ma non dice altro.

C'è qualcosa di molto domestico nel suo comportamento, e cerco di non fissarlo.

«Del tipo piccante!» dice Charlotte con tono allegro, e io le do una pacca sulla spalla.

«E le sta mostrando a te?» Jasper aggrotta la fronte come se stesse cercando di dare un senso al mio comportamento, come se io potessi mostrare foto di nudo alla mia migliore amica.

«Non è nuda» dice Charlotte, e sono sicura che il mio viso sia diventato del colore di un pomodoro troppo maturo. «Solo lingerie, e la sto aiutando a scegliere le foto migliori per un sito di incontri.»

«Cosa?» Il coltello che sta usando per tagliare le verdure per l'insalata cade sul pavimento con un tonfo.

«Stai bene?» chiedo, alzandomi per assicurarmi che non si sia ferito.

«Tutto bene» mormora e si china, recuperando lo strumento metallico da terra. Lo raccoglie. «Ho ancora tutte le dita dei piedi. Puoi tornare a sederti.» Apre il rubinetto e lava il coltello con acqua e sapone.

Lo ignoro e finisco il resto del mio drink. «Fammi aiutare» dico, entrando in cucina. A differenza del mio monolocale, dove in cucina c'è a malapena spazio per una persona, la sua cucina può comodamente ospitare due persone. Diamine, il suo soggiorno potrebbe ospitare una bella festa; anche con solo quattro posti a sedere, c'è ampio spazio per socializzare.

Charlotte si alza, avvicinandosi lentamente alla cucina. «Mi sento in dovere di offrire il mio aiuto anch'io, o sarei un'ospite terribile.» Sta sorridendo e osservando noi due mentre si sistema al bancone della cucina su uno degli sgabelli.

Jasper ha già apparecchiato il bancone dove mangiamo con piatti, posate e tovaglioli. «Una di voi può prendere le bevande per la cena» suggerisce.

«Ci penso io» dico e prendo tre bicchieri.

«Per me va bene così. Ho già il mio drink qui.» Charlotte solleva la sua limonata alcolica per indicare che non ha bisogno di altro da bere.

Lui si passa una mano tra i capelli prima di tornare a tagliare le verdure, gettando i cetrioli tagliati a dadini nella ciotola di legno con la lattuga fresca e le carote già mescolate.

«Mi preparo solo l'appetito» dice Charlotte e poi fissa Jasper con lo sguardo. «Stai frequentando qualcuno?»

«Scusa?» Si schiarisce la gola e guarda torvo prima lei e poi me, come se l'avessi spinta io a fare questo tipo di domande. Non l'ho fatto. Questo è cento per cento Charlotte che è troppo ansiosa di vedermi fare sesso. Beh, non vedermi letteralmente, solo sentirne parlare da me.

«Voi due siete coinquilini. Ovviamente non state scopando» scherza. «Stai frequentando qualcuno?»

«Non sono interessato» dice bruscamente come per far capire che non c'è interesse tra lui e Charlotte. Lo chiarisce abbastanza rapidamente, e non voglio che significhi nient'altro, come se nutrisse sentimenti per qualcun altro... me.

È solo un desiderio illusorio.

«No! Non lo chiedo per me» dice Charlotte e appoggia il suo drink sul bancone, alzando le mani. «Intendo solo che siete coinquilini. Avete parlato dell'inevitabile? Quando uno di voi porta qualcuno a casa, e c'è un elastico per capelli o una cravatta sulla maniglia della porta?»

«Non siamo al college. Abbiamo le nostre camere da letto» dice Jasper, e la sua voce è profonda e roca. «Non credo che una cravatta o un elastico sarebbero necessari. Tu che ne pensi?» Tiene il coltello in mano e lo punta nella mia direzione, incrociando il mio sguardo.

«Per me va bene la discrezione, purché non ti sorprenda a dormire con qualche ragazza sul divano o sul tavolo da air hockey.»

Jasper sogghigna. «Te l'ha detto Kyler?»

«Cosa?» Fortunatamente, questa volta non ho un drink in bocca, altrimenti qualcuno avrebbe ricevuto una seconda maglietta spruzzata.

Sta ridendo. «È uno scherzo. Rilassati. Terrò i miei divertimenti in camera da letto o sotto la doccia. Ovunque ci sia una porta che si chiude a chiave.»

«Debitamente annotato» dico e mi lascio cadere sullo sgabello accanto a Charlotte. Lei sta sorridendo, e io le do una gomitata. Ha fatto abbastanza domande per umiliarmi per il resto della mia vita. Non mi fido di cos'altro potrebbe chiedere durante la cena.

DICIOTTO
JASPER

LA CENA con Amber e Charlotte è interessante. La sua amica sta cominciando a piacermi. Non nel senso che 'voglio portarmela a letto', ma più nel senso che riesco a capire perché Amber la tenga vicino.

Dove Charlotte è selvaggia e senza freni, Amber è quieta e riservata.

Sono due opposti, eppure in qualche modo si completano a vicenda. Charlotte, inoltre, non si trattiene mai dal dire qualunque cosa le passi per la mente. È un po' rinfrescante ma anche terribilmente fastidioso quando cerca di fare da cupido tra noi due.

Non sono cieco all'attrazione e alla chimica che c'è tra me e Amber.

Tuttavia, sto cercando di essere un uomo migliore evitando di agire di conseguenza, e se il codice dei fratelli da solo non fosse una ragione sufficiente prima, allora il fatto che siamo coinquilini è un motivo ancora più grande per astenermi dall'avere rapporti sessuali con Amber Ryan.

Okay, non solo rapporti sessuali.

Baciarla.

Palpeggiarla.

Diamine, persino farle il solletico e sentirla contorcersi sotto il mio corpo non può succedere di nuovo.

Il mio cazzo è ancora agitato, e ho fatto tutto l'immaginabile per cercare di mettere distanza tra noi. Non voglio che lei mi veda freddo o distante. Mi piace, e amo passare del tempo con lei, ma non può essere nulla più che amicizia.

Non possiamo mettere a rischio la nostra amicizia.

Finiamo di cenare, e le ragazze sparecchiano e preparano una specie di interessante parfait alla frutta come dessert. In realtà ha un sapore un milione di volte migliore di come appare. Ovviamente, la cucina è un disastro, con panna montata sul soffitto, sul pavimento e su tutta Amber.

Ha mai usato un frullatore elettrico prima d'ora?

La panna le dona, e ci vuole tutta la mia forza di volontà per non trascinare il dito sul suo labbro inferiore o sulla sua guancia. Voglio assaggiarla. Assaggiare lei. Ma mi trattengo.

«Dovrei andare,» dice Charlotte, guardando il suo orologio. «Se parto ora, posso prendere il prossimo treno.»

Amber sta pulendo con uno straccio quel che può raggiungere degli schizzi di panna montata.

«Sempre che sia in orario,» dico e guardo Amber. «Lascia stare il soffitto. Ci penserò io quando torno.» Torno a guardare Charlotte. «Che ne dici se ti accompagno alla stazione della metropolitana?» Non sono entusiasta che cammini da sola di notte. Sono quasi le nove, e anche se il quartiere è decente, mi sentirei meglio sapendo che è arrivata alla metropolitana.

«Posso mandare un messaggio ad Amber quando arrivo a casa.»

«Lo farai comunque,» dico. «Ti accompagno io.»

«Va bene, ma per la cronaca, non sei il mio tipo.» Charlotte chiarisce la sua posizione, e sono sollevato che non ci proverà con me, che il suo piccolo interrogatorio di prima era interamente a beneficio della sua amica.

«Bene, perché nemmeno tu sei il mio.» Prendo il cappotto e le chiavi. «Torno tra poco,» dico ad Amber.

Lei annuisce, dandomi le spalle mentre pulisce l'esterno del frigorifero, spalmando la panna montata sull'acciaio inossidabile. Sì, questo farà un casino ancora più grande. Me ne occuperò quando torno. Almeno ci sta provando. Le do credito per questo.

Scendiamo all'ascensore, e appena entriamo, lei incrocia le braccia sul petto, e i suoi occhi si restringono mentre mi fissa. «Allora, qual è il tuo problema?»

Okay, non mi aspettavo la prossima inquisizione quando ho suggerito di accompagnarla al treno.

Essere gentile probabilmente mi si ritorcerà contro, almeno quando si tratta di Charlotte.

«Il mio problema?» ripeto con una risata. «Sei tu quella che incoraggia la tua amica a indossare la maglia degli Island Bruisers alle nostre partite.»

Charlotte sorride. «Sì, l'ho fatto.» È compiaciuta e orgogliosa del suo piccolo risultato, come se sapesse che mi avrebbe dato fastidio.

Dannazione.

«Non stai frequentando nessuno. Ti piace Amber?» Charlotte fa domande difficili. La ragazza non le evita come invece preferirei.

«Sono concentrato sulla mia carriera,» rispondo, perché affermare che *esco con il mio lavoro* suonerebbe strano, ma è più o meno l'unica azione che vedo ultimamente: sul ghiaccio o con avventure di una notte.

«È una risposta deludente. Scommetto che ricevi un sacco di offerte dalle ragazze al bar. Come si chiamano, le ragazze che seguono i giocatori di hockey, che gli vanno dietro?»

«Puck bunnies?» suggerisco.

Lei schiocca le dita. «Per la cronaca, Amber non è una di quelle,» dice Charlotte.

Non ho mai avuto l'impressione che lo fosse. Non ha nemmeno dato un'occhiata a nessuno dei miei compagni di squadra. «Lo so. E tu? Qual è il tuo problema?» chiedo. «Reciti la parte della sorella maggiore prepotente con lei piuttosto bene, ma sai che ha già una sorella, vero?»

«Emerson?» Charlotte si stringe nelle spalle. «Non l'ho mai incontrata.»

Interessante. Cerco di non analizzare troppo cosa potrebbe significare. L'unico motivo per cui conosco la sorella di Amber è attraverso mio fratello. Amber non me l'hai presentata realmente.

Usciamo dall'ascensore e ci dirigiamo fuori. L'aria è fredda e umida. La strada luccica per un recente strato di pioggia, ma al momento non sta piovendo.

Cammino al suo fianco lungo il marciapiede, accompagnandola per un paio di isolati verso la metropolitana. Mentre i lampioni sono accesi e qualche persona ci passa accanto camminando, è comunque piuttosto isolato.

«È stato bello conoscerti» dice Charlotte indicando l'ingresso della stazione della metropolitana. «Grazie per avermi permesso di intromettermi nella cena con te e la tua non-fidanzata.» C'è un sorriso sul suo viso, e io scuoto la testa.

«Perché non riesci a credere che siamo solo amici?»

«Oh, io ci credo, ma penso che tu, invece,ci creda affatto.» Charlotte sorride e mi saluta con la mano, affrettandosi giù per le scale verso la banchina, lasciandomi lì in piedi per un minuto buono prima che mi giri e mi diriga verso l'appartamento.

È una camminata veloce, e infilo le mani nelle tasche affrettandomi verso l'edificio. L'ascensore mi sta aspettando, e lo prendo per tornare al nostro appartamento.

Il nostro appartamento.

Mi sembra ancora un concetto estraneo nel grande schema delle cose, ma non è più solamente mio. E non avrei mai pensato di essere aperto a una coinquilina, specialmente una con cui non vado a letto.

Metto da parte questi pensieri mentre apro la porta d'ingresso ed entro.

Amber è in equilibrio sulle punte dei piedi, sopra il bancone della cucina con uno straccio intenta a pulire il soffitto. Il problema è che la panna montata non è solo sopra il bancone della cucina. È anche nel mezzo della cucina sul soffitto, e lei non può raggiungerla dalla sua posizione. Afferra lo straccio e lo lancia lungo il soffitto tenendolo per un'estremità, cercando di pulire la panna montata con un colpo secco.

Non mi ero mai reso conto di quanto fosse bassa, ed è piuttosto adorabile.

Avanzo silenziosamente attraverso la cucina. «Non ti avevo detto di lasciare stare finché non fossi tornato?»

Lei si sporge un po' troppo in avanti, perdendo l'equilibrio mentre io la prendo al volo, tenendola tra le mie braccia, senza lasciarla andare.

Amber sussulta. Il dolce, innocente suono che le sfugge dalle labbra suona quasi sensuale, anche se so che non è inteso come tale; è solo il sussulto di shock e paura di chi sta per cadere, ma per fortuna, sono proprio lì per prenderla. Dato che non ha fatto un grande balzo, non c'è abbastanza forza per farmi indietreggiare.

Sono ben saldo sui miei piedi, con le braccia attorno alla sua vita, e non la lascio andare.

«Scusa» dice lei, rapida a scusarsi. Le sue braccia sono avvolte intorno al mio collo, e dovrei rimetterla a terra, ma la tengo stretta contro di me, godendomi questo momento intimo tra noi.

Voglio rubare ogni secondo che posso, e non mi sembrerà mai abbastanza.

Lei inclina la testa verso il basso mentre la tengo tra me e il bancone. La appoggio sul bordo e, con una mano, le sposto i capelli dal viso.

La desidero più dell'aria che respiro.

È come il cielo notturno, cosparso di stelle.

Brillante e bellissima.

Non ha nemmeno la più pallida idea di cosa significhi già per me. Non si tratta di lussuria o sesso. Il desiderio è già presente. È stato lì dal momento in cui l'ho vista per la prima volta. Il problema è più grande di una piccola cotta o di un momento di nostalgia condiviso tra due amici.

Penso che mi stia innamorando di lei.

Voglio baciarla. Assaggiarla. Avvolgere le sue labbra con le mie e portarla nella mia camera da letto. Sento ancora il suo profumo sul mio letto. La prima notte che ha dormito qui, è rimasto per giorni, finché non sono stato costretto a lavare le lenzuola.

Ora il suo profumo è ovunque. La lavanda e il lillà si diffondono per tutta la casa. Si è insinuato nella mia maglietta per la sua vicinanza, sul mio cuscino da quando ha fatto un pisolino nel mio letto quando ho pulito la camera degli ospiti, e continua a provocarmi, come una dipendenza da cui non posso liberarmi, né voglio farlo.

Sta lentamente diventando un'ossessione. Passare tempo con lei. Rubare un tocco senza che venga interpretato come qualcosa di più perché non può essere di più.

Siamo coinquilini. Amici.

Non posso rischiare con lei.

Ma dentro, sto gridando perché lei mi baci, perché mi permetta di spogliarla, portarla a letto, e mostrarle cosa significa essere adorata e desiderata. Se solo mi chiedesse di nuovo di essere il suo primo, di osare mostrarle cosa significa baciare, toccare, esplorarci a vicenda, non credo che potrei dire di no.

C'è un muro che devo erigere per proteggere lei e me stesso. Si erge mattone su mattone, con la malta che si sgretola ad ogni secondo che ci guardiamo negli occhi, e so che lei prova esattamente le stesse cose.

Amber sorride e appoggia la fronte contro la mia. Apre la bocca, ma prima che possa dire qualcosa, un goccio di panna montata cade dal soffitto proprio sul mio naso.

«Credo di aver mancato un punto» dice scherzosamente.

Amber allunga la mano verso il mio viso, e io le afferro il polso, fermandola. Nonostante la mia presa attorno al suo polso, riesce comunque a toccarmi il naso con l'indice, togliendo la soffice panna dal mio viso.

Prima che me ne accorga, sta mettendo il dito nella mia bocca, tra le mie labbra, e io sto succhiando via la panna, arricciando la lingua attorno al suo dito, desiderando che fossero le sue labbra e la sua bocca sulle mie.

Il suo telefono vibra dal bancone dietro di lei, e io faccio un passo indietro mentre lei salta giù e si affretta dall'altro lato per raggiungerlo. Dà un'occhiata al messaggio e poi a me mentre la fisso, con il bancone tra di noi che ci fa sentire a chilometri di distanza. «Charlotte è arrivata a casa sana e salva.»

Non posso credere che la sua amica mi abbia appena bloccato pur trovandosi dall'altra parte della città.

DICIANNOVE
AMBER

«SEI SICURA DI QUESTO?» chiedo a Charlotte, osservando il mio riflesso nel suo specchio a figura intera nel suo appartamento. Non avevo vestiti sexy, come ha detto lei senza mezzi termini, e stiamo pianificando di andare a una festa del campus a cui non ho nemmeno interesse a partecipare.

«Sei uno schianto.» Charlotte mi mostra il suo sorriso più grande.

Indosso una gonna nera corta che non mi terrà al caldo stanotte. La parte superiore a maniche lunghe è carina ma un po' stretta, e mette in risalto il mio seno.

«Devi metterti anche queste,» dice, spingendomi tra le mani i suoi stivali da battaglia.

Abbiamo quasi la stessa misura di scarpe, quindi infilo della carta igienica nelle punte per evitare che siano troppo larghe.

«Dovresti assolutamente farti un giocatore di hockey della NYU stasera.»

Borbotto sottovoce. «Non mi farò nessuno.» Le lancio un'occhiata e poi guardo di nuovo il mio riflesso. Ho messo un po' più trucco del solito, accentuando gli occhi con eyeliner spesso e le labbra con un rosso naturale.

Cavolo, sono davvero sexy.

«Perché sei presa da Jasper?» ribatte Charlotte. Prende il mio telefono e mi scatta una foto. «Mandagliela, e scommetto che si presenterà alla festa.»

«Non gli mando nessuna foto.» Infilo il telefono nella borsa. «È occupato stasera. Ha dei programmi.» Non approfondisco. Ha la serata libera ed è in città. Non sono sicura di cosa abbia in programma, ma ha accennato a vedere i ragazzi.

«Programmi con una ragazza?»

«Amici. Lascia perdere,» avverto Charlotte.

«So che voi due siete amici. Sto cercando di procurarti un po' più di azione.»

Intendevo dire che era con gli amici, ma lascio correre. «Festa. Andiamo.» Preferisco mescolarmi a una festa ed essere abbandonata da Charlotte quando troverà un bel ragazzo con cui passare la notte. Almeno lì potrò bere qualcosa, ballare, flirtare e chiudere la serata.

Per la cronaca, non ho intenzione di andare a letto con nessuno stasera. Nemmeno per un po' di hockey tonsillare.

Arriviamo alla festa, e dopo venti minuti, Charlotte mi ha già abbandonata. Dovrei essere furiosa, ma sono abituata a essere piantata in asso da lei quando c'è un ragazzo attraente che cattura la sua attenzione. La ragazza è come una calamita.

Sono appoggiata a un muro, con un drink in mano, chiusa in me stessa. Non ho davvero voglia di socializzare. Pensavo che uscire sarebbe stato divertente e una buona idea, ma ora me ne sto pentendo.

«Ehi, credo che facciamo statistica insieme,» dice Atlas.

È ben noto nel campus come una delle stelle della squadra di hockey della NYU. Il fatto che mi noti è scioccante.

Mi guardo intorno, assicurandomi che Atlas non stia parlando con qualcun altro perché sarebbe molto più probabile. Non ci siamo mai scambiati due parole in classe, ma ha ragione. Siamo insieme a statistica.

E detesto quella materia.

«Sì,» dico e prendo un sorso di punch, che offre un bel morso. Non ho idea di quale alcol ci abbiano messo dentro, ma è più alcol che punch.

Non sono particolarmente loquace. Atlas è carino e ha un bel fisico. Insomma, è un atleta. Ma mi sento in imbarazzo e forzo un sorriso. Che, sfortunatamente, lui sembra interpretare come un segno di interesse.

In sua difesa, probabilmente non ha mai incontrato una ragazza che non fosse interessata a lui.

«Sei chiacchierona,» scherza e mi sorride calorosamente. «Fammi indovinare, sei venuta qui con un'amica e ti ha abbandonata per un ragazzo?» Prima che io possa rispondere, indica l'angolo verso una coppia che si sta baciando. «Il mio amico, e mi ha abbandonato.»

Non so effettivamente dove sia finita Charlotte. Probabilmente in un bagno con uno dei giocatori di hockey. Se diventasse, come l'ha definita Jasper, *una puck bunny*, non so cosa farò. Avrà bisogno di un intervento di sicuro, ma non siamo ancora a quel punto. Non sono nemmeno sicura che il ragazzo con cui sta amoreggiando sia un giocatore di hockey.

«Che amici che abbiamo,» dico, e lui annuisce. Ha un bicchiere rosso in mano con il punch. Fa tintinnare il mio bicchiere.

«Salute.»

Non sono sicura che sia qualcosa per cui valga la pena brindare, ma non commento. Tengo quel pensiero per me.

«Il tuo amico ti trascina a molte feste per poi abbandonarti?» chiedo. Sto cercando di tenere viva la conversazione, ma non lo sento davvero. Sembra simpatico, ma non c'è la scintilla, la chimica, che invece provo con Jasper.

E odio me stessa per pensare a *lui* proprio ora quando questo ragazzo perfettamente gentile sta cercando di attirare la mia attenzione o almeno di tenermi compagnia finché non incontra qualcun'altra più affascinante.

«Vuoi sapere un segreto?» chiede Atlas, e prima che possa dirgli che non m'importa poi molto, si avvicina. «È uno dei miei compagni di squadra, Reid.»

Il nome non mi dice nulla, e non sono stata a nessuna delle partite di hockey della nostra scuola, quindi non posso dire di riconoscere nemmeno lui. «Oh,» dico, come se dovesse significare qualcosa.

«Reid Clayton.» Mi fissa e si rende conto che non ho idea di chi stia blaterando. «La stella della squadra di hockey... oh, lascia perdere, non sei una fan dell'hockey?» indovina.

«Sono stata a un paio di partite degli Ice Dragons.» Tralascio la parte in cui convivo con Jasper Greyson, uno dei giocatori della NHL.

«Aspetta, sei una fan degli Ice Dragons?» Sembra leggermente scontento dalla notizia. «Hai indossato la maglia di mio fratello a una delle sue partite. Pensavo fossi una fan degli Island Bruisers.»

Il mio stomaco si contorce, e non posso fare a meno di fare un piccolo passo indietro, come se avesse invaso il mio spazio e la mia privacy. Sbatto contro il muro dietro di me. Sono sicura che Atlas non mi stia stalkerando. Siamo in classe insieme, e probabilmente mi ha solo riconosciuta a una partita, ma il suo commento è comunque inquietante.

«Le sue partite? Tuo fratello è...» Non ricordo nemmeno di chi fosse la maglia che ho comprato la prima o la seconda volta, ed entrambe sono bruciate nell'incendio dell'appartamento. Questa è una perdita di cui non mi importa molto.

«Knox Storm,» dice Atlas con un sorriso e si avvicina, mettendomi un braccio intorno. «Potrei farti un tour privato dell'arena di ghiaccio, portarti sulla pista, e potremmo...»

«Se quello doveva essere un tentativo di rimorchiare, sei ben lontano dall'obiettivo.» Me lo scrollo di dosso e mi dirigo verso la porta.

«Sul serio?» mi urla dietro sopra la musica che pompa, inseguendomi. Mi afferra per la spalla, facendomi girare verso di lui.

«Senti, sono sicura che sei un bravo ragazzo, ma non sono interessata.» Non voglio essere qui. Sono certa che ci siano molte altre ragazze che cadono per le sue battute ridicole e il suo bell'aspetto, ma io non sono una di quelle.

«Tutte sono interessate. Non c'è anima in questa scuola che non implorerebbe per avere una possibilità con me. Andiamo, *Regina di Ghiaccio*.»

«Regina di Ghiaccio?» La mia bocca si spalanca mentre lo fisso, scioccata. «Tu non sai niente di me.» Non sarei dovuta venire, e peggio ancora, dovrò affrontare Atlas al corso di statistica lunedì. Almeno ho il weekend per cercare di dimenticare questa conversazione e che questa serata sia mai accaduta.

Mi precipito fuori, con le gambe che si congelano nella minigonna nera corta, e c'è una bella camminata fino alla metropolitana. Chiamo Jasper, volendo parlare con qualcuno nell'oscurità mentre mi dirigo verso la stazione della metropolitana per tornare a casa.

«Che succede? Aspetta un attimo,» risponde Jasper, e c'è rumore in sottofondo. Dopo un secondo, è tutto silenzioso, come se fosse uscito o avesse preso la chiamata in un'altra stanza. «Va tutto bene?»

«Sì,» dico con un profondo sospiro. «È solo che sono un po' lontana dalla metropolitana, e volevo qualcuno con cui parlare finché non arrivo alla stazione. Va bene?»

«Sei da sola?»

Rido e tiro su con il naso per il freddo. Anche il cuore fa un po' male, ma non sto piangendo, almeno non esteriormente. «Sì, è per questo che ho chiamato. Va bene? Sei occupato?»

«Dove sei? Vengo a prenderti,» dice Jasper. «Sei nel campus?»

«Sto solo tornando da una festa. Non preoccuparti. Nel tempo che ci metti ad arrivare qui, sarò già alla banchina.»

«Quanto è lunga la camminata?» chiede Jasper.

«Mezz'ora se avessi indossato stivali della mia misura e una gonna non così corta.» Devo fare passi più piccoli, e mentre tengo il telefono con una mano, sto anche cercando di impedire alla gonna di alzarsi e rivelare cosa c'è sotto. Nota, sono le mie mutandine di pizzo nere. Col senno di poi, avrei dovuto optare per qualcosa di meno sexy.

Si schiarisce la gola. «Mandami la tua posizione.»

Do un'occhiata al telefono e smetto di camminare abbastanza a lungo da condividergli la mia posizione. «Mi stai tracciando ora?» scherzo, cercando di sdrammatizzare la situazione. Cammino lentamente, i piedi che formicolano per il freddo, le gambe intorpidite.

«Ti vengo a prendere.»

«Jasper, non è necessario.»

«Resta al telefono con me finché non vedi la Porsche.» C'è di nuovo rumore in sottofondo, e il telefono è smorzato mentre Jasper dice qualcosa a qualcuno, presumo suo fratello.

«Hai l'auto di tuo fratello?» chiedo.

«Me la sta prestando,» dice, e il silenzio lo segue mentre presumo che stia uscendo da qualunque edificio in cui si trovi. Bar. Club. La casa di suo fratello, il che è improbabile dato che potrei essere a casa nel tempo che ci metterebbe a venirmi a prendere. Beh, ci andrebbe vicino. «Continua solo a parlare con me,» dice Jasper.

«Mmm, sì, certo.» È la prima volta che non so di cosa parlare. Non ho voglia di divagare. I miei denti battono, e mi sto pentendo di aver indossato questa ridicola gonna quando fa abbastanza freddo da nevicare.

«Dov'è Charlotte?» chiede Jasper, mantenendo viva la conversazione. La sua voce sembra più distante, e sento il rombo di un motore.

Spero che arrivi presto, ma so che ci vorrà un po'. Finora, il marciapiede è deserto. Non ho visto nessuno da quando ho lasciato la festa, e i lampioni tremolano sopra di me mentre accelero il passo.

I miei piedi stanno diventando gelidi e intorpiditi per il freddo. Addio agli stivali di Charlotte che dovevano tenere i miei piedi al caldo.

«Charlotte? Probabilmente è a letto con qualche ragazzo che ha conosciuto. Non lo so, è sparita alla festa e mi ha mollata. Tipico di Char.»

Giurerei di averlo sentito ringhiare alla mia risposta.

«Va bene. Sono abituata a farle da spalla. Semplicemente, non sopportavo più il tizio che ci stava provando con me.»

«Ci stava provando con te?» Le sue risposte sono brevi. Secche. Ruvide.

«Non è niente.» Non ho davvero voglia di parlarne con Jasper, o con chiunque altro, a dire il vero. Non so cosa stesse pensando Atlas. Perché tirare in ballo suo fratello? Pensava davvero che avere Knox Storm come fratello mi avrebbe impressionata? Perché non è così. E chiamarmi *Regina di Ghiaccio*? Ma che diavolo voleva dire? Solo perchè non gli avrei fatto un pompino o non ci sarei andata a letto?

«Stai eludendo la mia domanda,» dice Jasper.

«Possiamo parlare di qualcos'altro che non sia la festa?» Trasalisco per il mio tono, non volendo scattare con lui. Niente di tutto questo è colpa sua. «Scusa.»

«Non preoccuparti,» dice, con voce calma e composta. «Sono quasi arrivato. Ho acceso il riscaldamento in macchina per te.»

«Se avessi acceso l'aria condizionata, credo che avrei dovuto ucciderti, Jasper.»

«Una donna vendicativa,» mi prende in giro. C'è una leggerezza nel suo tono, e vedo una Porsche al semaforo successivo, con la freccia accesa, in attesa di girare nella strada dove sto camminando.

L'aria gelida mi solletica la pelle, e rabbrividisco, avvolgendomi le braccia attorno al corpo.

Non appena il semaforo cambia, Jasper svolta l'angolo, e il ruggito del suo motore si avvicina mentre accelera prima di fermarsi bruscamente.

Si ferma sulla strada vuota e tiene il motore al minimo. Mi affretto verso la portiera del passeggero, la spalanco e salgo dentro. Il soffio di calore che mi accoglie è una manna per la mia pelle formicolante.

Jasper non si muove. Il suo sguardo mi scruta.

«Avrei dovuto portare una coperta,» dice, dandomi una lunga occhiata mentre mi esamina di nuovo, assicurandosi di dare una bella sbirciata alle mie gambe nude.

Con qualsiasi altro ragazzo, avrei fatto un commento sarcastico sul suo sguardo insistente, ma invece, mi riscalda fino al midollo, ed esalo un respiro nervoso.

«Bella macchina,» dico, cercando di dirigere la sua attenzione lontano dal mio corpo senza dirgli effettivamente di non guardare. Perché la verità è che non mi dispiace la sua attenzione, anzi.

«Sì, ho preso in prestito la macchina di Kyler. Posso accompagnarti a casa prima di restituirgliela.»

Si passa una mano tra i capelli, scuote la testa come se stesse cercando di concentrarsi, e rientra sulla strada.

Il silenzio si protrae tra noi solo per pochi secondi. «Non ho voglia di andare a casa,» ammetto, lanciando un'occhiata nella sua direzione. «Posso stare con voi ragazzi stasera, o è una cosa tipo, niente ragazze?» Non voglio rovinare la sua serata se è una cosa tipo serata tra ragazzi con la squadra.

«Ci sono sempre ragazze, anche quando non le invitiamo,» ribatte Jasper. «A meno che non stiamo a casa di qualcuno o cose del genere. Certo, puoi venire.» Mi guarda, con lo sguardo sulla mia gonna corta, prima di tornare a concentrarsi sulla strada.

«Grazie per essere venuto a prendermi,» dico, giocherellando con le mani in grembo. Le farfalle ci sono sempre quando sono con lui, ma sono domate, e il mio desiderio per lui è insormontabile. Probabilmente è il rum punch della festa che mi fa agire secondo i miei desideri, e va bene così. Se è questo che ci vuole per fargli capire cosa provo per lui, così sia.

Allungo la mano attraverso l'auto, posandola sulla sua coscia.

Indossa i jeans. Sono attillati, e lui è caldo mentre accarezzo con le dita i suoi pantaloni. Sto attenta a non andare direttamente verso il suo membro, che desidero, ma accarezzo la sua gamba, muovendo le dita verso l'interno della coscia.

Il respiro di Jasper si fa più profondo. Ogni respiro diventa più forte mentre le sue labbra si separano, e giuro che l'auto inizia ad appannarsi per il calore tra noi.

«Amber, che stai facendo?»

Sorrido, fissandolo. «Pensavo fosse piuttosto ovvio?» Mi sposto leggermente, lasciando che le mie gambe si separino, e la mia gonna sale ancora un po' più in alto. Voglio che lanci un'occhiata nella mia direzione e veda il mio calore, le mie mutandine di pizzo, e senta il suo controllo vacillare.

La sua voce si blocca in gola. «Siamo coinquilini,» dice Jasper, e osservo come il suo controllo si stia sciogliendo, mentre accosta a lato della strada e mette il motore in folle. «Vieni qui,» ringhia.

Di buon grado, slaccio la cintura e mi arrampico attraverso la consolle centrale. Jasper spinge indietro il sedile mentre mi siedo a cavalcioni sulle sue gambe. Posso sentire il suo calore premere contro la zip dei jeans, punzecchiandomi mentre lo stuzzico con i fianchi.

Le sue mani afferrano il mio sedere da sotto la gonna, allargando le natiche, il suo dito si infila tra le mutandine, e le strappa a brandelli, strappandomele di dosso.

Sussulto per la sua impazienza, e già siamo entrambi senza fiato, guardandoci l'un l'altra. Le mie dita si intrecciano nei suoi capelli, tirandolo più vicino mentre mi chino per baciarlo.

Le nostre labbra non si sono nemmeno sfiorate, e lui mi guarda dal basso, con le palpebre pesanti, e si struscia contro i miei fianchi.

La mia bocca si socchiude, e lui si protende in avanti,

baciandomi il collo mentre chino la testa, con gli occhi che si chiudono.

«Sentilo e basta,» mi sussurra nell'orecchio, leccando e mordicchiando il lobo mentre il mio corpo si trasforma in gelatina al suo tocco.

Jasper si struscia contro di me, spingendo i fianchi ancora vestiti, premendo il suo membro coperto contro il mio centro. Tremo tra le sue braccia, e lui succhia e bacia il mio collo mentre le sue dita tengono il mio sedere, le mani nude sulla mia pelle mentre mi tiene stretta contro di lui.

Muovo i fianchi in sincronia con il suo ritmo.

«Voglio...» ansimo, incerta su cosavoglio,o oltre a lui. Mi muovo contro di lui, le mie viscere calde e ardenti, come un fiume incandescente di lava che scorre dentro di me.

Lui preme le labbra sulle mie mentre sento l'onda, il calore, il mio centro che si stringe, desiderando che il suo membro fosse sepolto profondamente dentro di me.

Spingo la lingua nella sua bocca, bevendo da lui, assaporandolo, divorando l'orgasmo mentre mi attraversa, e le sue unghie si conficcano nel mio sedere.

La mia umidità penetra nei suoi jeans, e lo tiro più vicino e più forte, il cuore che batte contro il mio petto mentre finalmente emergo per respirare, ansimando e ansando.

«Wow,» ansimo, cercando di ritrovare un po' di compostezza. Lui è ancora duro come una roccia sotto di me.

Sposto i fianchi e raggiungo la sua zip, ma lui mi ferma, coprendo le mie mani con le sue. «La tua prima volta non sarà in macchina,» dice.

«E il mio primo pompino?» chiedo, leccandomi le labbra mentre mi sposto sul mio lato dell'auto, rivolta verso di lui mentre allungo la mano verso la sua zip.

Lui ringhia e si copre il viso con le mani. «Non credo di poter resistere se continui a parlare così, *babe*. E questa non è la mia macchina.» Il suo sguardo vacilla, e posso vedere la preoccupazione sul suo viso. Se la macchina viene restituita a suo fratello con macchie del nostro incontro, siamo fottuti entrambi.

«Ingoierò,» dico, lasciando che il mio dito danzi sulla sua zip.

Lui appoggia le mani sulle mie, i suoi occhi scuri di desiderio. Mantiene una presa ferma sulla mia mano sul suo cavallo, non permettendomi di sbottonare i suoi jeans.

«Non lo vuoi?» chiedo.

«Cazzo, sì che lo voglio,» dice Jasper. «Non hai idea di quanto ti desideri...»

Non voglio che finisca la frase perché sento che sta per arrivare il proverbiale *ma*, e non posso accettare qualsiasi cosa abbia intenzione di dire. Mi arrampico a quattro zampe, coprendo le sue labbra, spingendo la lingua nella sua bocca, le mie dita sulla sua nuca, tenendolo stretto a me. «Ti voglio.» Rendo chiare le mie intenzioni. Non si può confondere il mio desiderio per niente di meno di quello che è, bisogno.

«Hai bevuto,» dice e mi dà un bacio leggero sulle labbra prima di tirarsi indietro. Geme contro le mie labbra, rubando un altro bacio. «Hai il sapore del rum punch.»

Dannazione, è bravo. Un po' troppo bravo.

«Ho preso un drink,» dico, omettendo il fatto che era più di uno, ma non sono ubriaca. Leggermente brilla, sì, ma so cosa voglio. Ho sempre voluto Jasper, ma questo non è cambiato e non cambierà quando sarò sobria al cento per cento domattina.

«La tua prima volta non sarà in una macchina, ubriaca, con il tuo coinquilino.»

Mi guida delicatamente verso il mio posto, e io prendo la sua mano, facendola scivolare sotto la mia gonna, lasciando che le sue dita danzino tra le mie gambe ed esplorino dove sono bagnata a causa sua. «Sei sicuro di questo?» chiedo.

VENTI
JASPER

HO MOLTA FORZA DI VOLONTÀ.

È qualcosa che ho dovuto coltivare come atleta, specialmente giocando a hockey. Alcol, sesso, droghe. Possono essere tutte tentazioni a un certo punto, sia per pressione sociale che per il bisogno di rilassarsi un po'.

Le droghe possono rovinare una carriera. È facile starci lontano, soprattutto quando siamo sottoposti a test antidroga casuali.

L'alcol e il sesso, invece... è facile cadere in quelle abitudini. L'ho visto con alcuni dei ragazzi, specialmente quando arrivano le puck bunnies, che flirtano e si gettano su di noi. Ho abbastanza testa sulle spalle per tenerle a distanza. Non che non mi sia mai concesso un po' di divertimento, ma non è quello che voglio ultimamente. Non soddisfa un bisogno che ho. Non lo fa da un po'.

Seduto al posto di guida dell'auto di mio fratello, che ho preso in prestito per andare a prendere Amber dopo che mi ha chiamato suonando frenetica e preoccupata, pensavo che l'unica cosa che mi avrebbe stressato sarebbe stata ciò che le era successo alla festa.

Per fortuna, sembrava stare bene, anche se un po' scossa quando l'ho recuperata.

È stato difficile tenere gli occhi incollati alla strada, con quella minigonna che saliva così in alto sulle sue cosce che giuro che potevo intravedere del raso... o era seta? Prima di rendermene conto, mi trovo ad accostare, con lei sul mio grembo, mentre spingo e mi struscio contro di lei, strappando le sue mutandine e facendole raggiungere l'orgasmo senza nemmeno toccarle la fica.

Beh, non con le mani, la lingua o il cazzo.

È come se fossimo due adolescenti, a strusciarci in

macchina, e non è quello che Amber merita per la sua prima volta.

E quando mi accarezza attraverso il tessuto dei miei jeans, sono quasi sul punto di esplodere. Non voglio questo, e dirle di no è quasi impossibile.

La mia forza di volontà si sta sgretolando a causa sua.

Rubo un altro assaggio delle sue labbra, e mi ricorda una ciliegia aspra. Un altro assaggio ed è più riconoscibile: punch alla frutta e rum. Delizioso, e realizzo che non è completamente sobria.

Quanto ha bevuto stasera? «Hai bevuto,» dico, e odio che suoni quasi accusatorio. «Sai di punch al rum.»

«Ho bevuto qualcosa.»

Posso sentire dal suo tono che si sta trattenendo. Ha bevuto più di un drink. Ogni volta che ho visto Amber con un drink, non è mai stato solo uno.

È giovane, curiosa, sta vivendo la sua vita al meglio, e se questo comporta bere pur essendo minorenne, non sono la sua baby-sitter. Ma non ho intenzione di approfittarmi di lei.

«La tua prima volta non sarà in una macchina, ubriaca, con il tuo coinquilino.» La allontano delicatamente verso il suo lato dell'auto, mantenendo uno spazio sicuro tra noi.

«Ne sei sicuro?» Lo sguardo nei suoi occhi è selvaggio ed elettrico.

Trattengo il respiro, ricordando a me stesso che, per quanto la voglia e voglia che succeda, non accadrà stasera nell'auto di mio fratello.

«Ti porto a casa.» Mi schiarisco la gola e mi riconcentro sul ritorno all'appartamento, rimettendomi in strada.

Amber è silenziosa, e sono contento che stia mantenendo la distanza tra noi perché se mi avesse sbottonato i jeans, non credo che sarei stato in grado di dirle di no. Era stato già abbastanza difficile mettere fine a ciò che avevamo iniziato in macchina.

«Pensavo che stessimo tornando alla festa del tuo amico?» chiede, guardandomi incuriosita.

Non posso presentarmi con un'erezione enorme, e avrò un brutto caso di palle blu se non torno a casa e risolvo il mio enorme problema, che adesso pulsa fottutamente. Il mio cazzo si contrae solo sentendo la sua voce, ignara e innocente rispetto all'implacabile sensazione pulsante.

«Dobbiamo fare una deviazione. Se hai intenzione di venire,» sussulto per la mia stessa scelta di parole, guardandola. «Avrai bisogno di mutandine sotto quella cosa che chiami gonna.» Indico il minuscolo pezzo di stoffa che copre a malapena il suo sedere.

«Non vuoi che mostri la mia micetta a tutti i tuoi amici giocatori di hockey?» scherza, e io non sorrido.

Non c'è niente di divertente nel suo suggerimento.

«Jasper.» La sua mano si allunga per toccarmi la spalla, e io sussulto. Il pensiero di lei con un altro uomo, specialmente uno dei miei compagni di squadra, brucia più intensamente del calore del sole.

Inogio la rabbia, la furia e la gelosia che esplodono dentro di me solo pensando a loro che la piegano, che la scopano.

Non è mia.

Non dovrebbe importarmi.

Ma posso ancora sentire il suo calore e il suo ardore, il mio cazzo che scoppia nelle cuciture dentro i jeans, e la sua fica calda che si struscia contro di me.

Posso sentire il suo profumo, l'aroma dolce di cui bramo un assaggio sulla mia lingua. Voglio guardarla tremare e sentirla gemere il mio nome mentre la faccio venire, ancora e ancora.

«Cosa?» sbotto mentre parcheggio la Porsche davanti al nostro complesso di appartamenti. È un parcheggio a tempo, tre ore, ma non ho intenzione di lasciare l'auto qui per tutta la notte. Sistemerò le mie faccende, mi rinfrescherò e tornerò alla festa, auspicabilmente senza Amber.

Ho bisogno di spazio da lei, se non altro perché non so quanto a lungo posso trattenere ciò che voglio. *Lei.*

Amber è silenziosa, e mi segue fino all'ingresso principale. Continua a giocherellare con l'orlo della gonna, tirandola un po' più giù per scoprire il suo ventre. Suppongo sia meglio che si vedano i suoi fianchi e il suo stomaco piuttosto che il suo sedere in bella mostra.

La osservo mentre ci dirigiamo verso l'ascensore. Sta tirando l'orlo ancora più in giù, come se questo mi impedisse di dare un'occhiata alle sue natiche.

Quando le porte si chiudono e siamo solo noi due da

soli, allungo la mano, afferro il suo sedere nudo e lo stringo.

Amber trattiene il respiro. «Stai riconsiderando la mia offerta?» La sua voce è roca e piena di trepidazione. È nervosa. È carina, ma vorrei che ormai potesse rilassarsi con me. Non la costringerò a nulla né la spingerò a fare qualcosa con cui non è a suo agio. Un altro motivo per cui scoparla o lasciarle farmi un pompino in macchina non sarebbe stata una buona idea.

Mi sforzo di sorridere, con il cazzo che tira contro i pantaloni. «Se vieni con me stasera, dovrai cambiarti e indossare la mia maglia.»

Lei inclina la testa, guardandomi. «Posso farlo,» dice. «Ma devo indossare qualcosa sotto?»

Questa donna mi ucciderà.

Usciamo dall'ascensore, e prendo la chiave dalla tasca, apro la porta e ci lascio entrare.

Le tende sono aperte, offrendo una vista spettacolare dello skyline della città di notte. Accendo le luci, permettendoci di vedere dove stiamo andando, e Amber inizia a spogliarsi, lasciando una scia di vestiti mentre si dirige nella mia camera da letto.

«Che stai facendo?» chiedo, guardandola mentre si muove ancheggiando con la schiena rivolta verso di me, completamente nuda.

«Mi hai detto di indossare la tua maglia. Ho pensato di darti un piccolo assaggio gratuito di quello che ci sarà sotto.»

Mi sta provocando. So che non sta cercando di giocare, ma ha bevuto, e per quanto io voglia scoparla senza ritegno e mostrarle cosa significa essere presa con passione, non lo farò in queste circostanze.

Ma me lo sta rendendo difficile.

Ho già bevuto stasera. Non so quanti drink abbia preso lei, ma chiaramente non sta ragionando lucidamente.

Apro bruscamente l'armadio, prendo una maglia degli Ice Dragons con il mio numero, 45, e sul retro la scritta Greyson. «Mettiti questa e magari anche dei pantaloni,» borbotto, lanciandogliela. Lascio cadere chiavi, portafoglio e telefono sul letto mentre mi dirigo verso il bagno.

Entro a passo deciso e chiudo la porta dato che lei ha invaso la mia camera da letto.

Il mio cazzo pulsa, e maledizione a me che cerco di fare il gentiluomo. Sbottono i jeans, il mio membro salta fuori, e mi tolgo completamente i pantaloni. Tanto vale essere comodo mentre mi masturbo.

Passo il pollice sulla punta, ed è già sensibile e pulsante. Non posso fare a meno di pensare ad Amber con quella gonnellina corta e la sua figa bagnata contro il mio cazzo.

Trattengo il respiro, cercando di rallentare ed evitare di fare troppo rumore.

«Va tutto bene lì dentro? Hai bisogno di una mano?» chiede Amber, bussando alla porta.

Vorrei urlarle di andarsene, che ha già fatto abbastanza. Guardo la porta chiusa. Non ho usato la chiave. Nella fretta, ho dimenticato di farlo, o forse a livello subconscio, è stato intenzionale.

Ma in qualsiasi momento potrebbe irrompere dentro e trovarmi con il cazzo in mano, mentre mi masturbo vigorosamente con gli occhi chiusi immaginando di affondare nel suo calore.

Voglio scoparla?

Darei qualsiasi cosa per essere dentro di lei e sentire il suo corpo stringersi intorno a me come una morsa mentre la faccio venire. Solo questo pensiero è sufficiente a far pulsare il mio cazzo, e allungo la mano verso un fazzoletto.

C'è movimento e un fruscio dall'altra parte della porta. La porta del bagno si apre cigolando, e Amber è lì in piedi, con indosso solo la mia maglia e un telefono in mano mentre mi osserva.

«Giuro che se stai registrando,» ringhio vedendo che tiene il mio telefono sollevato, e spero non sia in videochiamata.

Gli occhi di Amber si spalancano, e lei si porta il telefono all'orecchio, ma non si volta. Non c'è nemmeno una parvenza di privacy mentre mi guarda. «È occupato al momento.»

«Posso sentirlo,» dice Kyler. A quanto pare, ci ha messo tutti in vivavoce. «Dove diavolo sei? Pensavo che saresti andato a prendere Amber e saresti tornato subito. Va tutto bene? Sembri... stressato.»

«Arrivo tra poco,» dico a denti stretti. Fulmino Amber con lo sguardo. «Chiudi quel maledetto telefono.»

Lei termina la chiamata, fa un giro sui tacchi e lancia il telefono sul letto a un paio di metri di distanza. «C'è qualcosa in cui posso darti una mano?» chiede, con lo sguardo sul mio cazzo.

Si fa avanti, colmando la distanza tra noi, e si lascia cadere sulle ginocchia.

«Lascia fare a me,» dice, e io tolgo la mano mentre lei porta le sue labbra carnose color rubino sulla punta. Prende delicatamente il glande nella sua bocca, facendo scorrere la lingua sulla parte inferiore del mio cazzo, stuzzicandomi.

Le mie dita si intrecciano nei suoi capelli, cercando di non spingerle più a fondo nella gola, ma voglio sentire tutta la sua bocca intorno a me.

Mi prende più a fondo, e la sensazione è travolgente. Le tiro i capelli, prendendone una ciocca nel pugno. «Sto per...» la avverto, cercando di allontanarla mentre tendo la mano verso il fazzoletto.

Mi aspetto che si tiri indietro, ma non lo fa. Le sue dita mi accarezzano i testicoli e, cazzo, mi appoggio al muro per non cadere mentre la sua bocca mi fa venire finché non esplodo sulla sua lingua e nella sua gola.

Lei deglutisce, guardandomi con occhi ardenti. «Sei sicuro che non posso convincerti a restare a casa stasera?» chiede.

Sto ansimando, cercando di riprendere fiato, e tiro Amber in piedi, baciandola. La faccio indietreggiare verso il letto, e lei si sposta all'indietro, sdraiandosi, mentre io mi arrampico a quattro zampe, torreggiando su di lei.

Le mie dita danzano sulle sue cosce con una pressione leggera come una piuma mentre lei si agita sotto il mio tocco. Soffre il solletico, e anche se non ho intenzione di torturarla con il solletico, mi piace farla contorcere sotto di me.

Le afferro un polso, tirandolo sopra la sua testa e poi l'altro, immobilizzandola sul materasso.

Lei avvolge le gambe attorno ai miei fianchi, facendo scendere il mio peso su di lei.

«Hai intenzione di scoparmi?» chiede, sorridendomi.

Ringhio, adorando quando parla sporco. È primordiale e mi fa venire voglia di scoparla ancora, ma questa volta non solo con la bocca. «Non oggi,» dico. «Ma ti darò il miglior orgasmo della tua vita.»

Le sue guance arrossiscono, e immagino che ci sia un rossore anche sul suo seno, ma non posso vederlo dato che indossa la mia maglia. Il che è dannatamente eccitante. Sollevo l'orlo della sua maglietta fino alla vita, rivelando le sue splendide labbra. Mi sposto in basso sul materasso, lasciando cadere baci leggeri sulle sue cosce.

Sento il suo improvviso trattenere il respiro, e le sue gambe si stringono. Immagino che questo sia un territorio nuovo per lei.

«Apri quelle tue gambe perfette. Regalami la vista migliore della mia vita,» dico, cercando di aiutarla a rilassarsi. Non posso leccarla con successo con le gambe serrate.

«Non devi...» sussurra.

«Non vuoi che lo faccia?» Appoggio le labbra sul suo pube, accarezzandola con il mento e le labbra, lasciando cadere baci delicati sul suo monte di venere. Le apro le labbra solo un po', e lei inspira con un respiro tremante e poi espira lentamente. «Non l'hai mai fatto prima,» dico, cercando di farglielo ammettere.

«Si vede così tanto?» chiede con una risata nervosa, coprendosi il viso con le mani.

Non le dico che è piuttosto ovvio perché è così tesa che, anche se mi supplicasse di scoparla, non sarebbe una bella esperienza. Le farebbe male, e non voglio farle questo.

«È per questo che ci andiamo piano e ci prendiamo il nostro tempo,» dico. Non che non abbia avuto qualche avventura che non fosse altro che una scopata veloce, ma non è quello che Amber sta cercando, certamente non per la sua prima volta.

«Ora sembra una lezione di educazione sessuale,» ride e si copre il viso con entrambe le mani.

Risalgo lungo il suo corpo, raggiungendo i suoi polsi, immobilizzandoli insieme sopra la sua testa. «Fidati, non è come nessuna educazione sessuale che tu abbia mai sperimentato,» dico.

Con una mano, la tengo immobilizzata, e con l'altra, scivolo tra le sue cosce, stuzzicando le sue labbra, tracciando un percorso dolce e pigro sulla sua pelle.

È irrequieta sotto il mio tocco, i suoi fianchi si sollevano verso le mie mani, desiderando di più. Questo è un buon segno. Le sue gambe si aprono un po' di più per me. «Che ne dici se andiamo piano, solo con le dita?» suggerisco, percependo che non è ancora a suo agio con il sesso orale, anche se è appena scesa e mi ha fatto il pompino più incredibile della mia vita.

Lo attribuisco al nervosismo. «Sei stupenda,» dico, lasciando la presa sul suo polso e tirando su la maglia sopra la sua testa, desiderando vedere ogni centimetro di lei nuda, per ammirare la sua bellezza.

«Lo dici solo per dire,» dice Amber arricciando il naso. «Non sono un'atleta.» Mi punge il petto con un dito e mi aiuta a togliermi la maglietta, lasciandomi nudo sopra di lei.

«Vorrei che ti vedessi come ti vedo io. Sei perfetta.»

Arrossisce e si morde il labbro inferiore. Mi sporgo in avanti, catturando le sue labbra con le mie. Se ha intenzione di mordersi il labbro, io glielo libererò dai denti.

Le sue labbra si aprono mentre mi avvicino per un bacio, e già le nostre lingue si stanno sfidando. Porto un ginocchio tra le sue cosce, e lei separa istantaneamente le gambe per me. Questa volta, la sua mente è distratta mentre le mie dita si muovono sul suo seno.

È silenziosa, scossa da respiri pesanti mentre ascolto i suoi lievi gemiti che indicano ciò che le piace rispetto a ciò che adora. Amber è riservata e si sta trattenendo.

Il mio tocco è delicato e leggero, e lei geme, chiedendo di più mentre separo delicatamente le sue pieghe. Si sposta all'indietro, irrequieta e sempre più impaziente per le mie dita che accarezzano l'esterno della sua fichetta.

«Sei un vero provocatore,» mormora, e io le bacio il collo tracciando un sentiero.

«Non hai idea di quanto,» dico con una risata. «Ma ti prometto che ne varrà la pena.»

I suoi occhi sono pesanti e scuri, alimentati dal desiderio. Con un dito, separo delicatamente le labbra della sua fica, ed è già bagnata. Il calore fuoriesce dal suo centro, e guido delicatamente un dito spesso dentro il suo calore.

Allarga di più le gambe, e se stessi scendendo su di lei, sarebbe una visione perfetta. La mia bocca cattura il suo capezzolo, portandolo delicatamente tra i denti mentre lavoro con un secondo dito nella sua stretta entrata.

Inspira bruscamente. «Troppo?» chiedo, non volendo farle male. Avrà bisogno di almeno tre dita per allargarla prima che sia pronta per il mio cazzo.

«No,» fa una pausa e geme dolcemente, muovendo i fianchi in sincronia con le mie dita. «È bello.»

Non posso fare a meno di sorridere mentre la sento ondeggiare contro il mio palmo mentre accarezzo l'interno della sua figa, incurvando le dita e stuzzicando il suo interno mentre si gonfia.

Uso il pollice per circondare il suo clitoride, e le sue labbra si separano, i fianchi ondeggiano mentre ansima in cerca d'aria. La sto già facendo impazzire, ma non l'ho ancora sentita stringersi. Non ho ancora sentito o visto i segni rivelatori del suo imminente orgasmo. Ma sta arrivando.

Si morde il labbro inferiore, e io le bacio dal seno fino al collo, succhiando e mordicchiando la pelle sensibile mentre lei fa le fusa sotto di me.

«Non devi trattenere nulla con me,» dico, desiderando che sia vocale quanto ha bisogno di essere. «Ascoltarti è eccitante.» Non sottolineo che guardare i suoi fianchi ondeggiare e avere due dita in profondità dentro di lei me lo sta facendo diventare duro. Di nuovo.

L'umidità ricopre le mie dita mentre continuo ad accarezzare e stuzzicare lo stesso punto, e lei apre gli occhi e incontra il mio sguardo. Più calore fuoriesce e più le sue guance arrossiscono, e sono sicuro che lo sente anche lei, perché i suoi occhi si spalancano. Non c'è nulla di cui vergognarsi, ma vedo la trepidazione sul suo viso.

«Tesoro, vedere il tuo corpo prepararsi per me è sexy. Voglio sfondare quella fichetta stretta. Reclamarla per me.»

Le sue labbra si separano, e ansima mentre aggiungo un altro dito, allargandola. «È bello,» fa le fusa, e i suoi fianchi stanno ondeggiando contro la mia mano, avanti e indietro mentre il suo interno si stringe attorno alle mie dita.

I suoi occhi si chiudono, e la sua schiena si inarca dal materasso, iniziando a inseguire l'orgasmo. Posso sentire ogni fremito delle sue pareti, come una morsa attorno alle mie dita, stringendo e tenendole annidate strettamente dentro mentre continuo il movimento.

«Oh, cazzo,» mormora, la schiena che si inarca dal letto mentre ansima e geme, sollevandosi verso di me. Le sue dita artigliano le mie braccia, il mio corpo. Mi vuole.

Per quanto io voglia affondare il mio cazzo dentro di lei, non succederà stasera. Ascoltare ogni gemito che fa è come una sinfonia. Perfezione.

«Jasper.» Il dolce suono del mio nome sulle sue labbra è estremamente soddisfacente. Così come guardarla sciogliersi. È liberatorio.

Alla fine, crolla sul materasso, ansimando forte mentre mi districo dal suo corpo e mi sdraio accanto a lei sul fianco, osservandola. «Cazzo, è stato incredibile,» sussurra.

Accenno un sorriso. Quello è decisamente un boost per l'ego. «Bene,» dico e mi avvicino, baciandole le labbra delicatamente. Le mie dita danzano sui suoi fianchi, non volendo smettere mai di toccarla.

Sapevo che un assaggio del proibito sarebbe stato una droga. Semplicemente, non mi rendevo conto di quanto.

Amber si gira verso di me e arriccia il naso. «Il letto è bagnato.»

«Di chi è la colpa?» la stuzzico, tirandola sopra di me così che non sia sul punto bagnato.

Si mette a cavalcioni sul mio bacino, guardandomi dall'alto. «Decisamente tua, dato che l'hai fatto tu.» Amber indica il materasso, sorridendomi. «Quello è ufficialmente il tuo lato del letto. Il lato bagnato.»

———

Ci affrettiamo fuori, Amber vestita con la mia maglia degli Ice Dragons, e io con la stessa camicia col colletto e jeans di quando la sono andata a prendere in macchina. Ci è voluta ogni oncia di energia per uscire dal letto quando tutto ciò che volevo fare era dormire e rannicchiarmi contro il suo corpo nudo.

Ma come avrei spiegato a mio fratello perché la sua Porsche era stata portata via col carro attrezzi? Non mi avrebbe mai più prestato la macchina.

Amber guarda il suo orologio mentre apro la portiera dell'auto per lei, poi sale. «Sei sicuro che la festa non sia finita?»

Ho ricevuto una dozzina di messaggi da Kyler che voleva sapere dove diavolo fossi e perché ci stessi mettendo così tanto. Mi affretto a entrare dal lato del conducente.

«È ancora in corso, ma mio fratello ha un bel po' da ridire.» Le lancio il mio telefono e le lascio leggere l'intera lista di messaggi.

Lei dà un'occhiata ai messaggi mentre io mi concentro sulla strada, immettendomi nel traffico mentre mi dirigo verso la festa a casa di Noah. È iniziata al bar vicino, ma Kyler mi ha mandato un messaggio dicendo che sono andati a casa di Noah per stare insieme dato che le puck bunnies erano arrivate e avevano iniziato a toccare Asher, che è sposato.

Amber legge la dozzina di messaggi che Kyler ha lasciato, e alcuni arrivano mentre è al telefono. «Asher ha appena scritto, chiedendo se stiamo arrivando.»

Cerco di non ridacchiare come un ragazzino. «Sì, rispondigli. Il nostro orario di arrivo è tra quindici minuti.»

«D'accordo» dice, toccando lo schermo e premendo invio. «Senti, ehm, Emerson è alla festa?»

«Sì, c'è» rispondo e percepisco l'esitazione di Amber. Non è l'unica a chiedersi cosa stiamo facendo. Siamo coinquilini, e avevo giurato che non avrei oltrepassato questo limite, ma dannazione, è valso ogni secondo.

«Possiamo, magari, non dirle di stasera?»

«Quale parte?» chiedo, guardandola brevemente prima di riportare l'attenzione sulla strada. Faccio una brusca svolta a destra mentre ci allontaniamo dal traffico principale di New York City cercando di svicolare attraverso alcune strade secondarie.

È ancora affollato, anche a quest'ora tarda. La città non dorme mai.

«La parte in cui avevi le dita dentro di me» dice Amber.

Non posso fare a meno di ridere. «Non credo che verrà fuori nella conversazione, ma se dovesse succedere, farò in modo di non menzionarlo.»

«Sai cosa intendo» dice, esasperata.

«Rimarrà tra noi.» Allungo la mano verso la sua e intrecciamo le dita. «Possiamo mantenere la nostra piccola storia segreta, se vuoi.»

Non ha bisogno di sapere che i ragazzi della squadra mi hanno avvertito di starle lontano.

«Non ti dispiace?» chiede, con gli occhi spalancati. «Charlotte potrebbe scoprirlo, ma preferirei non dirlo a mia sorella.»

Non le dico che preferirei che neanche Kyler lo sapesse. «Forse dovremmo inventarci una scusa per spiegare perché ci abbiamo messo così tanto a tornare alla festa» dico.

«Penserò a qualcosa.»

Amber mi segue dentro il condominio quando arriviamo a casa di Noah. Ha un elegante attico e un sacco di spazio per ospitare gli invitati nei suoi due camere da letto.

Vengo assalito da Kyler nel momento in cui entro nell'attico. «Chiavi?»

Gli consegno le chiavi della Porsche.

«Tutto bene?» chiede, squadrandomi, come se stesse cercando di capire perché diavolo sono in ritardo, e non credo che scoparsi la sorella della sua fidanzata sia nella lista dei motivi da dargli.

I ragazzi sono tutti ancora in cucina e in soggiorno. Emerson, Kate e Ava sono sedute al tavolo da pranzo con una bottiglia di vino rosso.

«Credo che dovrei mescolarmi tra loro?» dice Amber guardandomi. «Sarò là» Indica sua sorella e io annuisco mentre lei si dirige nella direzione opposta.

Kyler mi dà una pacca sulla schiena. Vorrei pensare che sia un caloroso saluto, ma mi circonda con un braccio e mi conduce lungo il corridoio della casa, lontano dai ragazzi.

«Vuoi dirmi perché sei elegantemente in ritardo, fratello?» Kyler mi sta mettendo sotto pressione. Dal suo tono, direi che era preoccupato, ma non sono sicuro che non sia anche sospettoso.

«Te l'ho detto quando sono uscito, dovevo andare a prendere Amber da una festa nel campus. Sono tornato al nostro appartamento, e lei ha impiegato qualche minuto per vestirsi e schiarirsi le idee.»

«Sta bene?» chiede Kyler, guardando oltre me verso Amber. «Qualcuno le ha fatto qualcosa?»

Posso sentire la rabbia che ribolle.

«Niente che non potesse gestire. Un farabutto ci ha provato con lei.» Non entro nei dettagli perché non mi ha mai detto precisamente cosa fosse successo, ma sembrava stare abbastanza bene.

Kyler annuisce e mi guarda duramente. Il suo sguardo è inflessibile. «Perché ci avete messo due ore per tornare qui con la mia macchina? L'hai portata a fare un giretto?»

«A New York City?» Mi faccio beffe del suo suggerimento. «Come ho detto, ci è voluto un po' perché si preparasse, e aveva fame. Inoltre, ho pensato che fosse meglio farla riprendere prima di portarla qui con sua sorella.»

«Aspetta, aveva bevuto?» Kyler toglie la mano dalla mia spalla e incrocia le braccia sul petto.

Faccio una smorfia. È qualcosa che probabilmente avrei dovuto tenere per me.

«Solo del punch alla festa. Come se tu non avessi bevuto prima dei ventuno anni.»

«Io avevo Bristol prima dei ventuno anni» dice Kyler. «Non c'era molto tempo libero per festeggiare e rimorchiare ragazze.»

«Ti dispiace se raggiungo i ragazzi?» Non sto chiedendo il suo permesso. Indico i miei amici della squadra e mi dirigo verso di loro.

«Felice che tu sia riuscito a tornare alla festa» interviene Noah dandomi una pacca sul braccio. «Carino da parte tua prenderti cura della tua coinquilina.»

«Beh, è famiglia» interrompe Kyler, unendosi a noi.

Non voglio pensare ad Amber come a una familiare, non nel modo inteso da Kyler. Decido che è meglio spostare la conversazione da Amber il più velocemente possibile. Guardo Asher in piedi accanto a Noah. «Ho sentito che le puck bunny erano spietate stasera.»

Asher ride. «Si può dire così. Giuro che Kate stava per uccidere Jemma per avermi messo le mani addosso.»

«E tutti noi avremmo difeso Kate» aggiunge Parker.

«Com'è successo?» Mi dispiace aver perso la festa, ma non mi pento di ciò che è accaduto tra me e Amber.

«Kate è andata in bagno» dice Asher, spiegando come Jemma si sia fiondata su di lui non appena sua moglie è sparita. «Continuavo a dirle che non ero interessato.»

«E lei continuava a mettergli la mano sul cazzo» aggiunge Parker.

«Era persistente.» Asher esala un profondo sospiro. «E non colpirei mai una donna. Toglierle le mani di dosso con forza, certo. Ma Kate ha visto tutta la scena e ha tirato un pugno in faccia a Jemma.»

Non posso fare a meno di ridere e guardo oltre la mia spalla verso il tavolo, notando solo ora che Kate ha un sacchetto di ghiaccio sulle nocche.

«Come sta?» chiedo.

«Oh, sta bene. Jemma non è molto combattiva. Ha tirato i capelli a Kate, e Ava le ha pestato i piedi. Non credo che saremo invitati di nuovo in quel bar per un po'.»

Scuotendo la testa, non riesco a nascondere il sorriso sul mio viso. «Di solito siamo noi a farci buttare fuori, non il contrario.»

«Serata folle» ammette Asher, «ma ne è valsa ogni minuto per vedere la faccia di Jemma quando Kate l'ha colpita. È stato sexy.»

«Due ragazze che si azzuffano è sempre sexy» dice Owen. «Come sta la sorellina di Emerson? Abbiamo notato che ci avete messo un po'.»

«Sta meglio» dico, sforzandomi di non girarmi a guardarla. «Ci è voluto un minuto per prepararsi, cambiarsi in qualcosa di più appropriato.»

«Come la tua maglia» dice Noah, alzando un sopracciglio.

«Credimi. Era più appropriata della gonna che indossava alla festa del campus.» Solo il pensiero di lei in quella minigonna fa sussultare il mio cazzo. Merda. Non posso iniziare ad avere questi pensieri su Amber, non qui, non ora.

Kyler sorride. «L'hai fatta cambiare prima di portarla qui.» Mi dà una pacca sulla schiena. «Per te è già come una sorellina; è carino.»

Dentro di me, rabbrividisco all'uso delle sue parole, *sorellina*. Lei decisamente *non* è mia sorella. «Sto solo tenendo d'occhio la mia coinquilina.»

«Non ho mai visto lei ed Emerson insieme a una partita,» dice Noah. «Dovrebbero venire, indossare le maglie dei Greyson e litigare su chi sia il fratello migliore della squadra.»

«Stai cercando di creare problemi?» Kyler fulmina Noah con lo sguardo. «Perché tutti sanno che sono io il giocatore migliore. Questo tipo è la mia spalla.» Indica me e sorride.

«Spalla un cazzo,» sbuffo. «Hai un'opinione troppo alta di te stesso.»

«Chi ha segnato più gol questa stagione?» chiede Kyler.

«Tu sei centravanti. Io sono ala destra...»

Parker avvolge un braccio attorno alle spalle di Kyler, allontanandolo prima che questo dibattito tra noi diventi più acceso. «Che ne dite di discutere i vostri piani per il matrimonio?»

Noah mi fa cenno di seguirlo, e apre la porta scorrevole in vetro, conducendomi sul balcone dove l'aria è frizzante ma la vista è bellissima con la città illuminata. «Bella vista,» dico. Anche la vista dal mio appartamento è piuttosto spettacolare, ma è bello vedere una prospettiva diversa.

«Sì, è davvero fantastica.» Noah fa una pausa e si gira, dando le spalle al panorama mentre si appoggia alla ringhiera. «Cosa sta succedendo tra te e la sorella?»

«Che intendi?»

«Voi due vivete insieme!» Gli occhi di Noah si spalancano, e si strofina le tempie, chiaramente frustrato. Non può sapere che io e Amber ci siamo divertiti stasera. Non è possibile. Ci siamo entrambi sistemati. Non è che porto un cartello gigante sulla testa che dice *quasi fatto sesso*.

«Sì,» dico, non sicuro di dove voglia andare a parare con la sua domanda. «Siamo solo amici.»

«Ma vivi con lei! Pensavo di averti detto di stare lontano da Amber. Che causerai un casino con la squadra, con tuo fratello, con tutto quando scoprirà che te la stai scopando.»

«Non me la sto scopando,» dico, fissandolo dritto negli occhi, rifiutandomi di battere ciglio.

Non è una bugia. Non ho ancora fatto sesso con lei. Tecnicamente, è ancora vergine.

«Quindi, hai semplicemente colto al volo l'opportunità di invitarla a trasferirsi da te? Vivere insieme, cos'è questa storia?»

«Non è stata una mia idea,» ammetto, anche se sono contento che abbia accettato di trasferirsi da me. «Kyler mi ha chiesto di farla venire da me. Sai dell'incendio nell'appartamento. Non aveva nessun altro posto dove andare, e lui mi ha chiesto esplicitamente di prenderla come coinquilina.»

Noah è scioccato dalla rivelazione che non fosse una mia idea.

«Perché l'avrebbe fatto?» Si passa una mano tra i capelli.

Perché non sa che mi sto innamorando di lei; se lo sapesse, non l'avrebbe mai suggerito.

«Non lo so,» dico, mordendomi la lingua.

«Stronzate. Siamo amici dal momento in cui ci siamo conosciuti. Non mentirmi,» dice Noah.

«Kyler non vuole che lei viva con loro mentre sono fidanzati e stanno per sposarsi. È preoccupato che interferisca con la loro vita di novelli sposi.»

Noah esala un sospiro. «Okay, questo ha effettivamente senso. Non sono mai stato sposato, ma posso capire come questo potrebbe complicare le cose.» Si strofina la nuca. «Quindi, lui non sa della tua cotta per Amber?»

«Non è una cotta,» mento. È molto di più ora. È fuori controllo.

Un'ossessione.

«Giusto. Bene, la tua *non-cotta*. *Tu* hai la situazione sotto controllo?» chiede Noah, non convinto che io possa gestirla.

«Non c'è niente da tenere sotto controllo; come ho detto, non è una cotta.» È la verità. Non deve più essere una cotta. Ora che è reale e ho avuto un assaggio di Amber, voglio di più.

Una cotta implica sentimenti su cui non si è ancora agito.

Noi abbiamo decisamente agito su quei desideri stasera.

Mi schiarisco la gola e faccio un cenno verso la porta. «Altro?» chiedo. Mi ci vorrebbe un'altra birra, e ascoltare Noah mi sta rovinando l'umore.

Perché tutti pensano che io non possa gestire una relazione con Amber? Solo perché non ho mai avuto una storia seria con una ragazza non significa che non possa o non lo farò, prima o poi.

Pensano che le spezzerò il cuore e rovinerò tutto? Non è quello che ho intenzione di fare. Anche se nessuno pianifica di ferire una ragazza di proposito. E se c'è chi lo fa, si tratta di un pazzo.

«È tutto,» dice Noah, e mi osserva mentre rientro al riparo dal freddo. Chiudo la porta, lasciandolo sul balcone. Lancio un'occhiata alle ragazze, e gli occhi di Amber sono su di me. Mi sorride debolmente. È un sorriso forzato, come se stesse cercando di divertirsi, ma non si sentisse a suo agio. Sorseggia il suo bicchiere d'acqua mentre tutte le altre ragazze hanno un bicchiere di vino davanti.

Non dovrei immischiarmi. Le verserei un bicchiere, glielo porgerei e direi a sua sorella di andare a farsi fottere.

Ma ha vent'anni.

Anche se io bevevo a vent'anni, e ovviamente lo fa anche lei, questa è una battaglia in cui non mi spetta intervenire.

Prendo una birra dal frigo, e Amber si alza, venendo da me in cucina. Siamo solo noi due, anche se siamo a pochi passi dai ragazzi. Ci danno le spalle, occupati e senza prestarci attenzione.

«Vuoi qualcosa da bere?» chiedo, tenendo aperto il frigo.

«Non molto oltre birra e superalcolici,» riflette. «Emerson ha già detto che mi ucciderebbe se bevessi del vino. Non ho menzionato il punch di prima.»

«Probabilmente è meglio così,» dico. Apro un armadietto e cerco una tazza.

«Cosa stai cercando?»

Trovo una tazza da viaggio in metallo e gliela porgo. «Fai un po' di caffè,» suggerisco.

«Non voglio caffè...» i suoi occhi si illuminano quando capisce cosa potrebbe fare. «Oh!»

Non dovrei aiutarla a trovare modi per bere e nasconderlo a sua sorella, ma non dobbiamo guidare per tornare a casa. Siamo a una festa e prenderemo la metropolitana per rientrare stasera. Inoltre, sarò con lei.

«Sei troppo buono con me,» dice Amber, alzandosi in punta di piedi per baciarmi sulla guancia.

Giro la testa, le mie labbra sfiorano le sue solo per un istante prima che entrambi ci allontaniamo e distogliamo lo sguardo in modo imbarazzato. Mi passo una mano tra i capelli mentre mi dirigo verso i ragazzi, sollevato che nessuno di loro abbia notato quello che è successo, con le spalle rivolte a noi per tutto il tempo.

Ma con uno sguardo alle ragazze mentre Amber si avvicina per dir loro che sta preparando una caffettiera fresca, vedo Emerson che mi fulmina con lo sguardo e si alza. Si tira su dal tavolo e viene dritta verso di me.

L'aria mi viene strappata dai polmoni quando mi afferra il braccio e mi trascina di nuovo fuori sul balcone, sbattendo la porta a vetri dietro di noi.

VENTUNO
AMBER

DOVREI SALVARE JASPER. Osservo mentre mia sorella lo trascina fuori al freddo sul balcone. È furiosa, e non sono sicura di cosa sia appena successo. Mi sento come se mi fossi persa qualcosa.

Riguarda me?

La caffettiera ci sta mettendo un'eternità. Non posso uscire con nonchalance e usarla come scusa per interrompere qualunque sfuriata gli stia facendo.

«Tutto bene?» chiede Ava, guardandomi e poi spostando lo sguardo nella direzione in cui sto fissando. Deve percepire il mio disagio, o forse sa qualcosa che io non so.

«Mia sorella sembra arrabbiata con Jasper,» dico, aspettando di vedere se Ava o Kate intervengano per spiegare questo improvviso cambiamento di umore.

Ha detto loro qualcosa?

«Va tutto bene?» chiede Kate, prendendomi la mano sul tavolo mentre sono seduta di fronte a lei. «È solo preoccupata per te.»

«Non sembra da Emerson,» dico, stringendo le labbra. Le volte che mia sorella mi ha chiamata o si è fatta sentire prima dell'incendio si contano sulle dita di una mano. Siamo mondi separati, come se orbitassimo intorno a due soli diversi. A volte mi chiedo come facciamo ad essere parenti.

Il mio telefono vibra sul tavolo e do un'occhiata al messaggio di Charlotte.

Dove sei andata?

Solo adesso si è resa conto che ho abbandonato la festa. Adoro quella ragazza, ma è un po' egocentrica quando si tratta di ragazzi. Non è niente di nuovo con Charlotte. È sempre stata un po' fissata con gli uomini.

Guardo il telefono, indecisa se rispondere o meno.

«Abbiamo sentito che eri a una festa universitaria,» dice Ava, e mi sta guardando come se fossi una bambina, preoccupata che abbia fatto qualcosa che non dovevo. C'è disapprovazione sul suo viso? Non la conosco così bene, ma mi ricorda tanto mia sorella con quel suo sguardo giudicante che fa paura.

O forse mi sento solo in colpa.

Ma perché?

Prendo il telefono e mando un rapido messaggio a Charlotte per farle sapere che sto bene.

Il mio coinquilino è venuto a prendermi. Un perdente ci ha provato con me. Lunga storia. Ti racconterò dopo.

Il mio messaggio è più lungo di quanto intendessi, premo invio e mi alzo. «Vado a controllare mia sorella,» dico, dirigendomi verso le porte di vetro.

Jasper ed Emerson sono sul lato più lontano del balcone e nessuno dei due si accorge di me mentre apro silenziosamente la porta scorrevole ed esco.

«Sono solo preoccupata che le possa essere successo qualcosa,» dice Emerson, con le mani infilate nelle tasche della felpa.

«E quando vorrà parlare della festa, lo farà. Ma fino ad allora, dalle spazio,» dice Jasper.

Mi schiarisco la gola, facendo sapere che sono fuori e posso sentirli.

Mia sorella si gira di scatto verso di me. «Amber,» dice ed emette un sospiro. È delusione? Ha chiarito che non approva che io beva prima dei ventun anni. Probabilmente è anche infelice per la mia scelta di partecipare a una festa universitaria.

«Se hai qualcosa da dire, dilla a me. Non andare alle mie spalle a interrogare il mio coinquilino,» dico.

Emerson annuisce e guarda Jasper. «Potresti darci un minuto?» chiede.

«Fa freddo. Non state fuori troppo a lungo,» dice lui. «Tu magari indossi una felpa, ma tua sorella minore ha le maniche corte.»

Stringo le labbra e il mio stomaco si riempie di farfalle. Sono combattuta, odio come si riferisce a me come sua *sorella minore,* ma allo stesso tempo sono immersa in un calore per il fatto che lui riconosca che ho freddo.

Mi vede.

Mi nota.

Si preoccupa per me.

A differenza di Emerson, che sembra sempre immersa nel suo mondo. C'è così tanto che non so di mia sorella maggiore, come perché abbia lasciato l'FBI dopo aver lavorato così duramente a Quantico. Non parliamo quasi mai. Quattro anni di differenza d'età sono come una vita intera tra noi. Non so come o quando sia successo, ma il muro è fatto di pietra.

«Farò in fretta,» dice Emerson, e osservo mentre lui rientra nell'edificio, chiudendo la porta scorrevole.

L'aria è ancora più fredda senza di lui vicino, e tremo, avvolgendomi le braccia intorno per tenermi al caldo.

«Stai indossando la sua maglia,» dice mia sorella, facendo un cenno verso l'enorme maglia degli Ice Dragons che ho addosso.

«Mi ha detto di indossarla stasera. Pensavo fosse tipo una festa di hockey o qualcosa del genere,» dico con una scrollata di spalle.

I suoi occhi si stringono, ma non sottolinea l'ovvio fatto che sono l'unica a indossare una delle loro maglie stasera, e non sono la fidanzata o la moglie di un giocatore di hockey.

Non ha bisogno di dirlo ad alta voce. È implicito, ed è forte e chiaro.

La mascella di Emerson è tesa. «Non so a che gioco stai giocando con lui, ma smettila.»

«Non c'è nessun gioco,» sussurro, e ho la bocca secca. «È per questo che l'hai trascinato fuori? Per chiedergli se stiamo andando a letto insieme?»

Lei si muove a disagio sui suoi piedi, battendo i tacchi. È vestita di tutto punto, bellissima. Quel vestito probabilmente costa più del suo stipendio, ovunque lavori ora. «Non stai scopando con lui, vero?» chiede Emerson.

«Non che siano affari tuoi, ma no.» Sbuffo, infastidita dalla sua mancanza di preoccupazione per il mio reale benessere. «Sto rientrando.» La supero spingendola, urtando la sua spalla mentre mi dirigo verso la porta scorrevole sul lato opposto del balcone.

Emerson mi afferra il braccio, girandomi per farmi affrontare il suo sguardo. «Non so cosa sia successo stasera a quella festa dove sei andata. Jasper non vuole dirlo, ma credo che tu debba prenderti qualche minuto per calmarti prima di rientrare.»

«Tu non mi conosci,» ribatto bruscamente e strappo il braccio dalla sua presa.

«Pensi che io non ci sia passata? Costretta a fare cose che non avevi alcun desiderio di fare?» chiede. Il suo tono è cupo, e il mio stomaco si contorce. «Sei fortunata che Jasper sia arrivato, prima che le cose peggiorassero davvero.»

C'è un peso nelle sue parole, una crudezza che mi trafigge e brucia fino in fondo. Non lotto più per allontanarmi da lei verso la porta e lentamente mi volto a guardarla. Il mio tono è più dolce, più gentile con lei. «Questo non riguarda me,» dico.

Si schiarisce la gola. «Questo riguarda te,» dice Emerson, ma non sembra convinta. I suoi occhi brillano di lacrime.

«Sto bene. Un giocatore universitario con un fratello che gioca per gli Island Bruisers ci ha provato con me. Era uno stronzo e me ne sono andata dalla festa. È tutto qui.» Tralascio la piccola parte in cui ho bevuto un po' di punch al rum, e lo *sfigato* mi ha chiamata *Regina di Ghiaccio*. La storia non è così tragica o orribile come lei l'ha in qualche modo dipinta.

Mia sorella tira su col naso e annuisce, stringendo le labbra. «Tutto qui?»

«Ti prometto che sto bene. Jasper si è preso cura di me. È venuto a prendermi. Sto bene.» Si è davvero preso cura di me in modi che ancora mi fanno fremere, e non posso fare a meno di chiedermi cosa accadrà stasera, dopo la festa, quando torneremo a casa.

«Beh, sono contenta che Jasper ci fosse per te, ma non devi contare solo su di lui perché è il tuo coinquilino. Hai anche me, sorellina.»

Non è l'unico motivo per cui mi sono affidata a Jasper. Mi fido di lui e mi sono confidata con lui più volte che con mia sorella negli ultimi due mesi. Anche questo non è qualcosa che voglio condividere con lei.

«Siamo amici, io e Jasper. Se fosse un problema che lui mi venisse a prendere, potrei chiamare un taxi la prossima volta.» Non credo che lui abbia detto qualcosa a Emerson, ma forse mi sto affidando un po' troppo a lui.

Lei annuisce e mi stringe in un abbraccio. «Non voglio che tu ti metta nei guai da cui non puoi uscire, tutto qui,» sussurra, dandomi un bacio sulla fronte. «Jasper viaggia molto con la squadra. Puoi sempre chiamare me se lui non c'è.»

«Grazie.» Annuisco e mi allontano leggermente, guardandola. «Stai bene?» Sento che sta trattenendo qualcosa, ma non ho la più pallida idea di cosa possa essere.

Lei forza un sorriso, come sempre. Emerson non mi dice mai cosa succede nella sua vita.

«Sto bene. Felice, in realtà,» dice e sorride: è la prima volta che la vedo veramente felice da molto tempo.

«Okay, bene. Possiamo riprendere la festa dentro? Sto congelando.» Non aspetto la sua risposta mentre rientro nell'appartamento. Le mie braccia sono fredde, e mi dirigo verso il caffè che ho preparato. Anche se non ho bisogno di caffeina a quest'ora, voglio qualcosa che mi aiuti a riscaldarmi, e non credo di potermi avvicinare a Jasper per questo, non davanti ai suoi compagni di squadra o a mia sorella.

Quando finalmente la festa si conclude, e Noah caccia tutti fuori, Jasper mi accompagna all'esterno e sul marciapiede mentre ci dirigiamo verso la metropolitana.

«Potremmo semplicemente fermare un taxi,» suggerisce.

Se lo facessimo, rimarremmo bloccati ad aspettare con le altre coppie. Anche se non mi dispiacciono Ava e Kate, preferirei avere un po' di tempo da sola con Jasper.

Owen è uscito qualche minuto prima di noi e non si vede da nessuna parte. Immagino che, se avesse preso la metropolitana, potremmo raggiungerlo quando arriveremo sulla banchina. A quest'ora, i treni sono rari e distanti tra loro.

«Che divertimento sarebbe?» Mi affretto qualche passo avanti a Jasper, e lui mi afferra per la maglia, tirandomi contro di sé e avvolgendomi un braccio intorno ai fianchi.

«Aspetta,» dice, e il calore del suo corpo mi riscalda, così come la sua presa intorno a me. «Spero che stasera non sia stata troppo noiosa con le ragazze.»

Lo guardo, incapace di nascondere il sorriso. «È stato piacevole.» Avrei preferito essere avvolta tra le braccia di Jasper mentre lui stava con i suoi compagni di squadra, ma questo avrebbe significato non nascondere la nostra nuova relazione.

È una relazione?

Il mio stomaco fa capriole solo a pensarci. Mi appoggio a Jasper, avvolgendogli un braccio intorno alla vita, tirandolo più vicino e stretto. Ho bisogno della sua forza per aiutarmi a reprimere le farfalle che stanno per emergere.

«Piacevole è una parole in codice per noioso, oppure per dire che faceva schifo.» Jasper ridacchia.

«No,» ribatto. «Mi sono divertita, ma avrei preferito passare il tempo con te... a letto.»

Smette di camminare e mi tira tra le sue braccia, le sue labbra atterrano sulle mie, divorandomi con fame. L'aria notturna è fredda, e le mie guance pungono per il gelo, ma niente di tutto ciò importa, con le sue mani avvolte intorno alla mia vita e le labbra contro le mie.

«Anch'io,» sussurra Jasper, allontanandosi. «Stai congelando, e non sei vestita per il freddo.» Tende un braccio, fermando un taxi.

«Va bene così,» piagnucolo. La verità è che la metropolitana ci mette più tempo per tornare a casa. Mi dà più tempo per pensare, esplorare e custodire i momenti insieme a Jasper fino a quando non torniamo nel nostro appartamento.

Bramo l'aria fredda e il silenzio della notte, la quiete che avvolge la città. Mi permette di schiarirmi le idee e lasciare che i miei pensieri mi assorbano senza sopraffarmi.

E il pensiero principale, quello che invade la mia testa, il mio corpo e tutti i miei sensi, è Jasper.

Dove diavolo dormirò stanotte?

Nel suo letto o nel mio? O sarà lui a raggiungermi nel mio letto? Dormiremo da soli?

Sto analizzando ossessivamente questa semplice domanda con ogni possibile scenario e come potrebbero apparire le conseguenze domani.

I pochi taxi che ci passano accanto hanno già passeggeri. «Continuiamo a camminare. Se riusciamo a prendere un taxi prima di arrivare alla metropolitana, lo prendiamo per tornare a casa.» Jasper mantiene un tono professionale, persino nel modo in cui cammina e si comporta. È concentrato e dedito a qualsiasi compito gli si presenti davanti.

Mi tiene un braccio attorno alla vita mentre camminiamo uno accanto all'altra verso la metropolitana. Manca ancora un isolato, ma posso già vederne l'ingresso.

Sto praticamente battendo i piedi per impedire alle mie gambe di cedere per il freddo. Jasper si posiziona dietro di me al semaforo mentre aspettiamo che diventi verde. Le sue braccia mi avvolgono, il calore del suo corpo mi riscalda mentre le sue mani sfregano su e giù lungo le mie braccia nude.

Avrei dovuto indossare una maglietta a maniche lunghe sotto la maglia, ma non ci avevo pensato. La Porsche aveva il riscaldamento. Non stavo considerando come saremmo tornati a casa dopo la festa. A quanto pare, nemmeno Jasper ci aveva pensato. Immagino fossimo un po' distratti.

Il semaforo cambia, e ci affrettiamo ad attraversare la strada e a scendere le scale, passando il tornello fino alla banchina della metropolitana.

Ci sono più persone in attesa di quanto mi sarei aspettata a quest'ora tarda. Non fa nemmeno così freddo, senza il vento che sferza intorno. Jasper è stretto contro la mia schiena, le sue braccia mi avvolgono come una coperta, facendomi da bozzolo. Appoggia il mento sulla mia testa.

«Com'è il tuo programma per la prossima settimana?» chiedo, cercando di distrarmi dalla preoccupazione che mi tormenta, che si fa sempre più insistente mentre continuo a pensare a cosa succederà quando torniamo a casa.

«Allenamenti. Partite. Altri allenamenti.» Jasper ride. Il suo respiro è caldo, e mi stringe ancora più forte contro di lui. «Abbiamo un sacco di trasferte per la prossima settimana.»

Probabilmente è meglio così. Ci darà un po' di tempo separati per capire cosa stiamo facendo.

Non dico nulla. Mi limito a guardare in attesa del prossimo treno mentre sto sulla banchina, premuta contro il suo corpo caldo.

«Mi mancherai quando sarò via,» ammette, il suo respiro mi solletica l'orecchio mentre mi stringe ancora più forte. Non sapevo che fosse possibile finché non sento la sua erezione premere contro la mia schiena.

«Anche tu a me,» ammetto, lasciando che i miei occhi si chiudano. È più facile confessare come mi sento quando non lo guardo negli occhi. «C'è possibilità che Charlotte e io facciamo un viaggio on the road per fare il tifo per la squadra?»

Guardo oltre la mia spalla verso di lui, e il suo sorriso allontana ogni paura dentro di me. «Mi piacerebbe, ma non hai l'università?»

«Oh, giusto.» Esalo un respiro pesante. «Potrei saltare un giorno.»

«No,» Jasper è fermo nella sua risposta. «Non salterai le tue lezioni. La tua istruzione è importante.»

«Va bene, papà,» brontolo e lo guardo scherzosamente male.

«Se stai cercando di essere sexy, è *papi*,» scherza Jasper e poi arriccia il naso. «Umm, anzi no.» Non vuole essere chiamato papi, e nemmeno io voglio chiamarlo così. Non mi dà quell'impressione da uomo più grande, da papi. Siamo praticamente coetanei, solo un anno di differenza, nemmeno.

Le porte doppie si aprono, e il treno arriva rallentando fino a fermarsi. Saliamo insieme tra la folla. Non c'è posto a sedere, e lui è premuto stretto contro di me, una mano attorno alla mia vita, l'altra che tiene la barra di metallo sopra la sua testa.

«Voglio davvero che tu venga di nuovo a una delle mie partite,» dice Jasper, e io mi giro verso di lui. Lui tiene la mano sul mio fianco, le sue dita mi accarezzano attraverso la sua maglia che indosso, e mi tira più vicino, premendo le sue labbra sulle mie.

Mi sciolgo nel suo bacio. Il suo corpo e le sue labbra mi fanno rabbrividire. Il mio cuore batte forte, coprendo i rumori del treno mentre sfrecciamo nel tunnel.

«Mi piacerebbe,» dico mentre veniamo separati da un sobbalzo del vagone che cambia binario. Mi tira più vicino, la mano sulla parte bassa della schiena, tenendomi premuta contro di lui.

«Ma non puoi indossare la maglia della squadra rivale, *piccola*. Se lo farai, sarò costretto a punirti.»

Ridacchio alle sue parole, guardandolo con un sorriso malizioso sul viso. «È una minaccia, *tesoro*?» chiedo, usando il suo stesso nomignolo.

Lui ringhia e copre di nuovo le mie labbra. Questa volta, la sua lingua si fa strada oltre la mia bocca, e io apro le labbra, concedendogli l'accesso. Sobbalziamo e ci spostiamo con il treno, ma nessuno dei due si separa. Mi tiene più stretta, tenendomi a sé, proteggendomi e abbracciandomi. Il mio corpo è caldo e formicolante, infiammato solo dai suoi baci, che sono caldi e mi stuzzicano su ciò che verrà.

La voce dall'altoparlante ci avvisa che la nostra fermata è la prossima. «È la nostra,» dico, dandogli dei colpetti sul petto, cercando di concedere a entrambi un minuto per riprendere fiato.

Mi allontano solo leggermente, e lui mi accompagna verso le porte quando mi accorgo che due persone stanno tenendo i telefoni cercando di non dare nell'occhio.

Ci stanno registrando? Forse stanno solo guardando video su qualche app di social media.

Il mio respiro è tremolante mentre il treno rallenta alla stazione successiva, e mi affretto a scendere sul binario, dirigendomi verso la scala mobile. Jasper è proprio dietro di me e mi afferra la mano, raggiungendomi velocemente.

«A cosa stai pensando? Sei tesa da quando siamo scesi dal treno.»

«Non hai notato nessuno che ci filmava?» Mi sento paranoica. Non è che stiamo facendo niente di illegale o illecito.

Jasper alza le spalle, e ci avviciniamo a un semaforo, costretti ad aspettare che cambi. «Fa parte del mestiere. Mi capita spesso che la gente mi scatti foto quando capisce chi sono. Di solito succede quando indosso la maglia, ma tu stai indossando la mia. Probabilmente, hanno fatto due più due. E siamo una bella coppia. Chi non vorrebbe guardarci mentre ci baciamo?»

Mi giro a guardarlo, e il suo respiro si mescola con il mio. Rabbrividisco, ma questa volta non è per il freddo.

«Ti dà fastidio?» chiede, spingendo una ciocca di capelli dietro il mio orecchio. Il semaforo cambia, e lui mi fa cenno di attraversare.

Seguo la sua guida, lasciando che mi accompagni verso il nostro condominio. Entriamo; l'atrio è caldo, e c'è una folata di calore che mi avvolge, mentre ho le dita e il naso intorpiditi.

Jasper si sporge in avanti e preme il pulsante dell'ascensore. Mi manca il suo corpo, il suo tocco, la sua vicinanza. Mi dondolo dolcemente all'indietro verso di lui, e se ne accorge. Come potrebbe non farlo?

«Saremo a casa in un minuto,» mi sussurra nell'orecchio, con una mano sul mio fianco, per stabilizzarmi.

Faccio un respiro profondo, e posso sentire il suo profumo. È ovunque, mi circonda, dalla maglia al suo corpo che sta dietro di me, sfiorandomi appena.

Le porte doppie dell'ascensore si aprono. Entro nel piccolo spazio, e lui mi segue, premendo il pulsante del piano, e le sue braccia strettamente avvolte intorno alla mia vita, tirandomi contro il suo petto.

Le sue braccia sono calde, il suo tocco mi calma, e abbiamo raggiunto il ventiquattresimo piano prima che io me ne accorga. «Siamo arrivati,» dice, indicando che probabilmente dovrei districarmi da lui e uscire sul pianerottolo.

Prende la chiave dalla tasca dei pantaloni e apre la porta, facendomi cenno di entrare per prima. La casa è silenziosa, e raggiungo l'interruttore della luce mentre vengo inondata dai ricordi di poco prima, di noi due che ci divertivamo nel suo letto.

Il mio respiro è roco, e i miei nervi formicolano in tutto lo stomaco, facendomi sentire ansiosa di nuovo.

Lui chiude la porta d'ingresso e assicura la serratura.

«Dovrei prepararmi per andare a letto,» sussurro e mi giro per dirigermi verso la camera da letto. Mi aspetto che mi segua o si inviti a raggiungermi? Non abbiamo definito questa cosa tra di noi, e non penso che le tre del mattino sia il momento giusto per farlo.

«È tardi,» dice Jasper e si strofina gli occhi.

Mi giro e mi dirigo verso il corridoio, guardando la porta della sua camera che è rimasta socchiusa, con la luce ancora accesa e le lenzuola stropicciate dai nostri festeggiamenti di prima. Mi mordo il labbro inferiore ed entro nella mia stanza, accendendo la luce.

Lui spegne le luci nel soggiorno e si dirige verso il corridoio. «Posso scriverti mentre sono via?» chiede Jasper, in piedi sulla soglia della sua camera da letto.

«Mi piacerebbe,» sussurro.

«Buonanotte.» Sento la sua voce dolce mentre entra nella sua stanza, e la porta fa *clic* dietro di lui quando la chiude.

Chiudo la porta della mia camera e mi lascio cadere sul letto. Non mi preoccupo di spogliarmi per dormire. Mi piace indossare la sua maglia, profuma di Jasper, e voglio essere avvolta nel suo odore mentre dormo.

————

Il mattino seguente, mi sveglio e scopro che Jasper è già andato via molto prima che io dovesse alzarmi per andare a lezione. C'è un biglietto sul bancone della cucina insieme a diverse banconote da venti dollari che ha impilato e lasciato.

Mangia mentre sono via.

Mangerò, ma non ho bisogno di spendere i suoi soldi. Metto da parte i contanti sul bancone, spingendoli nell'angolo dove potrà riprenderli quando tornerà a casa.

Preparo una caffettiera e mi sforzo di non mandare un messaggio a Jasper come prima cosa al mattino, il che è difficile, considerando che vorrei commentare il suo biglietto e i soldi.

Ma non voglio sembrare troppo disperata di scrivergli. È occupato con gli allenamenti, o almeno è in viaggio verso gli allenamenti.

A che ora è uscito questa mattina?

Torno nella mia stanza, prendo un cambio di vestiti puliti per fare la doccia e do un'occhiata alla sua camera. Il letto è rifatto, le luci sono spente e il posto sembra immacolato. Persino il cesto della biancheria che di solito tiene accanto al letto è fuori dalla vista. Probabilmente lo ha riposto nel suo armadio.

Il mio telefono vibra sul comodino e lo afferro prima di entrare in doccia. C'è un messaggio di Jasper e non posso fare a meno di sorridere.

Le mie lenzuola profumavano di te ieri sera. È sbagliato che non voglia lavarle?

VENTIDUE
JASPER

HO TRASCORSO l'ultima ora a fissare il telefono, cercando di decidere cosa dovrei o non dovrei scrivere ad Amber. Noah è seduto accanto a me sull'autobus, e mio fratello è una fila più avanti, quindi almeno lui è all'oscuro del mio dilemma.

Noah, tuttavia, non si perde mai un colpo.

«Non dovresti essere così preso da lei,» dice Noah.

«Non lo sono,» rispondo schiarendomi la gola. Cancello di nuovo il messaggio prima di sceglierne finalmente uno un po' provocante e premere invio.

Le mie lenzuola profumavano di te ieri notte. È sbagliato che non voglia lavarle?

Noah cerca di sbirciare oltre la mia spalla per leggere il messaggio, ma ho posizionato il telefono in modo che non possa vedere quello che ho appena inviato ad Amber.

Infilo il telefono nella tasca dei pantaloni. Non ho idea di quando si svegli per andare a scuola. Io sono già fuori casa al mattino prima ancora che lei si alzi per le lezioni.

«Hai passato l'ultima ora o giù di lì a scrivere e cancellare messaggi,» constata Noah, affermando l'ovvio.

«E allora? Siamo sull'autobus e mi annoio.» Lo uso come scusa perché ha ragione, lei mi sta entrando nella testa, e non lo sa nemmeno ancora.

Una notte. È tutto ciò che abbiamo avuto, e non abbiamo nemmeno ancora fatto sesso. Non che io possa smettere di pensare a come sarebbe leccarle la figa e affondare il mio cazzo nel suo stretto calore.

È tutto ciò che ho sognato ieri notte. Ripetutamente.

Continuavo a svegliarmi madido di sudore, e questo dopo che ci ho messo quarantacinque minuti per addormentarmi. Devo togliermi Amber dalla testa.

Di solito mi allenerei e passerei un paio d'ore in palestra, ma oggi siamo in viaggio, e stiamo andando in autobus all'aeroporto per la nostra prossima partita, il che non significa che possiamo permetterci di poltrire tutto il giorno.

L'allenatore Malone ci sta addosso durante tutto il volo, ripassando le strategie e discutendo delle nostre ultime partite. Per lo più, sta ripercorrendo ogni punto che abbiamo mancato. Speravo di ascoltare un po' di musica e riposare un paio d'ore, ma lui non sembra essere d'accordo.

Dopo essere atterrati nella Carolina del Nord, veniamo accompagnati all'hotel per fare il check-in, lasciare i bagagli nelle nostre stanze, e poi incontrarci entro un'ora per andare in autobus agli allenamenti.

Avrei preferito trascorrere un paio d'ore nella palestra dell'hotel per smaltire l'energia che mi scorre dentro, pensando ad Amber.

Ho bisogno di una buona corsa, di sollevare qualche peso, qualsiasi cosa per stancarmi. Forse un po' di tempo sul ghiaccio aiuterà. Lei è tutto ciò a cui riesco a pensare in questo momento, e non ho bisogno di distrazioni.

Ci mettiamo l'equipaggiamento nello spogliatoio e usciamo nell'arena, facendo esercizi e allenandoci mentre abbiamo accesso alla pista.

È un buon allenamento con i ragazzi, e stiamo attenti che nessuno si faccia male prima della partita di domani contro i Barbarians.

«Hai mancato un tiro facile, Greyson,» dice il coach Malone mentre lascio il ghiaccio.

«Aiden è un buon portiere.» Non possiamo vincere entrambi quando ci alleniamo contro i nostri compagni di squadra.

«Anche così, avevi il tiro perfetto e l'hai mancato. Cosa ti frulla per la testa, ragazzo?» chiede Malone.

I ragazzi si dirigono verso lo spogliatoio, ma l'allenatore mi impedisce di raggiungerli, bloccandomi la strada. Potrei spingerlo da parte, è piccolo e tarchiato, ma non ho intenzione di fare il bullo con l'allenatore, non se voglio giocare domani. Non voglio essere messo in panchina.

«Niente,» dico, guardandolo in faccia. Ho segnato tre gol durante l'allenamento, e lui deve criticarmi per l'unico tiro che ho mancato.

«C'è qualcosa che non va tra te e tuo fratello?»

Scuoto la testa. «Io e Kyler andiamo d'accordo.»

«Si tratta di una ragazza, quella per cui hai perso la maglia?» indovina Malone. Immagino che tutti mi abbiano visto lanciarle la mia maglia.

«Non si tratta di niente,» dico, con la mascella contratta. «Io e i ragazzi siamo stati svegli fino a tardi ieri sera. Speravo di dormire qualche ora durante il volo. Ho mancato un tiro, Coach. Owen ne ha mancati due. Non lo stai criticando.» Non dovrei coinvolgere gli altri compagni di squadra in questo, ma non capisco perché l'allenatore Malone mi stia dando fastidio.

«Hai talento, Greyson. Non si tratta del tiro mancato. Si tratta del fatto che non eri completamente concentrato. Hai un talento grezzo, e a volte potresti aver bisogno di un po' di direzione. Esci dalla tua testa. Il mio lavoro è aiutarti a prepararti per la partita di domani. È solo questo, un incoraggiamento. Non agitarti tanto.»

«Sto bene. Verrei da te se non fosse così, okay?»

«Giusto,» dice Malone. Mi dà una pacca sulla

schiena. «Ora, vai di là con i tuoi compagni di squadra prima che ti lascino indietro.»

————

Ceniamo tutti insieme in una steakhouse poco distante. È un posticino elegante, e siamo tutti vestiti con jeans scuri e camicie con il colletto, che sembrano decisamente troppo casual quando noto le coppie romantiche in completo e abiti eleganti.

È il tipo di posto dove mi piacerebbe portare Amber per un appuntamento. Tiro fuori il telefono dalla tasca e lo tengo sotto il tavolo, nascondendolo mentre scrivo ad Amber.

Hai cenato?

Conosco già la risposta. Di certo non l'ha preparata lei. Ma non mi piace pensare che non si prenda cura di sé mentre sono via. Cosa faceva quando viveva da sola nel suo monolocale? Mangiava al campus ogni giorno?

Ti manco già? Mi troverò qualcosa da mangiare.

Sono quasi le sette. Se non ha ordinato la cena, non farà nulla per procurarsela. Il frigorifero è quasi vuoto, non che lei cucinerebbe comunque. Le invio un altro messaggio.

Sei a casa?

Torno alla conversazione finché il mio telefono vibra, e gli do una rapida occhiata prima di scusarmi per andare in bagno.

Sì. Mi stai pedinando?

Perché non vuole ordinare la cena con i soldi che le ho lasciato? Emetto un sospiro e mi allontano verso il corridoio sul retro, vicino ai bagni. Do un'occhiata a qualche menu locale e faccio diversi ordini da asporto, facendoli consegnare tutti all'appartamento.

Sì. Faresti meglio a non aver programmato di uscire stasera. Ti ho ordinato la cena. In abbondanza, e sarà tutto consegnato entro un'ora.

Infilo il telefono in tasca e torno al tavolo con i ragazzi. Amber mi manda altri messaggi, ma non le rispondo, non adesso. Sento il telefono vibrare, e sono più messaggi.

Se è arrabbiata, pazienza. La ragazza deve mangiare, non digiunare perché non può permettersi il cibo. So che questo è il motivo per cui non mangia. È lo stesso motivo per cui, dopo l'incendio dell'appartamento, ha comprato solo una manciata di vestiti e ha indossato gli stessi abiti ogni giorno.

È troppo orgogliosa per accettare regali, figuriamoci elemosine.

Dopo cena, camminiamo di ritorno all'hotel, che è una bella passeggiata e aiuta a smaltire il cibo. Il mio telefono è sepolto nella tasca dei pantaloni, e per quanto io voglia leggere i messaggi di Amber, questo non è né il momento né il luogo.

Il mio telefono vibra con un altro messaggio.

Mi piacerebbe pensare che sia qualcosa del tipo *grazie*, ma potrebbe anche essere *vaffanculo* perché non l'ho lasciata in pace.

Potrei anche aver esagerato un po' con il cibo. Non so cosa le piaccia, quindi ho ordinato da quattro ristoranti diversi e tre pasti da ciascuno. Questo le darà un sacco di avanzi; conoscendo Amber, probabilmente ha Charlotte a casa.

Quando torniamo, vado in palestra per un paio d'ore con Noah, Chase e Aiden. Parker insiste che ci raggiungerà, ma deve chiamare sua moglie prima che si faccia troppo tardi.

«Quanto volete scommettere che Parker non si presenterà,» dice Aiden. «Scommetto che in questo momento è nella sua stanza a fare sesso telefonico con Ava.»

Afferro il mio asciugamano e glielo lancio. «Sei proprio uno stronzo.»

«Dai, non pensi che tuo fratello stia facendo lo stesso con la sua fidanzata nella tua stanza in questo momento?»

Rabbrividisco. Solo pensare a Kyler ed Emerson mi disgusta. Sono felice per loro, ma non voglio pensare a mio fratello che fa sesso con una ragazza, sesso telefonico incluso.

«Sta mettendo a letto sua figlia,» dico. «Fanno questa videochiamata dove le dà la buonanotte.» Mi sdraio sulla schiena per sollevare pesi, e Noah mi fa da spotter.

«Videochiamata, eh?» interviene Noah e agita le sopracciglia. «Sì, scommetto che appena la bambina è a letto, quel video mostra i suoi gioielli di famiglia.»

«Voi ragazzi avete bisogno di scopare,» mormoro. «Magari trovatevi una fidanzata o qualcosa del genere. Avete troppo tempo libero.»

Noah sorride orgoglioso. «Ho un sacco di ragazze nel mio elenco. Quando è stata l'ultima volta che hai avuto un'avventura, Greyson?» chiede Noah.

«Non sono affari tuoi.»

Noah sogghigna. «Non hai ancora concluso con la coinquilina?»

«Lascia Amber fuori da questo!» sbotto e sbatto i pesi, il rumore echeggia per tutta la palestra.

Noah e Aiden si scambiano una rapida occhiata. Chase è l'unico che si tiene fuori dalla discussione. Sta correndo sul tapis roulant e apparentemente si è messo gli auricolari. Fortunato bastardo.

«Beh, quello che ho detto sul codice dei fratelli resta valido,» dice Noah, facendo cenno ad Aiden di farmi da spotter mentre lui fa presse per le gambe sulla macchina di fronte a noi. Si sta anche tenendo cautamente lontano da me, il che è probabilmente saggio, perché mi sta facendo incazzare.

«Capito,» ribatto furioso.

«Ma ad essere onesti, non le avrei nemmeno suggerito di trasferirsi da te.»

«Non è stata una mia idea.» Sollevando i pesi sopra la testa, ci vuole tutta la mia concentrazione per non far cadere quella dannata cosa mentre ascolto Noah e Aiden che chiacchierano di Amber.

«È carina,» dice Aiden.

Noah è d'accordo. «Difficile non pensare di darci dentro...»

«Hai mai pensato di chiudere quella cazzo di bocca?» sbotto contro Noah. Rimetto i pesi al loro posto e mi alzo da sotto la sbarra. Le mie braccia e il mio corpo sentono il bruciore dell'esercizio, ma la mia testa e il mio cuore sono ancora molto carichi di energia.

Alza le mani in finta resa. «Ho capito. Siete solo coinquilini. Il che è probabilmente un bene perché lei probabilmente sta scopando con qualche ragazzo del college mentre tu sei via questa settimana. Cazzo, se fossi in lei, è quello che starei facendo mentre il mio coinquilino è via. Non dovrei trattenere le urla.»

Mi dirigo a passo pesante verso la macchina su cui si trova Noah, e proprio mentre sto per strapparlo via, Aiden afferra la mia maglietta e mi tira indietro di diversi passi. «Calmati. Sta cercando di farti incazzare.»

«Ti stai divertendo?» urlo a Noah.

Sorride e annuisce. «Sì, in un certo senso mi sto divertendo. Greyson ha una cotta per Amber. È carino.»

Gli mostro il dito medio ed esco dalla palestra. C'è un limite a quanto posso sopportare Noah stasera. Amo quel ragazzo nella maggior parte dei giorni, ma in questo momento mi sta dando fastidio, e non posso permettere che quello che dice mi rovini prima della partita di domani.

Mi dirigo verso la camera d'albergo. Mentre è pratica comune per le matricole condividere una stanza, non ho mai capito come Kyler ed io siamo finiti a condividere una camera insieme. Lui dovrebbe avere la sua stanza personale, a meno che non abbia detto qualcosa all'allenatore quando sono entrato io.

Faccio scorrere la chiave elettronica e la porta si apre.

Kyler è al cellulare quando entro, lo tiene sollevato e sta facendo una videochiamata con Bristol.

«È ancora sveglia?» Guardo il mio orologio.

«Qualcuno non sta ascoltando né Em né la tata Lia.»

«Non è vero, sto ascoltando. Non sono stanca,» dice Bristol con un sospiro rumoroso. Lo giuro, dall'altra parte della stanza, posso sentire il broncio sulla sua faccia, e non sto nemmeno guardando la telecamera. Probabilmente ha le braccia incrociate sul petto e sta pretendendo di restare sveglia fino a tardi.

«Lo zio Jasper dice che è ora di andare a letto,» intervengo, cercando di aiutare Emerson a far andare a dormire la bambina.

«Grazie,» dice Kyler, guardandomi.

Prendo una bottiglia d'acqua dal mini frigo e mi rinfresco per un minuto dopo l'allenamento che ho fatto di sotto. «Vado a farmi una doccia,» dico, controllando il telefono per vedere se Amber mi ha risposto. Infatti, ci sono un paio di messaggi in attesa di essere letti.

Clicco sul suo messaggio mentre mi dirigo verso il bagno, e Kyler non mi presta attenzione, il che è un sollievo, altrimenti potrebbe chiedermi perché diavolo ho bisogno del telefono in bagno. Questa è una spiegazione che non sono interessato a dargli. E nemmeno la parte in cui sto rispondendo ad Amber.

Apro il suo messaggio e un enorme sorriso mi affiora sulle labbra.

La cena era deliziosa, tutti e dodici i pasti.

Cerco di non ridere alla sua battuta. So che non ha mangiato tutto, ma questo è il suo modo di ringraziarmi. C'è un secondo messaggio dopo il primo.

Hai davvero superato te stesso. Almeno ora posso mangiare per il resto della settimana. Prometto che non lascerò che vada sprecato.

Chiudo la porta del bagno e mi ci appoggio contro. Digito velocemente, rispondendole.

Felice che tu sia tornata in te.

Un sorrisetto mi affiora sulle labbra quando vedo tre puntini che indicano che sta scrivendo una risposta. Il mio cuore martella nel petto, in attesa del suo messaggio. Pensavo che allenarmi in palestra e sul ghiaccio mi avrebbe stancato. Ma quando si tratta di Amber, lei mi fa sentire più vivo che mai.

Non mi hai dato molta scelta.

Ridacchio sotto i baffi e accendo la ventola del

bagno. Mi spoglio e faccio scorrere la porta di vetro della doccia, aprendo l'acqua.

Non prendi bene gli ordini.

Premo invio e poi faccio una smorfia, sperando che non sembri troppo severo. Le ho lasciato dei contanti e un biglietto. Volevo che spendesse i soldi per il cibo, ma so che è troppo orgogliosa.

Non prendo affatto ordini. Non sono una cameriera. Cosa stai facendo?

Ridacchio alla sua risposta. Non sono sicuro che voglia davvero saperlo, ma glielo scrivo comunque.

Mi sto spogliando.

Mi risponde immediatamente.

Questa è l'unica volta in cui puoi mandare una foto del tuo cazzo. Dimostralo.

Sbuffo e contemplo l'idea di andare nell'altra stanza e scattare una foto a mio fratello Kyler, che a volte è un vero stronzo, solo per scherzare con Amber. Ma se lei vuole davvero vedere il mio cazzo, chi sono io per dire di no.

Sei sicura? Non è una trappola, vero? Dove poi la mandi in giro per internet a donne ignare che non vogliono vedere il mio cazzo?

Il mio telefono squilla, ed è Amber che mi chiama. Rispondo subito. La doccia scroscia in sottofondo, così come la ventola del bagno, ma non spengo nessuna delle due. Almeno ho un minimo di privacy da mio fratello mentre sono chiuso qui dentro.

«Le foto di cazzi vanno bene se sono richieste,» dice Amber. «Non mandarne mai una non richiesta a una ragazza. Se non te lo chiede, non vuole vederlo.»

«Annotato,» dico e sorrido. Spero che non stia parlando per esperienza perché ucciderei chiunque le abbia mandato una foto del cazzo non richiesta. «Mi stai chiedendo di vedere il mio cazzo?»

Lei ridacchia, e vorrei che stessimo facendo questa conversazione in videochiamata perché sono sicurissimo che le sue guance siano rosso fuoco, e probabilmente ha la testa tra le mani. L'imbarazzo le dona. È lusinghiero e adorabile su di lei, anche se non sarebbe d'accordo con me.

«Solo se non ti aspetti una foto in cambio,» dice e ridacchia. «Non sono per niente sexy.»

«Sei sempre sexy,» dico. Non riesco a immaginarla diversamente che desiderabile.

«Sono rannicchiata sul divano in tuta e maglietta, *tesoro*,» dice Amber.

«Sei sola?» chiedo. C'è rumore di sottofondo, ma presumo sia la televisione accesa.

«Perché? Saresti geloso se avessi qualcuno qui?» chiede.

La mia gola si stringe e lo stomaco si annoda. Chi diavolo sta intrattenendo a *quest'ora*? «C'è qualcuno con te?»

Giuro che posso sentire fruscii e movimenti. Sta forse costringendo qualcuno a stare zitto, coprendogli la bocca per impedirgli di ridere o parlare? Il silenzio si prolunga, e so senza alcun dubbio che non me lo sto immaginando.

«Che diavolo sta succedendo, Amber?» ringhio.

VENTITRÉ
AMBER

«TE L'AVEVO DETTO che sarebbe diventato geloso facilmente,» cinguetta Charlotte, e io le do una gomitata per farla stare zitta e afferro un cuscino, coprendole la faccia.

Non sto cercando di uccidere la mia migliore amica, solo di farla tacere prima che rovini l'atmosfera di flirt tra me e Jasper.

«È Charlotte?» chiede Jasper, e giuro di poter sentire il sollievo fluire attraverso la sua voce.

«Sì,» dico, «e stava giusto andando via.»

«Non è vero!» esclama Charlotte. Non sono in vivavoce, ma Jasper parla forte al telefono, e con il rumore del ventilatore e della doccia sullo sfondo, ho alzato il volume al massimo per sentirlo chiaramente. «Serata tra ragazze. Stiamo facendo un pigiama party. Immaginati, Jasper. Battaglie di cuscini tutte nude!»

Lui ringhia, e questa volta, è inconfondibile. Non è per rabbia o gelosia. È eccitato. Sorrido sentendo quel suono, e immagino le sue mani che accarezzano il suo membro.

«Vai in camera tua. Chiudi la porta a chiave,» ordina Jasper.

Saluto Charlotte con un cenno mentre balzo giù dal divano e mi affretto verso la mia camera.

«Mi abbandoni per un ragazzo?» mi grida dietro Charlotte. Come se non l'avesse fatto con me innumerevoli volte alle feste o al bar.

«La vendetta è dolce.» Sorrido e le faccio un saluto prima di sbattere la porta della camera. Solo che non sono entrata nella mia stanza.

Sono andata direttamente in quella di Jasper e ho chiuso la porta.

«Spogliati,» comanda Jasper con autorità, e io chiudo

la porta a chiave e mi libero dei miei pantaloni della tuta e delle mutandine.

«Sì, capo,» lo prendo in giro e appoggio il telefono solo per un secondo mentre mi tolgo la maglietta. «Sono nuda.»

La sua voce è profonda e pesante, carica di desiderio. «Voglio vedere,» sussurra Jasper.

«Non farò una foto.» Non mi fido che non finisca su internet.

«Facciamo una videochiamata.»

«Sul serio?» chiedo, e lui invia una richiesta video.

Sospiro e punto la telecamera in modo che non possa vedere nulla di me nuda dal video. Sono inquadrata dal collo in su mentre avanzo a tentoni verso il suo letto.

«Quella è la mia camera?» chiede Jasper mentre mi sdraio sul materasso, spostandomi all'indietro verso la testiera del letto.

«Non l'avevo notato,» rispondo con sfacciataggine. «Lo è?»

«Mi farai morire,» dice, scuotendo la testa con un sorriso ironico. Una mano tiene il telefono, e sono abbastanza sicura che l'altra stia accarezzando il suo membro, o almeno stuzzicando il suo cazzo.

È dannatamente attraente senza maglietta e mi offre un'ampia visuale del suo viso e petto. «Abbassa la telecamera,» dico, e lui ridacchia.

«Vuoi vedere il mio cazzo?» Inclina la testa, guardando nel telefono come se stesse guardando dritto nella mia anima.

Non è che non abbia mai visto il suo cazzo prima. La mia lingua e la mia bocca lo hanno avvolto proprio ieri, dopo la festa del campus. Ma sembra passata un'eternità, e passeranno giorni prima che saremo fisicamente vicini l'uno all'altra.

«Sì,» dico, e ho la bocca secca. Passo la lingua sulle labbra, e lui sorride, alzando un sopracciglio.

«Dannazione, è sexy quando fai quella cosa con la lingua.»

Sono abbastanza sicura di star arrossendo, e arriccio il naso, cercando disperatamente di non andare nel panico o avere un attacco d'ansia per il fatto che sto facendo sesso telefonico con Jasper. Quando mi fisso troppo su una cosa, tendo ad andare nel panico.

«Mi lascerai vedere anche te, *tesoro*, o ti stai solo godendo lo spettacolo che ti sto offrendo?» chiede.

Mi sto godendo ogni minuto del suo corpo nudo, e quando mi offre una visione di mezzo secondo del suo cazzo, giuro che le mie ovaie stanno per esplodere. Quest'uomo potrebbe mettermi incinta, e io sarei d'accordo, e sono la ragazza che non ha mai voluto figli.

«Sei un provocatore,» dico e mi sistemo sul letto, appoggiandomi ai cuscini.

«Oh, un capezzolo!» scherza Jasper mentre mi metto comoda. «Hai un seno fantastico. Dovresti mostrarmelo più spesso.»

Rido sottovoce. «Certo, ti farò un flash e mostrerò il mio sostegno alla squadra alla prossima partita.»

«È meglio che non mostri le tue tette a nessun altro che a me,» ringhia Jasper. «Ma un'esibizione celebrativa del seno dopo una partita suona meraviglioso. A patto che io sia l'unico a godermi quelle tette.»

«Queste tette?» chiedo e faccio un rapido flash del telefono verso il mio seno prima di riportare la telecamera sul mio viso.

«Dannazione, ragazza. Fallo di nuovo.»

Un colpo smorzato arriva dall'altro lato del telefono. Jasper grida: «Vattene!» Non riesco a sentire la risposta, ma lui geme, scontento della situazione. «Giuro che mio fratello sta cercando di sabotarmi.»

Riesco a sentire alcune parole soffocate dall'altra parte, come *doccia* e *fidanzata*, ma non sono del tutto sicura di cosa diavolo sia stato appena detto.

«Non posso farci niente se tu non scopi!» ribatte Jasper, e suo fratello mormora qualcos'altro di incomprensibile attraverso il telefono.

«Devi andare?» chiedo, percependo la sua frustrazione.

Charlotte bussa alla porta della camera. «Odio interrompere, ma avete quasi finito voi due? Ti sto aspettando per mettere il film.»

Chiaramente, essere interrotti sta uccidendo l'atmosfera.

«Ora la tua migliore amica sta cercando di bloccarmi?»

«È la tua più grande sostenitrice, seconda solo a me,» dico. «Ma non credo che succederà stasera.»

Lui ringhia e riposiziona il telefono davanti al viso. «Sì, hai ragione. Rimandiamo?»

«Sì, ma posso riscuotere quando sarai tornato a casa, e non sarà sesso telefonico?» chiedo.

Jasper ridacchia. «Ti prendo in parola. Tu, io, un appuntamento bollente e una notte che non dimenticherai mai,» dice.

Sa usare le parole giuste per toccarmi il cuore. «In bocca al lupo per domani!» dico e faccio una smorfia, rendendomi conto che forse non è la frase migliore da dire a un atleta.

Jasper sbuffa e scuote la testa. «Se perdiamo, darò la colpa a te.»

«Falli a pezzi. E ci vediamo tra un paio di giorni?» Non voglio sembrare troppo ansiosa o come se mi aspettassi di sentirlo tutti i giorni. Non stiamo ufficialmente insieme. E anche se non ho mai avuto una relazione occasionale, non voglio allontanarlo o spaventarlo.

«Siamo coinquilini,» dice Jasper con una risata. «Ci puoi scommettere.»

Entrambi riagganciano e per quanto io sia delusa che il nostro piccolo incontro di sesso telefonico non si sia concretizzato, l'idea che mi porti a un vero appuntamento fa fremere le mie viscere. Scendo dal materasso e mi dirigo verso il cassettone di Jasper, rubando una maglietta che mi arriva alle ginocchia e un paio dei suoi boxer, per poi andare in soggiorno.

Charlotte sta messaggiando con qualcuno mentre è distesa sul divano. Sposta le gambe quando la raggiungo in soggiorno.

«Pronta?» chiedo, afferrando il telecomando e facendo partire il film. È una commedia romantica abbastanza recente che nessuna di noi ha visto al cinema. Non mi aspetto granché visto che è stato un flop al botteghino, ma è qualcosa di nuovo da guardare che nessuna di noi ha visto.

Lei indica la ciotola di popcorn sul tavolino del soggiorno che ha preparato, e io la prendo, portandola al divano per condividerla. «Dovrei

prendere qualcosa da bere prima che inizi il film.»
Metto la ciotola in grembo a lei mentre vado a
prendere due birre leggere dal frigorifero.

Sul frigorifero c'è un magnete a forma di mazza da
hockey, con un apribottiglie come parte del design.
Lo uso per far saltare i tappi delle birre, portando
poi le bevande al divano.

«Grazie,» Charlotte sorride e fa tintinnare la sua
birra contro la mia. «Ti sei divertita con il nuovo
fidanzato?»

Ridacchio. È stato divertente, ma non è finita come
avrei sperato. «Certo, finché suo fratello non ha
interrotto.»

«Ahi. Lui ancora non sa di voi due?»

Alzo le spalle. «Cosa c'è da sapere?»

Charlotte si gira verso di me, con la ciotola di
popcorn in grembo. «Dimmelo tu.»

Non ho ancora raccontato a Charlotte cosa sia
successo tra me e Jasper ieri sera dopo che mi ha
accompagnata. Sono stata vaga, dicendo solo che mi
aveva dato un passaggio a casa.

Questa ragazza sa leggermi come un libro aperto. «Voi due avete fatto cosacce?» Muove le sopracciglia in modo suggestivo.

Rido nervosamente e bevo un sorso, sperando che possa alleviare il mio nervosismo. «Non abbiamo scopato o fatto nulla del genere.»

«Ma non stai negando che sia successo qualcosa!» dice, puntandomi un dito contro. «Dettagli, ragazza. Io ti racconto sempre tutto.»

Un altro sorso di birra, e rido. «Sì, ma io non te li chiedo.»

Ignora la mia osservazione. «Allora, cosa avete fatto se non avete fatto sesso? Roba anale?»

Arriccio il naso e prendo un popcorn dalla ciotola, lanciandoglielo in faccia. «No!»

«Orale?» chiede, e i miei occhi si spalancano. Non posso nascondere nulla a Charlotte, anche quando cerco di mantenere ciò che abbiamo fatto un segreto tra me e Jasper.

«L'avete fatto!» Charlotte è fin troppo eccitata. «Oh mio Dio. Lui è andato giù su di te? O tu gli hai fatto un pompino? Dimmi che è stato bello. Scommetto che ha un cazzo enorme.»

Prendo un altro popcorn per lanciarglielo in faccia, ma lei lo prende al volo. Maledetta!

«Allora?» chiede Charlotte, aspettando che io elabori.

Allungo la mano verso il telecomando, volendo finirla prima che si trasformi in un plotone d'esecuzione, e mi sento abbastanza vicina a quello in questo momento.

«Non intendo discuterne con te,» dico, sperando che questo metta fine al suo interrogatorio.

Charlotte mi strappa il telecomando dalle mani e lo tiene fuori dalla mia portata. È un paio di centimetri più alta di me, quindi non ha molto senso che io cerchi di lottare con lei per il telecomando. Ma questo non significa che io sia disposta a rivelare tutti i dettagli su quello che è successo ieri sera.

«Va bene. Allora, lui ti ha recuperata dalla festa. Cosa è successo dopo?» Charlotte sembra genuinamente interessata, ma vuole solo i dettagli piccanti.

«Sono stata importunata da questo stronzo con cui ho lezione, e volevo andarmene. Non riuscivo a trovarti, quindi mentre andavo verso la metropolitana, ho chiamato Jasper per avere qualcuno con cui parlare visto che era una lunga camminata.»

«E...?»

«Si è offerto di venirmi a prendere.» Non c'è nulla di scandaloso nel fatto che mi abbia accompagnata. Siamo coinquilini e amici. Considererei sicuramente Jasper un amico. «Fine della storia.»

«Stronzate!» ride Charlotte. «Non è tutto quello che è successo. Dai, sputa il rospo.»

Sto sorridendo ma distolgo lo sguardo. «Non succederà. Siamo solo amici.»

«Certo,» dice Charlotte con uno sguardo complice. «Amici che fanno sesso telefonico. Lo stesso amico di cui metti i vestiti mentre è via. Quello che dorme nella stanza in cui ti sei intrufolata.»

Abbasso lo sguardo sui vestiti che sto indossando. «La mia biancheria è sporca.»

«E il completo che indossavi quando sono arrivata?» Charlotte è piena di domande, e sembra che non le sfugga nulla.

«Guardiamo il film o passeremo tutta la notte a spettegolare sulla mia inesistente vita sessuale?»

Charlotte accenna un sorrisetto. «Sì, non credo più a questa messinscena innocente, ma se non vuoi dirmelo, va bene. Lo scoprirò dal tuo ragazzo quando tornerà a casa.»

«Non è il mio ragazzo,» dico, ma nemmeno io suono convinta.

———

Sono impegnata con le lezioni e il lavoro per il resto della settimana. Con Jasper fuori città con la squadra, chiedo un paio di turni extra alla Mad Tea House. Ho bisogno di soldi, e l'appartamento sembra vuoto quando torno a casa da sola la sera.

Non ho visto Charlotte tranne che a pranzo nel campus, tra una lezione e l'altra. Mi manda messaggi ogni giorno, chiedendomi se ci sono notizie piccanti dal mio ragazzo hockeista, e mi invia frammenti che trova di lui mentre gioca a hockey online, clip della partita che ha giocato il giorno prima.

Giuro che lei lo segue più di quanto faccia io... più di quanto farei, comunque.

Ma mi piace vedere i video di lui che gioca, e quando tornerà in città, voglio sorprenderlo e presentarmi a una delle sue partite. E forse questa volta, indosserò davvero la *sua* maglia. Anche se è divertente farlo arrabbiare.

Il turno serale alla tea shop è affollato, e resto sorpresa quando Emerson si presenta, portando Bristol con sé.

«È questo il posto del Mad Tea?» chiede Bristol con occhi spalancati. Si libera dalla mano di mia sorella e corre per il locale guardando i muri e l'arredamento a tema Alice nel Paese delle Meraviglie. La maggior parte è fuori portata tranne per il tavolo dei bambini che abbiamo sistemato nell'angolo, con un murale di un tea party sulla parete.

«Sì,» dice Emerson. «Che gusto vuoi?» Legge le descrizioni a Bristol mentre aspetto che le due facciano un ordine. È stato affollato tutto il giorno, ma nell'ultima ora finalmente la situazione si è calmata.

Preparo le bevande per Emerson e Bristol e non posso fare a meno di chiedermi se ci sia un altro motivo per cui mia sorella ha deciso di presentarsi dove lavoro. Non è mai stata qui prima, almeno non mentre lavoravo dietro al bancone.

Emerson non vive vicino al campus. Sembra che sia venuta apposta per vedermi.

«È tua sorella?» chiede Maggie. Oggi lavora al bancone con me da quando Samantha ha dato buca al suo turno di nuovo.

«Sì, e la sua futura figliastra.»

«Che carina. Puoi fare una pausa e stare con loro per qualche minuto. Il locale è tranquillo. Me la cavo.»

«Grazie,» dico, togliendo il grembiule e raggiungendo Emerson e Bristol a un tavolo vicino.

«Cosa ci fate qui?» chiedo.

Bristol si scola il suo tè e mastica i pezzi di frutta nella bevanda che ha ordinato. Ha un enorme sorriso sul viso. Giuro che ha ordinato la bevanda più dolce del menù.

«C'è una partita venerdì in città. Posso procurarci dei posti insieme se vuoi venire a sostenere la squadra.»

«Sembra divertente. Ho il lavoro nel pomeriggio, ma è una partita serale, giusto?»

«Sì, una partita serale. Dovrai indossare la maglia di Greyson se verrai.»

Non posso fare a meno di chiedermi se abbia sentito parlare dei due altri incidenti in cui indossavo una maglia degli Island Bruisers. Non sollevo la questione né chiedo quale Greyson dovrei rappresentare.

«Penso di poterne trovare una nel suo cassetto.»

«Frughi nel cassetto del tuo coinquilino?» chiede Emerson, alzando un sopracciglio.

Bristol ridacchia, e guardo la bambina, non sicura che capisca di cosa stia parlando Emerson.

«Potrei, a volte, prendere in prestito una maglia o altro,» dico con noncuranza.

«Come quella che indossavi alla festa lo scorso weekend?» chiede Emerson.

Bristol sorseggia la sua bevanda e fissa Emerson con un sorriso compiaciuto. «Hai preso in prestito una delle maglie di papà.»

«L'ho fatto, e me ne pento ogni secondo,» dice Emerson.

Bristol è raggainte di orgoglio, come se avesse architettato un piano malvagio per mettere Emerson nei guai. Non mi sorprenderebbe che una bambina di sei anni escogitasse un piano e che mia sorella ci cascasse.

«Sembra interessante,» dico, aspettando che Bristol elabori.

Emerson la fulmina con lo sguardo perché tenga la bocca chiusa, e io mi sento completamente esclusa. «Me lo potrai raccontare dopo,» sussurro a Bristol.

Mia sorella sbuffa e alza gli occhi al cielo. «Non lo faremo,» dice seccamente Emerson.

Bristol allunga il mignolo come se mi stesse promettendo che me lo racconterà più tardi e che siamo d'accordo. È questo il nuovo significato di una promessa col mignolo?

I bambini di oggi. Intreccio il mio mignolo con il suo prima di alzarmi. La mia pausa è finita da un pezzo, e Maggie è stata così gentile da non far notare che dovrei essere in servizio e al lavoro.

Emerson è passata per invitarmi alla partita o c'era qualcos'altro che voleva? Avrebbe potuto mandarmi un messaggio con la stessa facilità. «Grazie per l'invito. Ci sarò.»

———

La settimana si trascina lentamente. Jasper e io ci scambiamo qualche breve messaggio, nulla di scandaloso o piccante. Mi fa sapere che giovedì tornerà a casa tardi, ma di non aspettarlo sveglia perché il loro volo è in ritardo a causa di temporali in North Carolina.

Non lo sento nemmeno rientrare giovedì notte, e venerdì mattina se n'è già andato quando mi alzo per andare a lezione. Ma posso dire che è tornato a casa ieri sera. C'è una valigia nella sua camera, la porta è aperta, e il suo profumo fresco riempie il soggiorno, come pure l'aroma del caffè.

Ha preparato una caraffa prima di uscire, e giuro che quest'uomo sa come arrivare dritto al mio cuore.

La mia giornata inizia alla grande, perfetta finché non entro in classe per statistica, prendo posto, e Atlas Storm decide di accomodarsi sulla sedia accanto alla mia. Giuro, il suo nome è pomposo tanto quanto lui.

Se non bastasse che odio questo corso, dover affrontare Atlas rovina il mio umore. Ma non voglio lasciare che mi disturbi. È un nessuno, solo un atleta universitario che spera di sfruttare il nome e la fortuna di suo fratello.

Potrebbe essere un giocatore decente. Non l'ho mai visto giocare.

«Verrai alla partita dei Bruisers stasera, *Regina di Ghiaccio*?» chiede Atlas.

«Sei uno stronzo» dico, rifiutandomi di rispondere alla sua domanda.

Dovrei essere sollevata che non mi stia invitando alla *sua* partita nel campus, perché non c'è assolutamente possibilità che io voglia andarci e fare il tifo per lui dagli spalti.

Gli Ice Dragons giocano contro gli Island Bruisers stasera, ma non nel loro stadio di casa. Dato che entrambe le squadre hanno base a New York, gli Ice Dragons non devono fare un viaggio per raggiungerli. È praticamente come giocare in casa, ma senza il supporto dei tifosi.

Ecco perché Emerson ha suggerito che andassi a fare il tifo per gli Ice Dragons. Hanno bisogno di tutto il supporto possibile. Almeno, suppongo sia questo il motivo dell'invito.

Atlas si gira verso di me. «Posso procurarti posti a bordo pista, proprio dietro il vetro. Mio fratello ha connessioni, il che significa che le ho anch'io.»

«Ho già i biglietti per stasera» dico e faccio una smorfia, pentendomi di avergli parlato. Non voglio confessare che ho già dei piani e che sarò alla partita.

«Ci vai con amici o è un appuntamento?» chiede Atlas.

Sta seriamente cercando di scoprire se sono single? Che diavolo c'è che non va in lui?

Devo mettere fine a qualunque cosa lui pensi ci sia tra noi, perché da parte mia non c'è assolutamente interesse. Chi diavolo dà il soprannome di *Regina di Ghiaccio* a una ragazza con cui flirta?

Nessuno. Certamente non Atlas Storm.

Come è possibile che le ragazze gli corrano dietro?

Beh, non questa ragazza.

«Il mio ragazzo gioca per gli Ice Dragons» dico.

«Il tuo ragazzo?» ripete Atlas, e si siede più dritto, con la mascella tesa. «Non sapevo che stessi con qualcuno. Non era alla festa con te lo scorso weekend.»

«Non frequenta stupide feste universitarie» dico, cercando di giustificare la cosa, e mi sposto, rivolgendo l'attenzione al professore che entra in classe con aria trasandata. È più o meno come mi sento io, ma cerco di mantenere la compostezza. Non ho bisogno che Atlas Storm mi faccia agitare.

Atlas ride sotto i baffi e si appoggia allo schienale, incrociando le braccia sul petto. «Chiunque sia la tua piccola cotta, non è il tuo ragazzo. Non c'è modo che tu stia uscendo con un giocatore della NHL» dice.

Sono pazza a parlargli di Jasper?

Tecnicamente non stiamo insieme, ma siamo coinquilini, e penso che mi farebbe un favore se gli confessassi che Atlas Storm mi sta molestando in classe e ho bisogno di aiuto.

Atlas non crede alla mia storia, ma non sono sicura di averci creduto nemmeno io, il che è metà della battaglia.

Sebbene sia ovvio che Jasper provi qualcosa per me, sono un po' preoccupata di quanto possano durare questi sentimenti. Lui è concentrato sulla sua carriera, e, beh, cosa succederebbe se il sesso fosse mediocre o addirittura terribile? Cosa succede allora?

«Non m'importa cosa credi» dico con un'alzata di spalle e apro il mio libro di testo. Sono effettivamente sollevata quando il professore inizia la sua lezione. Per quanto odi statistica, detesto ancora di più Atlas Storm.

Lui non è convinto, e io lo ignoro completamente per il resto della lezione. Nel momento in cui statistica finisce, afferro la mia borsa e mi precipito fuori dalla porta, con i libri ancora in mano. Di solito metterei a posto le mie cose prima di uscire, ma devo andarmene da lì prima di dire qualcosa di cui potrei pentirmi.

«Ehi! Aspetta!» mi chiama Atlas.

Accelero il passo, ma Atlas è più alto e ha una falcata lunga quando cammina, raggiungendomi facilmente.

Impreco sottovoce, ma il suono è appena udibile sopra il trambusto degli studenti che escono dalle aule.

«Stasera sarò alla partita con alcuni amici. Dato che il tuo ragazzo gioca stasera, dovresti presentarcelo.» È questa la sua versione di un'offerta di pace? Una tregua?

Mi giro per affrontarlo. «E perché dovrei farlo?» chiedo. Atlas e io non siamo amici. Non so perché permetto che anche solo una parola di ciò che dice mi infastidisca. Ma non riesco semplicemente a lasciar perdere.

«Perché penso che tu stia dicendo un mucchio di stronzate.»

VENTIQUATTRO
JASPER

HO VISTO AMBER A MALAPENA. Non perché non abbia voluto, ma perché i nostri orari non si sono incastrati. Voglio portarla fuori e farla rimanere impressionata con una cena elegante, ma ho passato tutta la settimana in viaggio, e ora che sono a casa, mi alzo presto per andare in palestra, mentre lei è ancora a letto addormentata.

Ho cercato discretamente di trovare un bel posto dove portarla senza chiedere consigli a nessuno che conosco, perché questo comporterebbe anche troppe domande.

Infilo il telefono nell'armadietto. Non posso continuare a controllare i messaggi per vedere se

Amber mi ha scritto. L'ultimo che mi ha mandato è di un'ora fa.

In bocca al lupo! Non romperti una gamba. Rompila a qualcun altro.

Cerco di non ridere, ma sono sicuro di avere il sorriso più idiota del mondo. Devo controllarmi. Non ho bisogno che i ragazzi mi prendano in giro o che Kyler mi tormenti quando scoprirà cosa c'è tra me e Amber.

Con le spalle rivolte a Kyler, lui si schiarisce la gola. «Sei stato insolitamente silenzioso. La tua testa è concentrata sulla partita di stasera?» chiede. Siamo nello spogliatoio, preparandoci per la partita di questa sera contro la squadra che detesto di più, gli Island Bruisers.

«Perché non dovrebbe esserlo?»

Sono una squadra nota per giocare sporco. Si sono spinti fino al punto che uno dei loro giocatori ha minacciato uno dei nostri, tra gli altri della lega. È stato arrestato, espulso dall'hockey e di conseguenza messo dietro le sbarre.

La lega ha cercato di insabbiare lo scandalo, e io

conosco tutti i dettagli solo perché mia nipote è stata uno degli obiettivi delle minacce.

Il mio disgusto risale a molto prima con Atlas Storm. Abbiamo giocato insieme sul ghiaccio quando eravamo adolescenti, in una lega di hockey.

Quel bastardo mi ha rubato la ragazza, Bridget Malister, e ha usato il nome di suo fratello per portarsela a letto. Il fatto che Knox Storm fosse una prima scelta al draft le faceva brillare gli occhi. Inoltre, Atlas le aveva promesso biglietti per le partite degli Island Bruisers e che avrebbe potuto sedersi nell'Ice Box.

Non potevo competere con quello, e non ci avevo nemmeno provato.

L'ho ignorata quanto più possibile per un ragazzino, dato che andavamo alla stessa scuola. Avevamo anche un paio di lezioni insieme. Vorrei poter dire che non so cosa le sia successo.

Oh, lo so. La vedo anche di tanto in tanto.

È diventata una puck bunny.

Si dice che sia andata a letto con Knox Storm non appena se n'è presentata l'occasione. Non una grande sorpresa. Non le dedico nemmeno un minuto del mio tempo o un cenno quando ci incrociamo. Per me è morta. Fredda come il ghiaccio su cui pattino.

«Non vedo l'ora di fare una buona partita stasera. Ho sentito che Em e Amber saranno sugli spalti a fare il tifo per noi,» dice Kyler.

Si allaccia i pattini, e usciamo dallo spogliatoio per entrare nel corridoio, aspettando l'annuncio con la nostra presentazione.

Faccio un respiro profondo. Mi piace l'idea di Amber sugli spalti che fa il tifo per me. Spero che abbia messo la testa a posto e stia indossando una maglia degli Ice Dragons con il mio numero.

«Scommetto che sono nei posti peggiori,» dico. Non siamo nel nostro stadio di casa, dove abbiamo un settore di posti decenti che condividiamo tra la nostra squadra.

«No, le ho dato la mia AMEX nera,» dice Kyler.

«Non hai semplicemente comprato i biglietti tu stesso?»

«Non sono un maniaco del controllo.» Mi lancia

un'occhiata. «Le ho lasciato scegliere i posti che voleva.»

«Non spenderà i soldi per prendere posti vicini,» dico. Anche se non conosco Emerson bene come lui, se assomiglia a sua sorella, avrà scelto nei posti più lontani per non spendere i suoi soldi.

«Vedremo,» dice Kyler, lasciando la frase in sospeso mentre veniamo presentati e facciamo il nostro ingresso, pattinando sul ghiaccio.

Immediatamente, veniamo fischiati e insultati per essere la squadra rivale nello stadio. Non mi disturba. Ci sono abituato e tendo a ignorare i suoni mentre mi concentro sulla partita.

C'è un mare di blu tra la folla. Le loro maglie e magliette sono come l'oceano, con puntini d'oro come la cresta di un'onda che rappresentano i pochi tifosi che sostengono noi. Ci sono più tifosi allo stadio di New York rispetto a quando eravamo in North Carolina, ma i posti più vicini al ghiaccio sono tutti immersi nel blu.

Nessun segno di Amber o Emerson. Almeno non da quello che posso vedere. Ma se Kyler dice che è alla partita stasera, terrò gli occhi aperti per trovarla.

Le luci lampeggiano, e la musica tuona mentre pattiniamo sul ghiaccio prima di tornare alla panchina dei giocatori, preparandoci per il primo periodo.

«La tua fidanzata non si è presentata,» dico. «O ho ragione io, ed è bloccata nei posti più lontani.»

Kyler borbotta a bassa voce, ma il ruggito della folla rende difficile sentirlo.

Il primo periodo è duro. La squadra non sembra avere la testa nella partita. Me compreso. Knox ha continuato a provocare sul ghiaccio. Non che sia una novità con lui, ma non sono dell'umore per ascoltare le sue stronzate.

Non stiamo giocando bene come dovremmo, e non abbiamo scuse.

Forse siamo distratti.

Ma questa non è una valida ragione per fare schifo. Ed è quello che stiamo facendo: lanciare il disco, consegnarlo all'avversario e lasciarlo segnare.

E quei bastardi se la godono e si vantano di essere i fottuti re del ghiaccio.

Almeno il nostro portiere, Aiden, ha la testa a posto stasera, o il punteggio sarebbe il triplo di quello che è, e stiamo perdendo di quattro. Non è un bello spettacolo, e non abbiamo fatto nemmeno un gol.

Kyler, Owen e io siamo rimossi dalla linea d'attacco.

«Ma che cazzo?» Il coach Malone alza le braccia in aria, aspettando una spiegazione da parte nostra.

Non abbiamo una risposta, ma l'allenatore ha gli occhi puntati su Kyler.

«Hai qualcosa da dirmi?» Kyler digrigna tra i denti stretti.

«Dimmelo tu?» Gli occhi di Malone si stringono, e giuro di vedere il vapore che gli esce dalle orecchie. Esiste essere arrabbiati, e poi esiste mettersi contro l'allenatore, ed è meglio evitarlo.

Kyler si stringe le labbra e scuote la testa senza dire una parola.

Non serve un genio per interpretare il linguaggio del corpo tra loro. Definirlo teso è un eufemismo.

Do una leggera gomitata a Kyler. «Ci daremo una regolata.»

Kyler guarda verso gli spalti, ignorandomi.

«Che c'è?» chiedo seguendo il suo sguardo. Le ragazze non sono nella peggior sezione possibile, ma il mio stomaco si stringe quando vedo Atlas Storm seduto accanto ad Amber, e tutto ciò che voglio fare è saltare il vetro e riempirlo di botte.

Si conoscono?

Come?

Forse è solo una coincidenza, lei seduta accanto a lui sugli spalti, ma ne dubito.

La mia bocca è secca e piena di bile quando pronuncio queste parole: «Sono amici?»

«Non è quello che ti ha rubato la prima ragazza?» chiede Kyler, riconoscendo quel coglione.

Tossisco e mi schiarisco la gola. «È uno stronzo. Ma mi ha salvato da perdere tempo con Bridget Malister.»

Un sorriso sfiora il volto di Kyler. «Già, non posso credere che la ragazzina che frequentavi si sia rivelata una puck bunny.»

«Avevamo tredici anni quando siamo usciti la prima volta» lo correggo. «E posso crederci eccome dopo che mi ha mollato per un paio di biglietti dell'hockey.» Flirtava spudoratamente con Atlas davanti a me. E i giorni in cui Knox veniva a prendere il suo fratellino dagli allenamenti, lei si scatenava.

Kyler sbuffa. «Beh, la prossima volta che decidi di frequentare una ragazza, io ed Em vogliamo conoscerla e decidere se è abbastanza buona per te.»

«Sei preoccupato che mi stia usando per il mio bell'aspetto e il mio talento atletico?»

Gli occhi di Kyler si spalancano. «Stai usando il tempo passato... hai conosciuto qualcuna?»

Nulla sembra sfuggire nulla a mio fratello maggiore. Speravo di poter aspettare un paio d'anni prima di addentrarmi nella storia di come io e Amber ci siamo messi insieme. Anche se, in realtà, non siamo ancora andati a letto. Solo qualche gioco erotico, quasi una settimana fa.

Persino fare sesso telefonico è difficile quando condividi una stanza d'albergo con tuo fratello maggiore. Ma ora che sono tornato a casa, spero di creare l'atmosfera giusta con Amber, portarla fuori, farle passare dei bei momenti. Non voglio forzarla a fare nulla, ma dannazione, il solo pensiero delle sue labbra sul mio cazzo mi fa impazzire.

«Jasper?»

Non gli rispondo abbastanza velocemente, e lui è entrato in modalità interrogatorio da fratello maggiore.

«È qualcuna che conosco?» chiede.

«Non è qualcuna che non conosci» rispondo con una doppia negazione, evitando di dirgli apertamente di sì.

«Chi?» chiede Kyler. «È una ragazza di un'altra città che hai conosciuto mentre eravamo in trasferta per una partita? Quella rossa ad Atlanta, o era a Chicago? Continuava a seguirti per tutto il bar quando sei andato a prenderci da bere.»

Mi ero dimenticato di *quella* ragazza. Era provocante e orribilmente ubriaca. Posso solo immaginare il mal di testa tremendo che deve aver avuto il giorno dopo. Ho dovuto farla sedere su uno sgabello e dire al barista di chiamarle un taxi.

«Sì, vive in un'altra città» dico. Le parole mi scivolano dalla lingua con facilità.

Amber e io non abbiamo discusso di cosa dire ai nostri fratelli riguardo a qualunque cosa stia nascendo tra noi. E dato che nemmeno noi sappiamo cosa sia questa nuova cosa, dirglielo per primi sembra una pessima idea.

«Lo sapevo che stavi facendo sesso telefonico l'altra sera in hotel!» dice Kyler un po' troppo ad alta voce.

Owen ci guarda entrambi con occhi spalancati e increduli. «Racconta» dice Owen. «Sembra una storia succulenta.»

«Non lo è» dico lanciando un'occhiataccia a Kyler. «Mi hai interrotto. Inoltre, non sono uno che va in giro a vantarsi.» Questo è tutto quello che otterranno da me. Spero sia abbastanza per placare le bestie e tenerle a bada mentre Amber ed io esploriamo qualunque cosa stia fiorendo tra noi.

«Alla tua ragazza non importa che tu abbia una coinquilina?» chiede Kyler. «Cioè, non l'hai menzionato quando ho suggerito che Amber si trasferisse da te. Ah e tra l'altro, intendo pienamente coprire il suo affitto.»

«Perché dovresti farlo?» chiedo.

«Ti ho chiesto di prenderla perché Em ed io potessimo avere un po' di spazio.»

«Non prenderò i tuoi soldi. Amber paga la sua parte dell'affitto.»

Kyler sembra sbalordito dalla mia affermazione che le farei pagare qualcosa. «Ti aspetti che possa permettersi la metà? Sai che è all'università e lavora come barista in un locale del campus.»

«Lavora nel Mad Tea shop» dico, pienamente consapevole della sua situazione. «E le faccio pagare solo una piccola parte di quello che già copriva nell'affitto dell'ultimo posto che è andato a fuoco.»

Mio fratello mi dà una pacca sulla schiena. «Sei un bravo ragazzo. È fortunata ad averti come amico e coinquilino. Ma coprirò comunque l'altra metà della sua parte. Ti ho rifilato io lei.»

«Non ho bisogno della tua carità.»

«No, ma fai schifo là fuori, e se continui a dimenarti come un pesce, non otterrai un altro contratto quando sarai senza agente.»

«È solo una maledetta partita» dico. Ho ancora tempo per perfezionare la mia carriera, per sistemare tutto prima di aspettare offerte e sperare di essere ingaggiato per un nuovo contratto. Borbotto sottovoce: «E odio i Bruisers.»

«Anch'io» brontola Kyler. «Knox è il più grande stronzo di tutti loro.»

«Nemmeno io sono un suo fan» dice Owen. «Ma insomma, non mi piace nessuna squadra contro cui giochiamo. Sono tutti rivali. Ora, cos'era quella cosa che stavi dicendo, Jasper, a proposito di una fidanzata?»

Gemo e riporto l'attenzione sulla partita. «Niente. Non ho detto niente.» Rifiuto di dar loro munizioni da usare contro di me, perché so che non lasceranno perdere.

Nel secondo periodo, il coach Malone dà a Owen, Kyler e me un'altra possibilità di riscattarci sul ghiaccio. Facciamo un lavoro migliore nel cooperare, concentrarci e segniamo tre gol.

Siamo ancora sotto di uno, ma almeno siamo riusciti a recuperare, e quando siamo stati messi in panchina, i nostri compagni hanno impedito agli avversari di segnare contro di noi.

Ci sono situazioni peggiori in cui trovarsi, suppongo.

Al terzo periodo, Kyler segna il gol del pareggio, e io segno quello che ci fa andare in vantaggio di uno.

Mando un bacio ad Amber sugli spalti, indicandola, volendole far sapere che quel tiro vincente era per lei.

«Jasper, perché cazzo stai flirtando con la mia fidanzata?» ringhia Kyler, fraintendendo il bacio. Mi urla attraverso il ghiaccio e per un momento penso che stia per massacrarmi, ma Knox Storm si avvicina con un sorriso disgustoso sul viso.

«Due fratelli che si fanno la stessa ragazza» dice Knox con un sorriso malizioso. Sta cercando di provocarmi ed è così fastidioso che giuro che anche Kyler può sentirlo.

Emerson e Amber sono sedute l'una accanto all'altra. Il bacio era al cento per cento destinato ad Amber. Ma se dico al mio stupido fratello a chi era destinato, non sono sicuro che sarebbe così comprensivo.

«Ficcati il bastone nel tuo buco del culo, Storm.» Sbatto la spalla contro il suo corpo, inchiodandolo al vetro mentre lotto per il disco che scivola sul ghiaccio ai nostri piedi.

«Non riesci a trovare una fidanzata tua. Devi rubare quella di tuo fratello maggiore?» dice Knox, spingendomi all'indietro.

Getto la mia mazza sul ghiaccio. «Lo dice quello che è andato a letto con la mia ragazza tredicenne.»

«Whoa!» grugnisce Knox mentre gli assesto un montante alla mascella, e il suo casco vola via. «Era maggiorenne quando me la sono scopata.»

Questo non mi fa sentire molto meglio. «Davvero? Io avevo tredici anni. Lei è scappata per succhiarti il cazzo.»

Non è esattamente andata così. Si era messa con suo fratello minore, Atlas, prima di finire a letto con Knox quando aveva diciotto anni, o almeno così ho sentito. Lo seguiva come una groupie, probabilmente supplicandolo di farsela scopare. Il disgusto mi riempie come un pallone di piombo, lo stomaco pesante e nauseato mentre colpisco Knox con i pugni. Lui risponde con la stessa forza.

«Ed erano labbra fantastiche, stronzo» grugnisce Knox, i suoi pugni che mi colpiscono il petto.

Il sudore mi gocciola dalla fronte e, finalmente, un paio di giocatori intervengono, separandoci con uno strattone ed evitando che ci facciamo a pezzi.

Veniamo entrambi sbattuti nella gabbia di penalità e mi rifiuto di guardare nella direzione dove Amber e *quello stronzo* sono seduti.

Perché diavolo è con lui? È per torturarmi?

Lei non sa di Atlas e del nostro passato da ragazzini. Come potrebbe? Non è qualcosa di cui parlo. Chi vuole rivivere la prima delusione d'amore e il tradimento?

È successo anni fa e non dovrebbe importare, ma vedere lui accanto alla *mia ragazza* mi fa ribollire dentro. Mi fido di Amber. Anche se non so cosa siamo, mi fido di lei senza alcun dubbio. Aiuta anche il fatto che siamo coinquilini e non ho mai visto Atlas gironzolare.

Che sia tutta una coincidenza. Che siano semplicemente due persone che hanno comprato i biglietti e si sono ritrovate sedute l'una accanto all'altra.

Odio me stesso per aver litigato con Knox, per avergli permesso di provocarmi. Come punizione, lancio un'occhiata ad Atlas sugli spalti. Forse è anche un po' di desiderio che mi spinge a guardare in quella direzione verso Amber.

Ma non c'è. Non è al suo posto. Emerson è da sola, e anche Atlas è sparito.

Ogni fibra del mio essere fa male. Potrei facilmente incolpare i pugni al petto, al collo, persino quelli che mi hanno colpito in faccia.

Non è quello che fa male. È il bruciore di sapere che Amber e Atlas sono da soli insieme.

Mi fido di lei, ma non mi fido di *lui*.

Non mi fido che non la tocchi. Che non la ferisca. Che non la usi. Per colpire me.

C'è sempre stata gelosia da parte sua. Il fatto che io ora sia nell'NHL, e lui non sia mai stato selezionato nel draft d'ingresso, deve bruciargli.

Voglio uscire dalla gabbia. Al diavolo, buttatemi fuori dalla partita se è quello che serve per controllare Amber e assicurarmi che stia bene.

Ogni secondo è un'agonia infernale mentre aspetto di essere rilasciato. Il tempo non è mai passato così lentamente. L'addetto non mi presta attenzione se non per concentrarsi sul suo compito e guardare l'orologio.

«Psst» sussurro, cercando di attirare la sua attenzione. «Hai il cellulare a portata di mano?»

Mi guarda da sopra la spalla. «Sul serio? Voi giocatori non imparate mai la disciplina.» Si gira dandomi le spalle. È un tentativo disperato, mandare un messaggio ad Amber per assicurarmi che stia bene.

Non c'è ancora traccia di lei, e più aspetto, più la preoccupazione mi riempie lo stomaco. Emerson non permetterebbe che accadesse nulla ad Amber, il che mi fa pensare che sia andata volontariamente con quel coglione di Atlas.

VENTICINQUE
AMBER

OSO DIRLO?

Mi piace davvero l'hockey.

Beh, mi diverto a guardare la partita quando Jasper è sul ghiaccio. Non è altrettanto emozionante quando è in panchina o nella gabbia di penalità, dove finisce piuttosto spesso.

La partita è interessante, ma tutto ciò che sento è la presenza di Atlas Storm seduto accanto a me. Durante il primo periodo, il ragazzo seduto al mio fianco si alza, probabilmente per prendere un'altra birra, e Atlas si impossessa del suo posto.

«Sai che quel posto è occupato,» dico. Non dovrei nemmeno degnarlo di attenzione ma, a quanto pare, sono pronta a commettere un suicidio sociale, o forse lui è pronto a commettere un omicidio sociale, se è una cosa che esiste.

Ho la netta impressione che abbia intenzione di distruggere qualsiasi reputazione io possa avere alla NYU solo perché è un pezzo di merda.

«È un tuo amico?» chiede Emerson, lanciando uno sguardo veloce ad Atlas.

«No,» rispondo rapidamente.

Ma Atlas risponde con un sonoro «Sì» nello stesso momento.

Emerson non ci dà molto peso. Rivolge nuovamente tutta la sua attenzione alla partita, cosa che apprezzo. La folla è rumorosa e incita gli Island Bruisers. Noi due spicchiamo con le nostre maglie dorate mentre facciamo il tifo dai nostri posti.

«Questi posti sono una merda. Avresti dovuto accettare la mia offerta,» dice Atlas. La sua attenzione almeno è rivolta alla pista di ghiaccio, ma io continuo a non volere che sia seduto accanto a me.

«Non voglio niente da te,» dico.

Posso sentire il suo sguardo cupo mentre si sistema sul sedile e si volta verso di me. «Perché?» Faccio tutto il possibile per ignorarlo, ma lui non demorde. Quando non rispondo, allunga una mano per toccarmi il braccio, e io la ritraggo di scatto.

«Non toccarmi,» scatto.

«Non è che tu abbia qualcun altro che lo faccia di solito,» dice Atlas. «Non credo alle tue stronzate quando dici che stai uscendo con un giocatore di hockey, *Regina di Ghiaccio*.»

Trattengo il respiro bruscamente e prego che mia sorella non l'abbia sentito. La folla è rumorosa, ma Atlas lo è ancora di più.

«Chi frequento non sono affari tuoi.»

«Sei una bugiarda,» dice Atlas e si gira verso la partita. «Non hai la minima possibilità di uscire con uno di quei ragazzi là fuori. Non potresti nemmeno passare per una puck bunny.»

«Vaffanculo,» dico e lo colpisco con il gomito.

«Ahia.»

«Torna al tuo posto.» Mantengo la concentrazione

sulla partita. Jasper sembra distratto quando praticamente consegna il disco agli Island Bruisers.

«Fai schifo, Greyson!» Atlas salta in piedi e urla contro Jasper. Non che i giocatori possano sentirlo, ma questo mi fa odiare Atlas mille volte di più.

«Vattene,» dico, fissando Atlas.

«Oh, ho toccato un nervo scoperto,» ridacchia. «Non è stato difficile capire quale.» Indica con un cenno del capo la mia maglia e il numero 45 sul davanti. Il numero di Jasper Greyson.

Emerson mantiene la calma. Non dice una parola, ma posso dire che sta osservando l'intero scambio.

«Torna al tuo posto,» ripeto e guardo oltre la mia spalla, cercando il tipo alto un metro e ottanta che era seduto lì prima.

«Questo è il mio posto. Ho fatto cambio di biglietti con quel tizio. Non c'è possibilità che torni qui in questi posti di merda,» dice Atlas.

«E perché l'avresti fatto?» Non lo capisco. Che motivo può avere per voler sedere accanto a me? È così importante per lui rendere la mia vita eternamente miserabile?

«Come ho detto prima, non credo che tu stia uscendo con nessuno dei giocatori.»

«Non ci siamo conosciuti,» interviene Emerson, e non sono sicura se stia cercando di distruggere ogni ultimo brandello di dignità che mi è rimasto o se sia venuta in mia difesa. Dubito quest'ultima ipotesi. «Il mio fidanzato è Kyler Greyson.»

Lui inclina la testa, fissando mia sorella. «Sapevo che mi sembravi familiare. Ti ha portata sul ghiaccio e ti ha fatto la proposta. Un bel colpo pubblicitario, vero?» Atlas va dritto alla giugulare con le accuse.

«E tu stai uscendo con il fratello di Kyler?» Atlas guarda da Emerson a me, ancora non convinto.

«Viviamo insieme,» dico. Questa non è una bugia. Condividiamo effettivamente un appartamento, solo non una camera da letto.

Lui sbuffa sottovoce. «Certo.» Atlas incrocia le braccia sul petto e guarda da Emerson a me. «Se davvero hai connessioni con gli Ice Dragons, dimostralo.»

«Dimostralo,» ripeto, incerta su quale diavolo di gioco stia facendo.

«I familiari, i partner, hanno accesso VIP. Dov'è il tuo badge?» chiede. Il suo badge VIP pende dal collo.

Emerson interviene, e io momentaneamente trattengo il respiro. «Questa non è la nostra arena di casa. Non abbiamo una sala mogli quando siamo in trasferta o un badge VIP per ogni partita, soprattutto quando stiamo facendo una sorpresa ai ragazzi presentandoci a una delle loro partite in trasferta.»

«Scommetto che è una sorpresa,» mormora. «E hai un invito per la sala mogli?» chiede Atlas, guardando da mia sorella a me.

«Sì,» risponde Emerson. Non sono sicura se stia rispondendo per sé o per me. È una bugia, o ha davvero accesso alla sala mogli? È davvero una cosa?

«Cazzo, dov'è finito Jasper?» chiedo, rendendomi conto che non è più sul ghiaccio. È sulla panchina, e gli Ice Dragons stanno prendendo una batosta.

«Lui e Kyler sono stati messi in panchina,» dice Emerson.

Sono sorpresa che lo stronzo seduto accanto a me non stia gongolando. Ma è concentrato su suo fratello, Knox, che tenta di segnare.

Gli Ice Dragons fanno un lavoro decente nel tenere a bada gli Island Bruisers, il che rende la partita eccitante.

Al terzo periodo, Jasper sembra essersi riconcentrato, e mi manda persino un bacio sugli spalti, che giuro mi fa sciogliere il cuore e... le mutandine.

«Vedi, te l'avevo detto che è il mio ragazzo.» Lancio un'occhiataccia ad Atlas.

Posso sentire lo sguardo bruciante di Emerson mentre aspetta una spiegazione. Sono sorpresa che non mi stia interrogando, ma è brava a leggere le persone, e il mio disagio con Atlas è ormai ovvio.

«Potrebbe aver mandato un bacio a chiunque sugli spalti,» dice Atlas con una scrollata di spalle. «Non ci credo.»

«Quanti tifosi degli Ice Dragon vedi qui intorno?» chiedo.

Atlas stringe le labbra, ma non risponde alla mia domanda. Deve sapere che ho ragione.

«Non significa niente, Amber,» dice Atlas. «Continuo a pensare che sei una bugiarda.»

«Te lo dimostrerò.» Mi alzo e mi faccio strada lungo la fila, dirigendomi verso il corridoio lontano dalla pista di ghiaccio.

«Dove stai andando?» Mi insegue.

Non sono davvero sicura di cosa intenda fare. Non è che posso entrare direttamente nello spogliatoio e gettarmi tra le braccia di Jasper Greyson, anche se vorrei farlo e dimostrare ad Atlas che si sbaglia.

«A vedere il mio ragazzo.»

«Questa sarà interessante,» dice con un sorriso ironico mentre mi segue intorno allo stadio.

Il problema è che non so come arrivare agli spogliatoi né come scendere a bordo pista. Non abbiamo posti vicino al vetro, e non possiamo semplicemente scendere per il corridoio senza che qualcuno controlli i nostri biglietti.

Ci sono due guardie all'ingresso di uno dei lunghi corridoi. La guardia fa un cenno ad Atlas. Si conoscono?

«Gli spogliatoi degli Island Bruisers sono alle vostre spalle,» dice la guardia, notando il badge VIP di Atlas.

«In realtà cercavo gli Ice Dragons,» dico avvicinandomi e cercando di sbirciare lungo il corridoio.

«Amber!» La voce di Jasper risuona e rimbalza contro le pareti. «Lasciatela passare.»

La guardia di sicurezza si fa da parte, facendoci cenno di entrare.

«Solo la ragazza!» grida Jasper.

«Mi dispiace,» dico con un sorriso malizioso e un'alzata di spalle mentre mi avvio verso Jasper.

«Smettila di guardarle il culo!» Jasper fulmina Atlas con lo sguardo mentre mi dirigo verso di lui. C'è movimento alle mie spalle; la partita non è ancora finita.

«Cosa ci fai qui fuori?» chiedo, scuotendo la testa e guardandolo.

«Dovrei essere io a farti questa domanda, e per di più con lui!» Spalanca la porta degli spogliatoi e mi fa cenno di seguirlo. Mi aspetto di vedere armadietti aperti e una panchina, ma c'è un lungo corridoio d'ingresso. È lì che la stampa aspetta di assalire i giocatori dopo una partita?

Sulla destra, ci sono decine di numeri attaccati al muro con mazze da hockey ordinate in fila per i giocatori. Osservo ogni dettaglio, dai numeri che corrispondono alle maglie dei giocatori fino ai colori degli Island Bruisers sparsi ovunque e al loro logo sul pavimento.

«È in uno dei miei corsi, statistica,» dico e faccio una smorfia.

«E l'hai portato a un appuntamento alla *mia* partita?»

«Non l'ho invitato da nessuna parte. Suo fratello gioca per l'altra squadra.»

«Lo so,» dice Jasper. «Ma era seduto con *te*.»

«Ripeto, non l'ho invitato io. Credo abbia pagato quel tizio per scambiarsi i posti o i biglietti.» Sposto i piedi, leggermente a disagio sotto il suo esame. «Sei geloso?»

«Atlas è uno stronzo.»

Non sopporto Atlas, ma non ho mai raccontato a Jasper della festa, e non c'è modo che abbia potuto sentire una parola di quanto detto dagli spalti.

«Cosa te lo fa dire?» chiedo.

Si conoscono?

Anche se sono d'accordo che Atlas è un idiota, non ho intenzione di condividere i miei problemi con Jasper. Ho l'impressione che potrebbe andare a cercarlo, e la lotta non sarebbe sul ghiaccio.

«Solo questioni passate con lui,» mormora Jasper e poi mi guarda male. «Cosa ci facevi con lui di sotto se non eravate insieme alla partita?»

Emetto un pesante sospiro. «Lunga storia.»

«Ho tempo.»

«Non dovresti essere sul ghiaccio o con la tua squadra?»

«Sono stato espulso dalla partita, cosa che avresti visto se fossi stata sugli spalti.» Mi sta fissando e mi muovo goffamente. Non ho bisogno di chiedere perché sia stato espulso. Probabilmente si stava scontrando con Knox. I due se le stavano dando prima sul ghiaccio.

«Forse gli ho detto una piccola bugia,» sussurro, distogliendo lo sguardo. Non voglio sentire lo sguardo intenso di Jasper bruciarmi da dentro.

«E quale bugia sarebbe?»

«Che stavo uscendo con un giocatore di hockey degli Ice Dragons.»

Sembra evaporare per la rabbia poi ride, con le spalle che si abbassano mentre mi tira contro di sé per un abbraccio. «Stavi parlando di *noi*, giusto?» Jasper si allontana, guardandomi negli occhi.

Il mio cuore accelera e la mia bocca diventa secca. Annuisco. È tutto ciò che posso dargli. Lo spogliatoio è caldo e soffocante, o forse sono le sue braccia calde avvolte intorno a me che lo fanno sembrare come se fossimo a cento gradi.

«Bene,» dice Jasper, e sfiora le mie labbra con le sue.

Lo desidero come l'aria, e le mie dita tirano la sua maglia, avvicinandolo di più. Ogni fibra del mio essere formicola di eccitazione.

«Dovremmo farlo più spesso, in pubblico,» sussurra sulle mie labbra.

Annuisco, disposta a fare qualsiasi cosa quest'uomo mi chieda. «Penso che Emerson lo sappia,» sussurro. Se non fosse così, allora sarebbe stata un pessimo agente dell'FBI.

Jasper alza le spalle. «Kyler lo scoprirà, ma non mi importa. Mi sto innamorando di te, Amber.»

Mi mordo il labbro inferiore, tirandolo tra i denti. Non voglio dirgli che sono già perdutamente innamorata dell'uomo che mi sta guardando. Non sono brava con la vulnerabilità e a confessare come mi sento. Temo che possa spaventarlo.

«Tuo fratello dovrebbe essere felice per noi,» dico, alzandomi in punta di piedi per baciare Jasper.

«Dovrebbe, ma tu sei la sorellina della sua fidanzata.» La sua fronte si corruga e il trambusto inizia a riversarsi nel corridoio. La partita deve essere appena finita. «Codice dei fratelli,» dice.

«Sul serio? Mica ho frequentato tuo fratello. Se non è contento per noi, digli di andare a farsi fottere.» Non riesco a nascondere il sorriso per il fatto che Jasper voglia stare con me, e l'unica cosa che si frappone tra noi è la sua sciocca preoccupazione per il *codice dei fratelli*. Non vedo il problema.

Mi stringe più forte, le sue labbra si schiantano sulle mie mentre le porte si aprono e la squadra inizia a riversarsi nello spogliatoio. Jasper non interrompe il bacio. Le sue labbra sono sulle mie, lasciando che tutti vedano che stiamo insieme.

Jasper non si trattiene, la sua lingua si fa strada oltre le mie labbra, e io acconsento volentieri, facendo un passo indietro contro il muro mentre mi inchioda al mattone bianco.

«Prendetevi una stanza!» Noah ride mentre passa e va negli spogliatoi.

Una voce ruvida si schiarisce la gola. «Greyson!»

Jasper si stacca dal bacio, ma ha ancora le mani intorno alla mia vita. Le sue dita mi stuzzicano i fianchi, sfiorando la mia pelle, accendendo un fuoco profondo dentro di me.

Il suo allenatore non sembra per niente felice di vedermi.

«Sei stato espulso dalla partita e ti metti a pomiciare con una groupie?»

Le mie spalle si irrigidiscono, e Jasper si gira, ringhiando contro l'uomo più anziano. «Non è una groupie, Malone. Amber è la mia ragazza.»

«Ragazza?» La voce di Kyler echeggia nel corridoio, e passa lo sguardo da suo fratello minore a me.

Trattengo momentaneamente il respiro, sperando che non stia per scoppiare un'altra rissa nello spogliatoio.

VENTISEI
JASPER

«ASPETTA QUI,» dico ad Amber, sperando che mi ascolti mentre mi dirigo lungo il corridoio verso lo spogliatoio con gli altri ragazzi.

Lei non dice una parola, si limita a fissare le mani giunte davanti a sé mentre si appoggia al muro.

Entro nello spogliatoio e mi siedo sulla panchina vicino al mio armadietto, slacciandomi i lacci. Ho già tolto il casco e lo appendo al gancio vicino.

«Da quanto tempo ti scopi la sorellina della mia fidanzata?» La voce di Kyler rimbomba nello spogliatoio. È impossibile che Amber non abbia sentito l'accusa.

«Noi non stiamo... comunque, non sono affari tuoi.»

«È successo prima o dopo che ti ho offerto di pagarti?»

Sbuffo alla sua insinuazione. «Mi hai supplicato di togliertela dalle mani, dicendo che sarebbe stato un peso farla vivere con te...» Mi slaccio i pattini e li tolgo, lasciandoli sul pavimento.

«Volevo darle un posto dove stare, non fartela scopare!»

«Non me la sto scopando! E vaffanculo per cercare di dirmi con chi posso o non posso stare.» Mi alzo, andando verso Kyler. Anche lui si è tolto i pattini, ma entrambi abbiamo ancora le protezioni e l'attrezzatura addosso a parte i caschi.

«Ma ti senti?!» grida Kyler. «Non puoi convivere con lei. È la tua coinquilina! Cosa succederà quando manderai tutto a puttane?»

«Non ho intenzione di mandare niente a puttane,» dico, fronteggiandolo.

Lui mi spinge indietro. «Sto cercando di aiutarti. Non lo vedi?» Kyler non indietreggia, e nemmeno io.

«Aiutarmi controllando la mia vita? Mi sto

innamorando di lei! E stiamo prendendo le cose con calma, anche se non sono *affari* tuoi.»

«Meglio così, perché è ancora vergine. Non ha bisogno di perderla con te.»

Tiro indietro il pugno, e Noah mi blocca prima che possa riempire di botte Kyler.

«Basta così!» Malone si mette tra noi. Noah e Owen mi trascinano indietro di diversi passi. «Doccia, subito!» L'allenatore mi indica di andare a farmi la doccia mentre scambia due parole con Kyler.

Dopo una doccia veloce, evito Kyler per il resto della serata. Lui va a fare la doccia mentre io torno nello spogliatoio per vestirmi.

Il coach Malone mi sta aspettando, con le braccia incrociate sul petto. «Non sarà un problema questa tua nuova ragazza, vero?»

«Perché dovrebbe essere un problema? Perché con chi esco dovrebbe importare a qualcuno oltre a me?»

Malone annuisce. «Non dovrebbe, ma se intendi rendere pubblica questa cosa tra te e la ragazza, lei non può indossare la maglia della squadra avversaria.»

«Pensavo che non esistesse cattiva pubblicità,» dico con un sorrisetto.

«Sono serio,» dice Malone, avvicinandosi, e appoggia una mano sulla mia spalla. A volte penso che si consideri come un padre per i giocatori più giovani, pronto a offrire dei consigli. «Ti rimane un altro anno di contratto. Non hai bisogno di muovere troppo le acque...»

Lo interrompo prima che possa offrire altri consigli non richiesti. «Amber stasera indossava la mia maglia, nel caso non l'avessi notato.»

«Non l'ho notato,» dice. «Stai solo attento. Non vorrai che una ragazza si metta tra fratelli.»

«Una ragazza con cui non è mai nemmeno uscito! Perché tutti presumono che io abbia fatto qualcosa di sbagliato?»

Malone sospira. «Nessuno sta dicendo questo. Solo non lasciare che lei si metta tra te e la squadra. D'accordo?»

«Lei non lo farebbe mai, coach.»

Finisco di vestirmi e mi affretto a tornare nel corridoio dove Amber mi stava aspettando.

È sparita.

Mi passo una mano tra i capelli e controllo il telefono. Non ci sono chiamate perse o messaggi da Amber. Torno di corsa nello spogliatoio e trovo Noah.

«Devo trovare Amber. Potrebbe aver sentito e frainteso parte della conversazione. Se la vedi dopo la partita, mandami un messaggio, okay? Io vado a casa.»

«Sì, terrò gli occhi aperti. Buona fortuna.» Noah mi dà una pacca sulla spalla.

Mi precipito fuori dallo spogliatoio. La folla si è diradata dallo stadio, e ci sono alcuni ritardatari all'uscita che mi fermano per una foto o un autografo. Sono sorpreso che abbiamo dei tifosi nell'arena dei Bruisers, ma entrambe le squadre sono di New York.

Appena esco, faccio una smorfia ricordandomi che non ho cercato di riconciliarmi con Kyler. Sono ancora incazzato, ma se Amber fosse con Emerson, almeno saprei che è al sicuro.

Non mi piace il pensiero che prenda la

metropolitana da sola o che cammini di notte fino all'appartamento.

Provo a chiamare Amber sul suo telefono, ma dopo il primo squillo, va alla segreteria. Il suo telefono è acceso. Sta rifiutando la mia chiamata. Mi affretto verso la metropolitana. È improbabile che prenda un taxi per tornare a casa, quindi c'è la possibilità che possa intercettarla prima.

Le mando un messaggio. *Ho bisogno di parlarti.*

Nessuna risposta.

Forse è un buon segno. Almeno non mi sta mandando a fanculo.

O potrebbe aver bloccato direttamente il mio numero.

Quanto ha sentito? Io e Kyler non eravamo esattamente silenziosi, e non so quando se ne possa essere andata. In ogni caso, ho lo stomaco annodato mentre mi affretto verso casa.

Il treno è affollato, abbastanza tifosi mi riconoscono, e alcuni scattano foto e mi riprendono per i loro account social. Probabilmente è un bene che Amber non sia qui nella stazione della metropolitana, o mi farei strigliare davanti alla telecamera, e diventerebbe il prossimo video virale.

Non ho bisogno di questo tipo di attenzione.

Guardo il telefono, ancora nessuna risposta. Almeno posso vedere che ha letto il messaggio. Non ha ancora bloccato il mio numero. Digito un altro messaggio e premo invio.

Per favore dimmi che non sei con Atlas.

Questa volta, sta scrivendo. Posso vedere i tre puntini lampeggianti, e trattengo momentaneamente il respiro mentre il treno si ferma alla stazione. Mi affretto a salire ma non mi preoccupo di prendere un posto a sedere. È affollato, e ci sono molte più persone che hanno bisogno di un posto in cui sedersi. Afferro il corrimano sopra di me, tenendomi mentre aspetto che risponda.

Ci mette un po', ma finalmente il messaggio arriva, e mi sento come se fossi stato appena pugnalato.

Forse dovrei stare con lui. Nessuno lo paga per stare con me.

Sobbalzo alle sue parole sullo schermo. Ha tutte le ragioni per odiarmi.

Non è come pensi.

Le rispondo e attendo che mi risponda. Forse dovrei scendere dal treno e prendere un taxi. Almeno potrei raggiungerla prima, ovunque sia.

Le porte della metropolitana si sono già chiuse, però, e il treno si muove in avanti.

Non mi risponde. Digita. Cancella. I tre puntini appaiono. Scompaiono. Riappaiono. E poi spariscono.

Non so cosa sia peggio, litigare con lei o il silenzio nell'attesa della sua risposta. Il fatto che non sia disposta a lottare per noi.

Dieci minuti dopo, finalmente mi risponde. Quasi vorrei che non l'avesse fatto.

Non importa, Jasper. Abbiamo chiuso. È finita. Me ne vado. Lascerò le chiavi nell'appartamento.

Scriverci messaggi non risolverà questa situazione. Vederla è l'unico modo per non peggiorare ulteriormente questo disastro. Ma probabilmente è già a casa, e io sono ancora bloccato sul treno della metropolitana. La chiamo di nuovo, questa volta sorpreso quando risponde.

«Ti spedirò l'ultimo assegno per l'affitto non appena ricevo lo stipendio.»

«Dannazione, Amber!» Trasalisco quando mi rendo conto che diverse persone mi stanno guardando. È perché sanno chi sono o è stato il mio tono ad attirare la loro attenzione? «Ti amo. Puoi lasciarmi spiegare, per favore?»

«Non c'è niente da spiegare» dice. Tira su col naso, e dalla voce capisco che ha pianto, il che fa sprofondare ancora di più il mio stomaco.

«Non ho mai preso quei soldi.»

«Cosa?»

«I soldi che mio fratello mi ha offerto perché tu rimanessi con me per aiutarti con l'affitto. Non li ho mai presi.»

Sbuffa alle mie parole. Forse non ha sentito quanto ho detto nello spogliatoio. Non ha senso sprofondare ulteriormente quando è già arrabbiata con me.

«Sarebbe davvero elegante da parte tua prendere soldi da tuo fratello per coprire l'affitto che ti sto già pagando. Capisco che non è molto rispetto alla tua parte, ma io... io... io ti odio» sputa fuori.

«Non lo pensi davvero» dico. Se mi odiasse, avrebbe già riattaccato. È ancora in linea, il suo respiro si fa più pesante.

C'è movimento e trambusto dall'altra parte del telefono. Posso solo immaginare che stia raccogliendo le sue cose, il che richiederà pochi secondi, considerando che non possiede molto.

Il treno arriva alla stazione e mi affretto a scendere, correndo su per le scale della metropolitana e lungo la strada, precipitandomi verso l'appartamento. Devo vederla, fermarla, impedirle di fare il più grande errore della sua vita.

«Ti amo» dico, le parole mi sfuggono prima che possa riprenderle, non che vorrei farlo, comunque.

«No, non è vero. Tu ami solo te stesso, Jasper.» Riattacca il telefono e io vorrei urlare. Non capisce. Non conosce l'intera storia.

Sto correndo per la strada, uno dei vantaggi di essere un atleta in perfetta forma. Mi affretto verso l'appartamento ed entro, premendo ripetutamente il pulsante dell'ascensore. Spero che non sia troppo tardi. Non l'ho vista uscire, ma potrebbe aver preso un taxi prima che io entrassi nell'edificio. Lei era in vantaggio.

Charlotte entra a passo deciso dall'ingresso principale e si dirige verso l'ascensore mentre io sto aspettando per salire. «Tu» dice, guardandomi, con la mascella tesa. Incrocia le braccia sul petto e mi squadra dalla testa ai piedi. «Davvero affascinante, fingere che volevi che vivesse con te quando in realtà era tutta un'idea di tuo fratello.»

Emetto un sospiro. «Si tratta solo di quello che ha sentito.»

«Wow. Non lo neghi nemmeno» dice Charlotte. Parla ad alta voce, sta facendo una scenata, e alcuni sguardi si rivolgono verso di noi.

L'ascensore suona e mi affretto ad entrare. Charlotte è proprio alle mie calcagna.

«Non pensare di salire senza di me.»

Anche se volessi chiuderle la porta dell'ascensore in faccia, non aiuterebbe la mia causa. Charlotte è la migliore amica di Amber. Se non riesco a convincere Amber, forse Charlotte può essere mia alleata.

«Non me lo sognerei nemmeno» dico. Premo il pulsante per il ventiquattresimo piano.

«Ho bisogno che tu convinca Amber a concedermi dieci minuti per parlarle.»

Charlotte scuote la testa, scettica. «Perché? Le hai già spezzato il cuore. Non ha bisogno che tu cerchi di convincerla che sei la vittima in tutto questo...» Agita la mano tra noi. «Per quanto mi riguarda, sei uno stronzo per aver preso soldi da tuo fratello mentre lei paga l'affitto. Chi diavolo fa una cosa del genere?»

«Non ho preso un centesimo da Kyler» dico. «E sì, mi ha pregato di farla trasferire da me, ma non ho accettato per lui. L'ho fatto per i miei motivi egoistici, perché volevo averla intorno.»

Charlotte stringe le labbra.

«La amo, Charlotte. E se deve proprio andarse... non voglio che finisca con quello stronzo di Atlas, solo per vendicarsi di me.»

Lei inclina la testa, guardandomi. «Atlas Storm, intendi il tipo della festa?»

Mi si blocca il respiro in gola. «Le ha fatto qualcosa?» Le mie mani si chiudono a pugno mentre raggiungiamo il piano e le porte si aprono. Non mi sorprenderebbe se fosse lui il motivo per cui lei è andata via così in fretta e mi ha chiamato mentre andava alla metropolitana quella notte.

Charlotte esce per prima, di fretta, non che abbia una chiave, ma a quanto pare Amber la sta aspettando e le apre la porta nel momento in cui arriviamo al piano.

Ma i suoi occhi si spalancano quando mi vede. «Lo hai fatto salire?» chiede, fissando Charlotte.

«È il *suo* appartamento» dice Charlotte. «Hai preparato tutto?»

Charlotte si autoinvita dentro, e io sono proprio dietro di loro. Chiudo subito la porta, bloccandola. Non che possa impedire ad Amber di andarsene, né la costringerei a restare. Ma vorrei che ascoltasse l'intera storia, non solo i frammenti che ha sentito dallo spogliatoio.

«Possiamo parlare?» chiedo.

Indossa ancora la mia maglia. È un buon segno.

Oppure è stata troppo occupata a fare le valigie per rendersi conto che sta indossando i miei vestiti. Uno scenario più probabile, conoscendo Amber. Distratta.

«Ho detto tutto quello che dovevo» dice Amber e afferra il sacco nero della spazzatura con le sue cose.

«Lascia almeno che ti dia una valigia o un borsone» dico, e andrei nell'altra stanza a prenderlo dal mio armadio se non pensassi che ne approfitterebbe per fuggire.

Lei guarda la sua amica, Charlotte.

«Lascia che ti dia una borsa. A patto che non si aspetti che gliela restituisci» dice Charlotte.

«Non voglio niente da lui. E *non* voglio mai più rivederlo.»

«Restituirò io la borsa, okay?» dice Charlotte alla sua amica.

Amber sospira. «Va bene.» Mi guarda. «Puoi prestarmi un borsone così non sembra che una senzatetto stia lasciando il tuo appartamento. Non vorremmo danneggiare la tua immagine.»

Inspiro bruscamente e mi mordo la lingua. Sta cercando di litigare, per rendere la cosa più facile per lei. Beh, non cederò e non accetterò la sua ostilità come qualcosa di diverso dal suo modo di deviare i suoi sentimenti.

«Ti aiuto a fare i bagagli. Porta il sacco della spazzatura con me,» dico e le faccio cenno di seguirmi nella mia camera da letto.

Lei lancia un'occhiata oltre la spalla verso Charlotte.

«Sarò proprio qui. Se hai bisogno di qualcosa, basta che chiami,» dice Charlotte.

Amber borbotta sottovoce: «Che amica,» e mi segue in camera.

Il letto è ancora disfatto da ieri notte. Sono rientrato tardi e sono uscito presto questa mattina. Tiro le coperte per sistemare il letto e poi mi dirigo verso l'armadio, decidendo quale borsa darle. Prendo una valigia con le ruote, volendo renderle le cose più facili. Anche se non voglio che se ne vada, non ho intenzione di comportarmi da stronzo. Inoltre, non ha poi così tanta roba. La sua valigia non sarà così pesante.

Prendo una valigia rigida di medie dimensioni e la apro per lei. Lei svuota il contenuto del sacco della spazzatura direttamente nella valigia, con i vestiti tutti aggrovigliati e attorcigliati.

«Che ne dici se te li piego io?»

«Che ne dici di lasciarmi in pace e farmi andare via?» sbotta Amber.

Faccio una smorfia e alzo le mani in segno di resa. «Se vuoi andartene, sai dov'è la porta,» dico.

Lei chiude di scatto il coperchio della valigia e tira la cerniera con fretta. Si blocca, e io mi sporgo sul letto, spostando il coperchio della valigia per sistemare la cerniera e chiuderla. «Per la cronaca, non voglio che te ne vada, ma non ho intenzione di tenerti in ostaggio.»

Amber non accenna nemmeno un sorriso. Afferra la valigia dal letto. Atterra con un tonfo pesante sul pavimento. Lei si gira per affrontarmi, e c'è fuoco nei suoi occhi. «Kyler ha detto che ti ha pagato per scoparmi! Ti va di spiegare?»

Si era trattenuta... ma la rabbia, l'odio, ora sta ribollendo tutto.

«Cosa?» chiedo, cercando di capire come abbia interpretato ciò che è stato detto, come se mio fratello mi avesse pagato per andare a letto con Amber, perché è la cosa più lontana da ciò che è accaduto realmente.

«Ti ha chiesto da quanto tempo te la scopi e poi se fosse da prima o dopo che ti ha pagato.»

Esalo un respiro, rendendomi conto di come possa essere suonato, ma lei ha frainteso tutto. «Kyler mi ha chiesto di farti vivere qui in modo che lui ed Em potessero iniziare una famiglia insieme e adattarsi alla loro nuova vita di coppia sposata.»

«Non sono ancora sposati, e questo è irrilevante,» dice lei.

«No, *questo* è il punto,» ribadisco. «Tua sorella ti ha invitata a vivere con loro, ma lui non ti voleva lì.»

Amber trasalisce alle mie parole. Non intendevo ferirla, ma è quello che è successo. È stata una mossa da stronzo da parte di Kyler? Sì, e non sto aiutando la situazione nemmeno io, con il mio tentativo di brutale onestà.

Lei sbuffa e strattona il manico della valigia, sollevandolo. «A quanto pare, entrambi i Greyson non mi vogliono intorno.»

«Non distorcere le mie parole,» dico. «Dal momento in cui mi ha chiesto di accoglierti, ero entusiasta.»

«Accogliermi? Come se fossi una specie di animale domestico adottabile o un cucciolo smarrito? Non ho bisogno della tua carità.»

Faccio un passo avanti, e lei indietreggia di un passo, ma lascia cadere la mano dal bagaglio. Voglio prenderlo come un buon segno, ma non sono sicuro che lo sia, almeno non ancora.

«Non sei nessuna di quelle cose per me o per chiunque altro,» dico. «Non puoi biasimare Kyler per volere solo la sua fidanzata e sua figlia in casa. Sono praticamente novelli sposi, che stanno cercando di capire la loro relazione.»

Lei arriccia il naso. «Se stai parlando della loro vita sessuale, che schifo.»

Ridacchio, sollevato che almeno stia prendendo tempo per ascoltarmi. «Ti ho sempre voluta, Amber. Molto prima che venissi a vivere con me. Non pensavo fosse una buona idea perché avevo una cotta per te, e tutti i miei compagni di squadra continuavano a insistere che, se avessi agito, avrei violato il *codice dei fratelli* e probabilmente rovinato le dinamiche della squadra.»

«Questa è una scusa,» dice Amber. «Tuo fratello ti ha offerto dei soldi e tu li hai presi.»

«Non li ho mai presi,» dico, avvicinandomi, la mia mano che cerca la sua. «Non ho mai voluto prenderli. Non è per questo che ti ho invitata come coinquilina. Forse lui me l'ha suggerito, ma io non te l'avrei mai chiesto senza il suo suggerimento.»

«Meraviglioso,» mormora e si sottrae al mio tocco.

«No, ascolta,» dico, cercando di spiegare. «Non volevo ferire mio fratello. E mentre non sembra sempre che tu sia vicina a Emerson, so che non vorresti nasconderle che vivi con me.»

Lei sospira. «Sì, hai ragione. Non è qualcosa che posso nascondere quando vuole inviarmi un biglietto di auguri e mi chiede il mio indirizzo.»

Ridacchio e la stringo più forte. «Ti amo.»

«Sono ancora arrabbiata con te,» dice Amber, ma la rabbia sembra dissiparsi dal suo corpo. «Avresti dovuto essere onesto. Avresti dovuto dirmi che farmi trasferire qui fosse un'idea di Kyler.»

«E rischiare che tua sorella scoprisse che lui ti stava cacciando? All'epoca, non ti conoscevo così bene.

Emerson... diciamo che mi ha già fatto il culo una volta.»

«Cosa? Sul serio? Quando?» chiede Amber, con gli occhi che si illuminano, desiderosa di sentire la storia. Le sue spalle si abbassano, e la tensione scompare.

«Quando ci siamo conosciuti, e me lo meritavo, dato che l'avevo ingannata.»

«Ingannata, come?» chiede Amber. Sgancia la mano dalla mia e fa un passo indietro ma si muove per sedersi sul bordo del letto, guardandomi. Non va da nessuna parte, almeno non ora.

Finalmente posso tirare un sospiro di sollievo. «Hai mai sentito la storia di come Kyler ha assunto tua sorella come guardia del corpo per proteggere sua figlia, Bristol?»

I suoi occhi si illuminano. «No!» esclama con una risata e mi tira la camicia, avvicinandomi a lei.

Voglio baciarla, assaporarla, godermela e mostrarle quanto significa per me, ma invece la fisso intensamente nei suoi occhi blu, osservandola, memorizzando ogni dettaglio, ogni macchia di colore nelle sue iridi... perché l'ho quasi persa.

Le mie mani premono contro il materasso, intrappolandola, torreggiando su di lei.

Lei si appoggia sui gomiti, aspettando, guardandomi, il suo respiro che esce in morbidi ansiti mentre il momento si trascina.

«Mi bacerai o no?» chiede Amber, ma non si muove. Non fa la prima mossa.

Sta esitando perché è nervosa e la porta della camera da letto è spalancata? La sua amica è nel soggiorno, che l'aspetta.

«Dipende,» dico, colmando lentamente la distanza tra noi.

Il suo respiro s'inceppa, e le sue labbra color ciliegia si schiudono. «Da cosa?»

«Hai intenzione di svuotare quella valigia?»

VENTISETTE
AMBER

GIURO che quest'uomo è un provocatore. Le sue labbra fluttuano sopra le mie. Il suo corpo non mi tocca completamente mentre mi intrappola contro il materasso, e onestamente, è il posto perfetto in cui trovarsi.

Vuole sapere cosa succederà dopo, e vorrei potergli dire facilmente che lo perdono.

Non sarebbe la cosa più semplice da fare?

«Hai intenzione di disfare quella borsa o devo farlo io per te?» Questa volta, accenna un sorriso malizioso, e giuro che le mie mutandine si bagnano all'istante.

Mi mordo il labbro inferiore. Questa danza che abbiamo fatto per mesi non è cessata dal momento in cui ci siamo baciati. Il legame tra noi è diventato solo più intenso.

Mi spaventa.

Soprattutto, perché non ho mai avuto una vera relazione. Non ho mai sentito una connessione con qualcuno come quella che ho con Jasper.

«Cucini, pulisci e disfi i bagagli? Sei davvero perfetto,» dico, guardandolo mentre mi appoggio sui gomiti, ammirando la sua fisicità. Profuma di pulito. Si è chiaramente fatto la doccia dopo la partita, e l'odore di shampoo e sapone fresco permea la sua pelle, mescolato con il suo aroma terroso.

Vorrei sollevarmi e leccargli il collo, ma non mi sento abbastanza audace per fare un gesto del genere. Non dopo la nostra lite. Ma non dicono che il sesso di riconciliazione sia il migliore?

Naturalmente, ciò implicherebbe fare sesso, e non l'abbiamo mai fatto, almeno non ancora.

«Ripetilo,» sussurra Jasper, strisciando sopra di me, ma non preme ancora il suo corpo sul mio. E io desidero disperatamente quel contatto.

Vorrei anche che la porta della camera si chiudesse da sola, dato che la mia migliore amica è appena giù per il corridoio e in qualsiasi momento potrebbe interromperci.

Mi sposto indietro in modo che tutto il mio corpo sia completamente appoggiato sul materasso e le mie gambe non pendano più dal letto.

Jasper sorride, notando il mio entusiasmo. «Dove pensi di andare?» mi stuzzica e mi afferra per i fianchi, facendomi rotolare sulla pancia.

«Jasper!» esclamo, e lui mi inchioda contro il letto. Afferrandomi le braccia, solleva i miei polsi, tenendoli sopra la mia testa.

I miei occhi si chiudono mentre sento il calore del suo corpo sfiorare il mio. Abbassa i fianchi, e giuro che quest'uomo può portarmi sull'orlo del piacere solo immobilizzandomi.

Cazzo.

Trattengo bruscamente il respiro, che già esce rauco e pesante. Se può farmi venire così facilmente, come sarà quando faremo davvero sesso? Potrei letteralmente morire.

«Non hai risposto alla mia domanda,» sussurra al mio orecchio. Il suo respiro solletica il mio collo, e io sussulto per l'improvviso contatto delle sue labbra sulla mia pelle nuda.

«Quale?» Non riesco a ricordare cosa mi abbia chiesto pochi secondi prima. La mia mente è in una nebbia, la stanza è calda, e lui sta annebbiando i miei pensieri.

Jasper ridacchia. «Onestamente, non lo ricordo nemmeno io.» Mi bacia lungo il collo e mi morde la pelle, leccando e assaporandomi mentre mi dimeno sotto di lui.

«Ti voglio,» sussurro, strusciando il sedere contro il suo membro, provocandolo a mia volta.

«Cazzo,» ringhia nel mio orecchio. Allenta la presa sulle mie braccia ma mantiene i suoi fianchi premuti contro i miei. «Manda via la tua amica.»

Solleva abbastanza i fianchi da permettermi di girarmi, ma non allenta completamente la presa su di me. E sento il suo membro premere contro i pantaloni, implorando di essere liberato. Il mio sguardo percorre il suo corpo.

«Le cose che ti farò.... non ha bisogno di sentirti gridare il mio nome.»

Sussulto, guardandolo con stupore.

Jasper si china, coprendo la mia bocca con un bacio ardente, spingendo la lingua oltre le mie labbra. Spingo i fianchi contro di lui, tirandolo più stretto e più forte. Lo voglio, lo bramo, desidero sentire la sua pelle sulla mia.

Ci sono passi nel corridoio. «Ditemi solo se devo sparire,» ridacchia Charlotte, e so senza dubbio che deve aver sentito Jasper.

«Sparisci!» Gridiamo entrambi all'unisono.

«Chiamami domani, Amber! Voglio tutti i dettagli piccanti.»

Mi copro il viso con la mano, e Jasper mi afferra il braccio, inchiodandolo nuovamente contro il materasso. La porta d'ingresso fa click, e il mio stomaco si stringe.

Siamo soli.

Mi mordo il labbro inferiore.

Jasper è sospeso sopra di me, le sue labbra mi stuzzicano, aspettando solo che io mi avvicini al suo bacio.

Il mio stomaco fa capriole, ma sono i miei nervi a far tremare la mia voce. «Voglio che tu sia il mio primo,» sussurro, guardandolo.

«E non vorrei nient'altro,» dice, spostando una ciocca di capelli dietro il mio orecchio. Mi avvicino alla sua mano, al suo calore, al suo corpo, desiderando più contatto possibile.

«Ma...?»

Temo quello che potrebbe dire, e quelle farfalle nel mio stomaco impazziscono.

Jasper scuote la testa. «Ti voglio più di quanto tu possa immaginare. Voglio che tu sia sicura, e volevo davvero portarti a un appuntamento prima di fare questo,» dice, sfiorando le sue labbra contro le mie.

Mi avvicino al suo tocco, e la sua mano sulla mia si allenta abbastanza a lungo perché io possa avvolgere le braccia intorno a lui, toccarlo ed esplorare il suo corpo. Raggiungo l'orlo della sua maglietta nera e trascino le dita sulla sua pelle.

È caldo, e più tocco i suoi fianchi, più voglio toccare ogni parte di lui. «Togliti la maglietta,» ordino.

Jasper si siede, le sue mani si uniscono alle mie mentre mi aiuta a togliergli la maglietta, gettandola sul pavimento prima di risalire lungo il mio corpo.

«Facevo sul serio riguardo all'appuntamento» sussurra contro le mie labbra, la sua bocca che sfiora il mio collo, le dita che scivolano sotto la maglia che mi ha dato, accarezzando la mia pelle nuda. Il suo tocco è leggero come una piuma e fa palpitare il mio stomaco e accelerare il mio cuore.

«I nostri orari non coincidono» dico. Non è colpa sua né mia. Lui è impegnato con la squadra, il campionato, le sue partite. Non lo biasimo per non essere disponibile per portarmi fuori. Non sarebbe giusto nei suoi confronti. «Mi accontento di quello che posso avere.» Gli sorrido.

«Ma non è abbastanza. La tua prima volta dovrebbe essere con qualcuno che ami» dice, guardandomi dall'alto. «Non solo con qualcuno che è innamorato di te.»

Il respiro mi si blocca in gola. Ha pronunciato quelle

parole prima, in fretta, nel bel mezzo del nostro litigio, e ho fatto del mio meglio per ignorarle.

Ma con il suo sguardo intenso che mi scruta, è difficile fingere che non abbia appena detto quelle parole.

«Mi conosci appena» dico, cercando di portare un po' di ragionevolezza nella conversazione. Perché io amo Jasper, ma questo sentimento mi terrorizza. Non ho mai provato niente di simile per nessuno prima d'ora, e non voglio innamorarmi perdutamente per poi farmi male.

«So che quando sei nervosa, ridi e distogli lo sguardo» dice Jasper. Mi dà un piccolo bacio sul naso. «So che ami incondizionatamente e che non ti fermi davanti a nulla per ottenere ciò che vuoi. Sei determinata.»

Mi dà un altro bacio, questa volta sulla guancia. «Sei sexy, e non ti rendi conto nemmeno di quanto sei stupenda, il che è ancora più eccitante. E mentre non mi fido di te in cucina, sei così amorevole e gentile che non prendi ciò che senti di non aver guadagnato.»

Rido, non sicura di cosa stia parlando. Mi ha inquadrata bene sul ridere quando sono nervosa, ma sostengo il suo sguardo, rifiutandomi di dargli ragione sul distoglierlo.

Si sposta verso il mio ventre, sollevando lentamente la mia maglietta intorno alla vita, il suo respiro caldo mentre bacia sopra il mio ombelico. «Ti sei guadagnata tutto ciò che hai, Amber. Meriti di essere felice, di essere amata e apprezzata.»

Centimetro dopo centimetro, solleva la mia maglietta, le sue labbra e la sua lingua che mi stuzzicano, riscaldandomi mentre mi siedo, e lui me la sfila del tutto, lasciandola cadere a terra con un tonfo.

«Niente reggiseno?» sorride, e io ridacchio.

«Nemmeno le mutandine» dico, e afferro la sua mano, guidando le sue dita sotto la cintura dei miei pantaloni, lasciandogli scoprire la verità da solo.

I suoi occhi si spalancano e il sorriso sul suo viso si allarga. «Se l'avessi saputo, mi sarei fatto espellere dalla partita molto prima» sussurra Jasper e copre le mie labbra, la sua lingua che spinge nella mia bocca.

Ci rotoliamo con me sopra, mentre sollevo i fianchi e mi tolgo i pantaloni.

«Calma, tigre» dice, facendomi rotolare sulla schiena. «Non ho fretta, e tu?» Jasper solleva i fianchi e si toglie i pantaloni e i boxer, e io trattengo bruscamente il respiro.

Mi tiene inchiodata contro il materasso, i suoi fianchi sopra i miei, provocandomi. Più lo guardo dall'alto, più i miei nervi iniziano a riaffiorare.

Non mi aspetto che abbia atteso di incontrare me per la sua prima volta, ma non posso fare a meno di preoccuparmi di quante ragazze abbia avuto prima. E se non facessi qualcosa nel modo giusto? O peggio, se non gli piacesse fare sesso con me?

Il suo pollice mi sfiora la guancia e traccia un dolce percorso lungo il mio labbro inferiore, liberandolo dai miei denti. «Parlami» sussurra, guardandomi.

È caldo, e i suoi occhi brillano di malizia, e tutto ciò a cui riesco a pensare è: e se fossi pessima in questo, e lui lo odiasse?

«Sono nervosa» ammetto, sperando che esprimendo le mie paure, in qualche modo, possa superarle, e lui possa aiutarmi a uscire dalla mia testa.

«Sono solo io» dice Jasper e si gira sul materasso. Mi attira a sé mentre siamo sdraiati su un fianco, guardandoci negli occhi. La sua mano traccia morbidi cerchi sul mio fianco. «Possiamo aspettare quanto hai bisogno. Se non sei pronta...» Si muove per sedersi sul letto, e io gli afferro il braccio. Il suo bicipite è enorme, e lui sorride quando mi vede fissarlo.

«E se fossi scarsa a letto?»

Lui ridacchia e si siede, le sue dita che si intrecciano nei miei capelli, accarezzandomi la testa. «*Tesoro*, non potresti essere scarsa a letto. Fidati di me, e se anche fossi la peggiore in assoluto, allora ti prometto che dovremo solo continuare a provare per renderlo migliore. La prima volta è sempre imbarazzante, comunque.»

«Intendi la prima volta in assoluto, o solo la prima volta con un nuovo partner?»

«Hai paura di dire vergine?» chiede Jasper, inclinando la testa verso di me. «Non è una parola sporca. Non c'è nulla di vergognoso o imbarazzante in questo.»

«Ho vent'anni!»

Lui si limita a scrollare le spalle. «E se non sei pronta, possiamo aspettare fino a quando avrai ventuno o ventidue anni.»

«Sono nuda nel tuo letto. Penso di essere pronta» ribatto. Sta cercando di farmi morire di imbarazzo?

«Pensi?» chiede, le sue dita che tracciano un percorso delicato sulle mie braccia. «Ho bisogno di sentire il tuo consenso entusiasta.»

Chiudo gli occhi e mi avvicino. «Voglio che mi scopi, Jasper.»

«Guardami negli occhi e dillo di nuovo» sussurra, e posso sentire il calore che si irradia da noi come un vulcano sul punto di esplodere.

Mi sposto sul materasso, salendo su Jasper e mettendomi a cavalcioni. Guardandolo negli occhi, sussurro: «Voglio che mi scopi, Jasper.»

Le sue mani si posano sui miei fianchi, e lui sorride, facendoci rotolare. «Dimmi se cambi idea» dice, e mi è addosso come un leone in calore. La sua bocca sulla mia, il suo corpo rannicchiato contro di me. Allunga la mano verso il comodino per prendere un preservativo, lasciando la bustina sul materasso accanto a noi per quando sarà pronto.

«Non lo farò.»

Si allontana, e un'espressione accigliata attraversa il suo volto. «Non vuoi dirmelo?»

«Non cambierò idea» dico.

«Dimmi se c'è qualcosa che non ti piace o che non vuoi che io faccia» sussurra, baciando un sentiero lungo la mia pelle nuda. Si sistema tra le mie cosce, e questa volta, non lo fermo. Voglio questo con lui, esplorare e scoprire cosa mi piace.

Come posso saperlo senza averlo mai sperimentato?

Sono sicura di essere arrossita. La stanza è calda, e distolgo lo sguardo mentre lui fissa la mia intimità.

«Guardami» sussurra, e io inspiro nervosamente e incontro il suo sguardo.

Sembra che stia guardando direttamente nella mia anima. Non distoglie lo sguardo, nemmeno per un istante.

Le sue dita guidano le mie labbra ad aprirsi, e io sussulto solo per il contatto. È dolce ma deciso mentre traccia un percorso delicato lungo le mie pieghe. «Ecco la mia brava ragazza» mi loda.

Ansimo, il mio respiro esce in lievi sussulti mentre mi adagio meglio sul materasso e allargo di più le gambe per lui. Voglio che mi tocchi.

Sorride e avvicina le labbra alla mia intimità. «Ora ti bacerò e ti leccherò» dice. «Lo vuoi?»

«Sì...» sussurro, e la stanza sembra girare nel momento in cui la sua lingua scivola lungo la mia fessura. Si immerge nella mia umidità e traccia un percorso attorno al mio clitoride, stuzzicandomi.

Le mie dita si intrecciano nei suoi capelli, e fatico a mantenere gli occhi su di lui mentre si chiudono. La sua lingua stuzzica il mio clitoride, e lui fa scivolare un dito nel mio calore, accarezzandomi e provocandomi.

Già mi sto stringendo intorno a lui, il mio interno comincia a tremare per il contatto e il calore che mi inonda.

«Quante dita usi quando ti tocchi?» chiede.

Stringo le labbra.

«Amber?» Si allontana, e io gemo in segno di protesta. «Non diventare timida proprio ora.» Ridacchia mentre mi accarezza con un dito.

«Le tue dita sono più grandi delle mie» replico, come se non fosse un paragone equo.

«Una? Due? Tre?»

Chiudo gli occhi ma alzo due dita.

«Brava ragazza» dice e continua ad accarezzarmi con un dito. Mi stuzzica il clitoride con la lingua e poi fa scivolare un secondo dito nel mio calore.

Gemo per l'iniziale dilatazione e sento come mi riempie. Le sue dita sono più spesse delle mie. Non c'è nemmeno paragone, la mia testa si inclina all'indietro e la schiena si inarca, mentre desidero di averne di più.

Jasper continua ad accarezzarmi, curvando le dita dentro di me, provocandomi. Piego le gambe e gli offro più accesso. «Voglio il tuo cazzo» dico, quando finalmente riesco ad accogliere le sue due dita.

«Che ne dici di un altro dito» mi provoca, risalendo sul mio corpo, baciandomi mentre guida un terzo dito dentro la mia intimità.

I miei occhi si chiudono mentre mi dilata, e la mia bocca si spalanca per il dolore iniziale, ma è piacevole.

Mi sollevo dal materasso, i miei fianchi lavorano a ritmo contro la sua mano, desiderando che mi scopi. Sono senza fiato per le sensazioni che mi attraversano. Il suo pollice circonda il mio clitoride mentre le sue dita sono sepolte in profondità dentro di me, stuzzicandomi e spingendomi verso il limite.

I primi leggeri tremori mi attraversano, e il mio respiro si blocca in gola.

«Non trattenerti. Vieni per me» ordina.

Le sue dita ripetono gli stessi movimenti, e il dolore iniziale ora è piacere mentre il mio interno si stringe attorno alle sue dita, spremendole e stringendole.

Il calore si irradia mentre il mio corpo formicola e trema sotto il suo tocco. Le mie dita dei piedi si arricciano, e la mia schiena si solleva dal materasso. Come un'esplosione, i miei occhi sono chiusi, eppure vedo fuochi d'artificio.

Jasper ritira le dita mentre prende il preservativo sul letto. Mi mostra il pacchetto di alluminio. «Vuoi un altro round?» chiede.

Il suo cazzo minaccia di esplodere per l'eccitazione, ma lui non sembra volere portare l'attenzione su di sé: è tutto concentrato su di me.

Allungo la mano tra di noi. Le mie dita sfiorano la punta della sua erezione, e lui ansima tra i denti serrati. «Ho bisogno di una conferma verbale» dice.

«Cosa sei, il mio dottore?» scherzo, e quando lui sta ancora aspettando, annuisco. Per un uomo con così poca pazienza sul ghiaccio, la quantità che concede in camera da letto è impressionante. «Sì, voglio che mi scopi, Jasper. Ora vieni qui e smettila di stuzzicarmi.»

«Come desideri» dice con un sorriso e strappa la bustina di alluminio, rivestendo la sua erezione.

Osservo con tutti i sensi amplificati, assorbendo tutto mentre si posiziona al mio ingresso. Mi sta stuzzicando, trascinando la punta del suo cazzo lungo la mia fessura.

«Cazzo» ringhio e allungo la mano tra noi per il suo cazzo. Prima che possa afferrarlo, lui scivola dentro di me, centimetro per centimetro.

«Piega di più le ginocchia» mi ordina, e faccio come mi viene detto mentre lui mi riempie.

Il gemito che mi sfugge dalle labbra sorprende persino me. Jasper guarda in basso, concentrandosi. Le sue braccia sono posizionate su entrambi i lati del letto, premute contro il materasso mentre si infila più in profondità dentro di me. Non si muove, e posso percepire la forza e la concentrazione che gli serve per non lasciarsi andare.

Sfiora lentamente le mie labbra, assaggiandomi mentre mi adatto alle sue dimensioni. «Stai bene?» sussurra, guardandomi, aspettando che risponda.

Mi ci vuole un secondo per rispondere poiché il sangue sembra essere defluito dalla mia testa. «Sì,» dico e annuisco.

Le sue labbra sono di nuovo sulle mie con baci ardenti mentre spinge il bacino contro di me e poi inizia a spingere. Si sta prendendo il suo tempo, il suo sguardo teso e concentrato su di me.

Con ogni spinta superficiale, il mio respiro diventa più pronunciato, e avvolgo le gambe attorno a lui, tirandolo più in profondità e più stretto, volendolo sentire su di me.

«Cazzo,» geme.

Le mie mani sono irrequiete, artigliano la sua schiena, il suo sedere, toccano ogni centimetro di lui. Mi aggrappo a Jasper come se fosse la superficie dell'oceano e io stessi annegando nel profondo mare blu.

Percepisco che è vicino. I suoi respiri sono più bruschi. I suoi gemiti riecheggiano nell'aria mentre il sudore brilla sulla sua fronte. La sua fronte si corruga, e posso sentirlo gonfiarsi mentre tremo sotto di lui.

«Vieni con me,» sussurra con voce roca nel mio orecchio, e la sua mano scivola tra noi ad ogni spinta, stuzzicando il mio clitoride.

L'aria abbandona i miei polmoni, il respiro mi viene rubato mentre il mio interno si stringe attorno al suo cazzo, prosciugandolo, rubandogli tutto ciò che ha, e rendendolo mio.

Le mie dita dei piedi si arricciano, e la mia schiena si inarca sollevandosi dal materasso, mentre mi intreccio con lui, aggrappandomi al suo corpo come se fosse il mio salvagente.

Tremo e sussulto, l'orgasmo mi attraversa violentemente. Il suo corpo sopra il mio porta una consapevolezza nuova ed accentuata, un calore che mi avvolge come mai prima, mentre lui crolla sopra di me.

Jasper si sfila, scende e rimuove il preservativo mentre si dirige verso il bagno.

Sto ancora ansimando mentre mi giro su un fianco, osservandolo da lontano. «Il sesso è sempre così bello?» chiedo, respirando affannosamente, il cuore che ancora batte forte nel petto.

«La maggior parte delle volte.» Ridacchia e si china, posando un bacio sulle mie labbra. Le sue dita si intrecciano nei miei capelli, attirando la mia bocca più vicino. «Diventerà ancora migliore.»

Il mio sguardo si fa più intenso mentre analizzo troppo le sue parole. «Cosa intendi con migliore?» Non riesco a immaginare un sesso migliore di quello che abbiamo appena vissuto, a meno che non abbia fatto qualcosa di sbagliato. «Aspetta, è stato brutto per te?» Mi siedo sul letto, tirando le coperte intorno a me.

«Ho fatto sesso pessimo solo una o due volte,» confessa e si arrampica sul materasso. Si stende accanto a me, tirando via le coperte dai miei fianchi per avere un po' di lenzuolo.

«Questa è stata una di quelle volte?» La mia voce si blocca in gola, e sto cercando di non farmi prendere dal panico, ma la sua risposta ha fatto accelerare il mio cuore e la mia mente sta andando a mille.

«Certo che no.» Mi tira giù per sdraiarsi con me, facendomi rotolare sulla schiena e inchiodandomi sotto di lui. «Ti prometto che sarà sempre fantastico.»

«Non puoi fare questo tipo di promesse,» dico con una risata nervosa.

«Certo che posso. Siamo io e te. Tu sei la ragazza più sexy del mondo e, beh, io stesso sono dannatamente sexy.»

Mi avvicino, baciando Jasper. «Mi piace come sei sicuro della tua bellezza,» dico, sorridendogli.

Si rotola sulla schiena, tirandomi con sé, le sue braccia avvolte attorno alla mia vita mentre una delle mie gambe si appoggia sulla sua. «Sono più sicuro della tua,» dice. «Sai che già quando ti ho vista la prima volta al bar, sapevo che ti volevo?»

«Cosa?» Rido. «Quando sono arrivata dopo la tua partita?» Avevo già una cotta per lui da mesi, non che gli avrei mai confessato quel segreto imbarazzante, di quando lo seguivo online.

«No, la prima volta. Ricordi quell'appuntamento che hai avuto al bar?»

I miei occhi si spalancano, e li chiudo stretti come se questo potesse liberarmi dal ricordo di Tripp, che era davvero un disastro. «Vorrei tanto poterlo dimenticare.»

Jasper ridacchia. «Allora mi scuso per averlo menzionato, ma è stata quella notte, quando ti osservavo al bar, continuavo a chiedermi se fosse il tuo ragazzo o solo un appuntamento, finché non mi sei venuta addosso nel corridoio implorandomi di aiutarti.»

«Non ho implorato.»

«Oh, hai implorato,» ribatte Jasper. «È stato carino e piuttosto adorabile in un modo tipo "salvami".» Mi stringe più forte contro di lui, tenendomi tra le sue braccia.

Mi rilasso e ridacchio, sorridendo al ricordo di quando ho incontrato Jasper per la prima volta. «Non sapevo che avessi un complesso da eroe.»

Jasper mi fissa. «Non ce l'ho...» sussurra, ma posso dire che ci sta riflettendo. «Ma ammetto che posso essere geloso a volte.»

«Come con Atlas?»

«È uno stronzo. E la mia gelosia è giustificata al cento per cento con *lui*. Mi ha rubato la mia prima ragazza quando avevamo tredici anni.»

Non mi ero resa conto che il loro odio risalisse così indietro nel tempo. In effetti, non ero stata del tutto sicura che si conoscessero. Sapevo che Knox giocava per la loro squadra rivale, ma non ero sicura di come conoscesse Atlas. «Sul serio?»

«Cerco di non portare rancore,» dice e mi strofina il collo, il suo respiro caldo che mi manda un'altra ondata di brividi in tutto il corpo. «Soprattutto perché ho te. E credimi quando dico che sei un milione di volte più sexy di quanto lo sia mai stata lei.»

Sorridendo, scuoto la testa. «Era anche una ragazzina. Non la vedi da anni. Potrebbe essere cresciuta.»

«È una puck bunny, e credimi, tu sei senza dubbio la donna più sexy vivente.»

Aspetta. Faccio una faccia disgustata. «Significa che sei attratto da una persona morta? C'è qualcosa che non mi stai dicendo?»

Il suo corpo vibra dalle risate mentre mi fa rotolare sulla schiena, e le sue dita sfiorano leggermente i miei fianchi. Mi dimeno al suo tocco, e lui alza un sopracciglio, rendendosi conto di cosa significa.

«Qualcuno soffre il solletico,» dice, guardandomi mentre cerco di allontanarmi mentre lui mi immobilizza sul materasso. Ma onestamente non mi dispiace. Mi contorco, cercando di liberarmi, e il suo cellulare suona, salvandomi da ulteriori torture agonizzanti, che sto apprezzando un po' troppo.

Prende il telefono dal comodino, guardando il nome sullo schermo. «È mio fratello,» brontola e rifiuta la chiamata.

«Non gli parlerai mai più? Perché sarà difficile da fare dato che giochi a hockey con lui praticamente ogni giorno.»

«Non tutti i giorni, e sì, litighiamo. E con questo?» dice con noncuranza, mettendosi seduto sul letto.

Il telefono squilla di nuovo.

«È persistente,» dico.

«Vuoi rispondere tu?» mi chiede, spingendo il telefono verso di me.

Alzo le spalle e premo accetta. «Jasper è un po' occupato in questo momento,» rispondo, senza nemmeno offrire un caloroso saluto o un semplice ciao.

Sento un leggero sospiro femminile. «Non stavo chiamando per Jasper,» dice Emerson. «Cercavo te. Non hai risposto al tuo telefono. Ho pensato di provare a chiamare il tuo coinquilino.»

Jasper mi sta osservando attentamente. «Devi dire a mio fratello che può succhiarmi il...» Gli copro le labbra con la mano.

«È mia sorella,» dico a Jasper, fulminandolo con lo sguardo per fargli capire di tenere a freno la bocca e il tono.

I suoi occhi si illuminano e le sue spalle si rilassano. «Oh, beh, allora dille che la saluto e che il suo fidanzato è un...»

Afferro il cuscino più vicino e lo colpisco per zittirlo.

«Non mi hai appena colpito con un cuscino,» dice Jasper impassibile.

Emerson si schiarisce la gola. «Devo lasciarti? Sembri occupata con il tuo coinquilino.» Il modo in cui continua a chiamare Jasper il mio coinquilino mi sta dando fastidio, come una puntura di zanzara che non smette di prudere.

Jasper si mette seduto sul letto, osservandomi attentamente.

«Senti,» dico e stringo le labbra, cercando di decidere come formulare la cosa senza fare una figuraccia davanti a Jasper.

«STIAMO INSIEME!» urla Jasper, facendolo sapere senza la minima traccia di senso di colpa sul viso. Il suo tono si abbassa, ma è ancora fastidiosamente alto. «Mi ha sentito?»

Sbuffo. «Certo che ti ha sentito. Credo che metà del condominio ti abbia sentito.»

«Solo metà? Dovrei andare sul balcone e gridarlo a tutta la città?» chiede Jasper. Muove le sopracciglia in modo ammiccante, e io cerco di afferrare il cuscino. Ma lui è più veloce di me e lo afferra prima che io possa reagire. D'altronde, lui ha due mani libere, mentre io sto ancora tenendo il suo cellulare con la mano destra. È in vantaggio.

«Beh, sono felice per voi, ma... posso parlargli?»

Inspiro profondamente dal naso. «Perché?» chiedo. Sono riluttante a passare il telefono. Sta per fargli il discorso da "sono la sorella maggiore, se le fai del male ti ammazzo"?

«Jasper e Kyler devono fare pace. Non possiamo permettere che questo influisca sui loro allenamenti o sulla partita.»

«Cosa proponi?» chiedo.

«Chi sta facendo una proposta?» chiede Jasper. «Hai intenzione di chiedermi di sposarti? Perché penso che dovrei essere io a chiedertelo.»

Gli strappo il cuscino dalle mani. «Vai a prepararti per dormire,» dico indicando il bagno. È ancora nudo dopo i nostri precedenti festeggiamenti, come lo sono io, cosa che non mi dispiace, ma sto cercando di impedirgli di sentire qualunque cosa mia sorella stia tramando.

«Va bene, ma se mi stai facendo una proposta, mi aspetto fiori, un anello, e che ti metta in ginocchio. Voglio il pacchetto completo, *tesoro*.» Scende dal letto e io alzo gli occhi al cielo, guardandolo mentre si avvia verso il bagno, regalandomi una bella vista del suo sedere. Sono abbastanza sicura che lo faccia apposta.

E non mi sbaglio né rimango delusa perché, quando si gira, mi manda un bacio prima di chiudere la porta del bagno. Sento l'acqua scorrere e presumo che si stia lavando i denti. Non ha portato vestiti in bagno, il che significa che tra un minuto o due sarà di nuovo in camera, e non avrò molto tempo per parlare con Emerson in privato.

«Fai in fretta,» dico. «Ora è fuori portata d'orecchio.»

«I ragazzi sono liberi domani. Tu porta Jasper a casa nostra, e faremo in modo che entrambi si scusino e facciano pace.»

«E se lui non accettasse?» chiedo. Non so come convincerlo ad accompagnarmi a casa di Kyler, se stanno ancora litigando.

«Usa il tuo fascino femminile. Ha reso perfettamente chiaro che prova qualcosa per te.»

Faccio una smorfia. «Hai sentito?»

«Come avete detto, tutti gli appartamenti intorno a voi l'hanno sentito. È rumoroso, e se è come Kyler, non lascerà andare questa faida con suo fratello. Fai quello che devi, ma non mandare tutto all'aria.»

Sbuffo sottovoce. «Non è colpa mia.»

«Stanno litigando per te. Jasper non ha giocato al meglio sul ghiaccio stasera, e secondo Kyler, è stato distratto in diverse partite a cui hai assistito di recente.»

Scendo dal materasso e attraverso il pavimento a grandi passi, aprendo con uno strattone uno dei cassetti del comò di Jasper. Tiro fuori una maglietta e me la infilo mentre Emerson si sfoga con me come se fosse colpa mia. E non lo è.

«Non dovrei andare alle sue partite?»

La porta del bagno si spalanca e Jasper ha il viso accigliato. «Dammi il telefono.» Tende la mano, aspettando che lo depositi nel suo palmo.

«Quanto hai sentito?» chiedo, fissandolo. È irremovibile e fa un passo avanti.

Cedo il telefono, che dopotutto è il suo, e faccio un passo indietro. Il calore che Jasper irradia è travolgente.

«Perché stai dicendo alla mia ragazza che non può assistere alle mie partite?» Una mano è chiusa a pugno, ma il suo tono rimane più civile di quanto mi sarei aspettata. Sta cercando di mantenere la calma. Forse pensa che non dovrebbe urlare a una signora. Beh, mia sorella si merita una lavata di capo se pensa di avere voce in capitolo sulla mia relazione con Jasper.

VENTOTTO
JASPER

NON HO alcuna intenzione di origliare quando Amber mi manda in bagno per prepararmi per la notte. È chiaro che vuole parlare da sola con sua sorella, e posso darle quello spazio. Mi fido di lei e, inoltre, sta parlando con sua sorella, non con Atlas Storm.

Ma quando la sento con voce sconfitta dire: «Non dovrei andare alle sue partite?» mi ribolle il sangue dentro.

Mi sono lavato i denti. Ho fissato il mio riflesso nello specchio per troppo tempo. Stavo cercando di farmi gli affari miei, davvero, ma non mi piace come la sorella di Amber la sta trattando.

«Dammi il telefono,» ordino, e se non me lo consegnerà entro un secondo, glielo prenderò. Sto cercando di rimanere calmo e paziente, ma non mi piace l'idea che Emerson si intrometta nella nostra relazione, dove non dovrebbe.

Non ho mai giudicato lei e Kyler con le loro strane manie relazionali. Chi diavolo finge di stare insieme e mente alla propria figlia sulla loro relazione? Ho tenuto i miei pensieri per me su questa questione, che è esattamente dove Emerson deve tenere le sue opinioni: fuori dalle nostre vite.

«Quanto hai sentito?» Amber ha quel tic nervoso di quando si morde il labbro inferiore. Invado il suo spazio personale, pronto a prendere il telefono quando lo mette nel mio palmo.

«Perché stai dicendo alla mia ragazza che non può assistere alle mie partite?» Sto ribollendo di rabbia. Il fatto che Emerson pensi di poter comandare Amber è folle.

«È una distrazione. Kyler mi ha raccontato come stai litigando di più con gli avversari, venendo espulso dalle partite, non solo mandato in panchina .»

Scherzo alle sue parole. «È hockey. Le risse scoppiano continuamente,» dico con noncuranza. Non sa di cosa sta parlando. Amber non era nemmeno presente alle ultime partite perché erano fuori stato. Ho giocato male anche in North Carolina.

«Questa è una scusa, e lo sai benissimo,» dice lei.

Amber si sta mordendo il labbro inferiore fino a scorticarlo, e tendo la mano, passando il pollice sul suo labbro mentre lei lo libera dai denti. «Tu e il tuo fidanzato non detterete legge nella mia vita o in quella di Amber.»

«Lo sto facendo per te,» dice Emerson. «Puoi onestamente dirmi che ultimamente la tua testa è stata concentrata sul gioco?»

Non sa di cosa sta parlando, e nemmeno Kyler, che probabilmente le ha riempito la testa di sciocchezze.

«La mia testa è esattamente dove deve stare, e così il mio cuore, nel caso a te o a mio fratello importi qualcosa.»

«Non sto cercando di litigare con te,» dice Emerson.

«Beh, mi avresti ingannato.» Mi mordo la lingua. È come camminare su ghiaccio sottile, e posso sentire il terreno sotto i miei piedi incrinarsi e muoversi proprio prima di precipitare nell'acqua gelida sottostante.

«Sto cercando di proteggere entrambi. Lei non ha mai avuto un fidanzato. Come pensi che gestirà i media quando verranno a fare a pezzi le vostre vite, desiderosi di conoscere ogni succoso dettaglio?»

A differenza di Kyler, che ha sempre cercato l'attenzione dei media, io preferisco non essere in prima pagina nella sezione sportiva.

Gli occhi di Amber sono tristi mentre mi guarda. Sta tirando l'orlo della maglietta che indossa, *la mia maglietta*. Con una mano, afferro le sue dita, intrecciandole mentre parlo con Emerson al telefono. «Lo so. Troveremo una soluzione insieme. Non hai bisogno di proteggere la tua sorellina.»

«Non sono piccola,» protesta Amber, alzandosi in punta di piedi per assicurarsi che sua sorella possa sentirla al telefono.

Non è certamente piccola, ma io sono alto un metro e ottantotto, e Amber è poco più di un metro e cinquanta. La sua tenacia è adorabile, e mi chino, posando un bacio sul suo naso. «Ho finito di parlarne. È tardi. Andiamo a dormire.» Chiudo la chiamata e silenzio il mio telefono, non volendo essere interrotto.

«E ora capisci perché non sono particolarmente vicina a mia sorella,» dice Amber, afflosciandosi sul bordo del materasso.

«Ti sta proteggendo, ma sta esagerando un po' con la sua iperprotezione,» dico, concordando con Amber che Em deve farsi gli affari suoi su questo punto.

«Questo è un eufemismo.»

«Vuoi fare una doccia?» chiedo. È già nella mia maglietta per dormire, ma dopo il nostro piccolo divertimento tra le lenzuola, forse dovremi farmene un'altra anche io e mi darebbe l'opportunità di realizzare una delle mie tante fantasie che la riguardano.

Sorridendo, inclina la testa di lato. «Stai cercando di farmi spogliare? Perché sta funzionando.»

«A me sembri ancora piuttosto vestita,» dico e afferro l'orlo della maglietta che indossa. Lei alza le braccia, e lascio che le mie dita danzino sui suoi fianchi e sui lati mentre gradualmente sfilo il tessuto sopra la sua testa. Lancio la maglietta scartata sul pavimento. «Così va meglio.»

Le mie dita vagano sul suo fondoschiena. «Quanto ti fa male?» chiedo, sospettando che possa ancora soffrire per ciò che abbiamo fatto prima.

«Pulsa,» ride nel mio collo, «penso che mi hai fatto venire un livido.»

«Merda.» Mi irrigidisco e passo una mano tra i capelli. Le mie dita scivolano sulla sua schiena mentre mi allontano leggermente per incontrare il suo sguardo. «Devi dirmi se vado troppo veloce o sono troppo rude con te.»

«Sto scherzando,» dice Amber, e le sue dita mi stuzzicano lungo lo stomaco. Il mio cazzo si risveglia. «È stato perfetto, ma sono un po' dolorante laggiù.»

«Che ne dici se facciamo solo una doccia, ci laviamo e ci rannicchiamo insieme a letto?» suggerisco, sfiorando il suo collo con le labbra.

«Mi sembra una buona idea, ma se continui a baciare quel punto e a fare quella cosa con la lingua, mi farai bagnare prima ancora di entrare nella doccia.»

Gemo alle sue parole. Mi ucciderà con i suoi discorsi sexy, ma almeno morirò felice.

————

«Dove stiamo andando?» chiedo mentre mi trascina verso la metropolitana, senza darmi il minimo indizio sulla nostra destinazione.

«Non posso dirlo.» Il sorriso sul suo viso è larghissimo, e non posso fare a meno di chiedermi cosa stia tramando.

«Un appuntamento?» Sono speranzoso. È il mio giorno libero, il primo dopo parecchio tempo. Anche se ho passato la mattinata nella palestra del palazzo, non ho dovuto vedermi con la squadra per allenamenti o esercitazioni.

La sua lingua spunta all'angolo delle labbra, e vorrei baciarla e assaporarla, far sapere al mondo che è *mia*.

Ma le parole che sua sorella maggiore ha detto continuano a risuonarmi in testa, e ha ragione. Amber non è mai stata in una relazione, e il suo primo vero fidanzato è sotto i riflettori. Voglio proteggerla dall'attenzione indesiderata, prendermi cura di lei come la piccola colomba innocente che è. Tuttavia, nascondere la nostra relazione dai media e dalle notizie renderebbe tutto ancora più drammatico.

Le prendo la mano, stringendola. «Lo sai che frequentarmi implica dire addio all'anonimato. Una foto pubblicata sui social e tutti spettegoleranno su di noi,» dico, sporgendomi e urtando il suo braccio con il mio.

Ho bisogno di sapere che le vada bene quella parte della mia vita. Non è sempre rose e fiori.

«Lasciali parlare.» Si alza sulle punte dei piedi e mi bacia. «Non ho nulla da nascondere.»

«Bene, allora puoi dirmi dove stiamo andando,» dico mentre mi conduce giù per le scale della stazione della metropolitana. Attraversiamo il tornello, e lei dà un'occhiata alla mappa prima di guidarmi verso la banchina giusta.

«A patto che tu mi dica cosa c'è in quella borsa che hai nascosto sotto il letto.» Sorride con aria fin troppo consapevole.

Ha dato un'occhiata dentro e ha visto il vestito che le ho comprato?

Non gliel'ho ancora dato, principalmente perché non sopporto l'idea che un altro uomo posi gli occhi su di lei mentre lo indossa.

«Hai guardato nella borsa?» chiedo.

«No, rispetto i tuoi spazi.»

«Ma sapevi che la borsa è sotto il mio letto.»

Il suo naso si increspa quando ride e distoglie lo sguardo, colpevole e beccata in pieno. Suppongo che non mi dirà dove mi sta portando. Conoscendo Amber, probabilmente farà un lungo giro tortuoso per confondermi.

Quando ci avviciniamo alla banchina e riconosco il treno che stiamo prendendo, sento un peso nello stomaco. «Stiamo andando a casa di Kyler, vero?» chiedo, fissando Amber.

Stringe le labbra, indecisa se rispondere.

«Dannazione,» borbotto. «Non andrò là per scusarmi.»

«Lo so. Siete entrambi troppo orgogliosi,» dice, e apro la bocca per correggerla dicendo che lui potrà anche essere orgoglioso, ma io ho ragione. Mi mette un dito sulle labbra. «Andiamo solo a pranzo.

Inoltre, quando è stata l'ultima volta che hai fatto visita a tua nipote?»

«Non posso credere che tu stia tirando in ballo Bristol.»

Il primo treno si avvicina, ma non è quello che dobbiamo prendere. Il nostro è a pochi minuti di distanza. «C'è qualche possibilità che tu voglia esplorare la città? Potremmo andare al museo d'arte o prendere dei biglietti per uno spettacolo?» Sono disposto a fare qualsiasi altra cosa in questo momento.

«Allettante, ma ho già dei piani, e i tuoi compagni di squadra passeranno tra un paio d'ore per un barbecue.»

Questa è una sorpresa migliore. «Lo ha organizzato Kyler?» chiedo, sperando che invece si tenga a casa di uno degli altri ragazzi e che mio fratello maggiore salti l'evento.

«Sì, e ci andiamo prima per aiutare con la preparazione del cibo e per permettere a voi due di risolvere le vostre divergenze.»

«Divergenze? Se intendi Kyler che si intromette e

ficca il naso dove non dovrebbe, allora certo, purché si scusi con entrambi.»

«Si scusi con entrambi,» ripete Amber lentamente. «Io non sono arrabbiata con lui.»

Dovrebbe essere furiosa, e se sapesse la metà delle stronzate che sono state dette, sarebbe ancora più arrabbiata, ma non voglio che quella ostilità sia rivolta a me.

Non aggiungo altro. Non ha senso causare ferite o creare una frattura più grande tra tutti noi. Non sono entusiasta che Amber abbia organizzato questo incontro alle mie spalle, ma so che sta cercando di fare la cosa giusta.

E se non dovesse funzionare, dovrò vedermela con lui all'allenamento domani. Almeno, potrò sfogare la frustrazione e la rabbia repressa sul ghiaccio.

«Se è Kyler che ospita il barbecue, significa che non potrò portarti a quel tanto atteso appuntamento romantico di stasera.» Non voglio ammettere di essere deluso. Voglio portare Amber fuori e farle sperimentare cosa significa essere la mia ragazza. Basta questo "nascondersi-dietro-le-porte-chiuse".

«Possiamo uscire dopo la festa con la squadra. Prendere un dessert o qualcosa quando avremo socializzato abbastanza.»

Non sono sicuro che i ragazzi mi lasceranno andare via presto, ma domani è giorno di allenamento, quindi non staranno fuori fino alle prime ore del mattino. E la festa è a casa di mio fratello, che ha una bambina. Probabilmente ci caccerà tutti entro le nove.

Le cingo la vita da dietro, le mie labbra che le stuzzicano il collo mentre le sposto i lunghi capelli di lato. «Voglio più di un dessert con te,» dico.

Lei ridacchia e si gira nel mio abbraccio. «Mi piace come suona.» Si alza sulle punte dei piedi e mi dà un bacio sulle labbra. «Il treno sta arrivando.»

Quando arriviamo a casa di mio fratello, la sua risata contagiosa ha migliorato il mio umore, e non sono più stressato o spaventato all'idea di affrontare Kyler.

Premo il campanello del cancello elettrico e aspetto che qualcuno ci faccia entrare. Anche se conosco il codice, il fatto che mio fratello e io non siamo in buoni rapporti significa che non voglio presentarmi senza invito.

«Hai mai scalato una di queste?» Indico con il pollice la recinzione metallica, sorridendo ad Amber.

«No, e non ho intenzione di farlo» dice lei con un sorrisetto. «Ma ti sfido a farlo tu.»

Beh, in questo caso, non posso dire di no, né voglio farlo.

Mi assicuro di non arrampicarmi sul cancello di guardia a causa delle punte a freccia sulla sommità. Non ha senso rischiare una manovra che potrebbe mettermi fuori combattimento per un po'.

La voce di Kyler rimbomba attraverso il sistema di interfono, e non sembra minimamente contento di vederci. «Che diavolo sta facendo mio fratello?»

«Si sta invitando a entrare da solo» interviene Amber.

«Sai che non mi tiro mai indietro davanti a una sfida» replico, saltando giù all'interno del cortile recintato.

«Giuro, se ti fai male prima della nostra prossima partita...» mormora Kyler e preme il pulsante per sbloccare la serratura, aprendo il cancello.

Amber sgattaiola dentro attraverso il vialetto, dove il cancello è aperto.

Ci dirigiamo verso l'ingresso principale, e la porta si spalanca. «Zio Jasper!» strilla Bristol, e mentre entriamo, si lancia su di me come un giocatore di football che placca un avversario. Solo che non lo sta facendo per abbattermi. Questa è la sua versione giocosa di saluto.

«È passato un po' di tempo, piccola» dico e la sollevo tra le braccia, abbracciandola.

«Papà dice che ti sei cacciato nei guai. È arrabbiato con te.»

Non ho ancora visto Kyler, ma è a casa, considerando che ha risposto al cancello. Anche se suppongo che avrebbe potuto farlo anche a distanza da un altro luogo.

«Dov'è tuo padre?» chiedo.

Lei alza le spalle e si dimena per scendere. Le appoggio i piedi saldamente sul pavimento prima di lasciarla andare. Bristol si precipita attraverso il corridoio verso la cucina. «Sono arrivati!» strilla con gioia.

Mi tolgo le scarpe e offro una mano ad Amber mentre rimuove anche le sue, nell'ingresso, prima che ci dirigiamo insieme verso la cucina.

Le sorrido. Oggi è un po' diverso dalla prima volta che siamo entrati insieme in questa casa. Ci conoscevamo appena ma eravamo venuti per dare supporto a Kyler nel fare la proposta di matrimonio.

Lo sguardo di Amber è su di me, un sorriso le tira l'angolo delle labbra. «Dovremmo prenderli in giro.»

«Cosa hai in mente?» Sono pronto a prendere in giro Kyler ogni volta che ne ho l'opportunità.

«Dovremmo dire loro che siamo fidanzati» dice e mi colpisce giocosamente sul petto. Afferro la sua mano, intrecciando le nostre dita.

«*Tesoro*, non voglio fingere.»

Lei stringe le labbra, e i suoi occhi si allargano per lo shock. «Giuro, se stai per farmi una proposta, ti ammazzo. Abbiamo appena finalmente ammesso che ci piacciamo. Questa non è una gara per vedere chi si sposa prima.»

Ridacchio e mi avvicino, baciandole la guancia. Kyler ed Emerson sono fidanzati da alcuni mesi e non hanno ancora fissato una data. Ma sono sicuro che, quando saranno pronti, lo faranno. «Mi piace un po' di competizione» dico, considerandolo scherzosamente mentre mi accarezzo la mascella. «Ma prima, devo procurarmi l'anello.»

Lei mi pizzica il braccio. «Non porterai Emerson e Kyler con te a comprare l'anello. Ed è meglio che tu stia scherzando.»

«*Stiamo* vivendo insieme» la prendo in giro, circondandole la vita con un braccio mentre la accompagno lungo il corridoio verso il trambusto proveniente dalla cucina.

«Sì, un passo alla volta.» Mi dà un colpetto sul petto mentre ci uniamo a mio fratello, la sua fidanzata e mia nipote in cucina.

«Sto preparando i biscotti!» esclama Bristol. Prende lo sgabello a misura di bambino e lo porta al bancone. Si è già messa un grembiule con i volant, che è davvero adorabile.

Emerson aiuta Bristol ad arrotolare le maniche mentre Kyler prende gli ingredienti dalla dispensa.

«Sai che vendono i rotoli di pasta per biscotti già pronti» dico con un sorrisetto.

«I biscotti fatti in casa sono più buoni» dice Bristol, puntando un dito verso di me. «Mangerò i tuoi se non li vuoi.»

«Vuoi aiutare?» chiede Kyler.

La tensione sembra essersi dissipata tra me e mio fratello. È perché Bristol è nella stanza?

«Penso che tre persone siano sufficienti per un'infornata di biscotti» dico.

«Chi ha parlato di una sola infornata?» chiede Emerson mentre si dirige verso il forno, accendendolo per preriscaldarlo. «Bristol ci ha iscritti a una vendita di beneficenza a scuola e ha dimenticato di dirci che ha bisogno di trecento biscotti entro domani.»

Bristol ridacchia e arriccia il naso con un grande sorriso. «Avreste detto di no.»

Amber si arrotola le maniche e si dirige verso il lavandino, lavandosi le mani. «Avete un altro grembiule?» chiede.

«Non uno che ti consiglierei di indossare.» Emerson sorride e fa l'occhiolino a Kyler.

«Che schifo» dico. Amo mio fratello, ma non voglio pensare a lui ed Em che scopano. L'ho sorpresa mentre gli succhiava il cazzo, ed è un'immagine che vorrei poter cancellare dai miei occhi.

«Cosa c'è di schifoso? I biscotti sono buoni» dice Bristol e ci guarda confusa. Per fortuna, quel commento le è passato completamente sopra la testa.

Mio fratello maggiore si schiarisce la gola e mi fa cenno in direzione del corridoio. «Hai un minuto?» chiede.

Non sono sicuro se si stia dirigendo verso il territorio delle scuse o se stia pianificando di dirmi che sono un fallito per avere iniziato a frequentare Amber.

«Avrei dovuto portare l'attrezzatura da hockey?» chiedo, volendo sapere se devo prepararmi a una rissa.

«Me la sono meritata quella» dice Kyler mentre mi conduce nel corridoio, lontano dalla cucina. «Non volevo che le ragazze ci sentissero, soprattutto il mio piccolo mostro dei biscotti, che ci darebbe fastidio a entrambi e ripeterebbe tutto fuori contesto.»

Rido tra me e me. «Proprio come te da bambino. Ribelle e una spina nel culo per la mamma.»

Kyler si strofina la fronte. Nessuno di noi due parla mai dei nostri genitori defunti. Il solo menzionarli riempie la stanza di tensione e disagio. «Ora sono una spina nel tuo di culo,» dice con un sorrisetto. Sta cambiando argomento, e in realtà gliene sono grato.

«Non mi sentirai contraddirti,» rispondo.

Lui è tutto ciò che ho, o almeno lo era, fino a quando non sono entrato in squadra e i miei compagni sono diventati la mia famiglia allargata. Ma ora ho anche qualcun altro, una ragazza per la quale farei qualsiasi cosa pur di proteggerla.

«Dicevi sul serio nello spogliatoio? Che ti stai innamorando di lei?» chiede Kyler.

Stringo le labbra. «Che te ne importa di chi mi prenda una cotta?»

«Amber è praticamente di famiglia, e tu sei mio fratello,» dice. «Inoltre, pensavo avessi una tipa da qualche parte in un altro Stato. Stavi facendo sesso telefonico in albergo...» La sua voce si spegne, e il sorriso che si allarga sulle mie labbra è l'indicatore più ovvio di chi fosse la ragazza con cui stavo parlando.

Mi guarda inorridito quando realizza che abbiamo tenuto nascosto tutto questo da tempo.

«Da quanto?»

«Non sono affari tuoi,» dico appoggiandomi al muro. Incrocio le braccia sul petto. Sembra agitato, e non capisco perché gli interessi. Pensa davvero che questa cosa tra me e Amber sia solo un'avventura?

«Voi due ve la spassavate già quando lei si è trasferita?»

«Sono stato un perfetto gentiluomo, e no, non ci frequentavamo a quel tempo. Eravamo amici. Lo siamo ancora. Stiamo solo esplorando questo nuovo sviluppo tra di noi, che entrambi vogliamo. È consensuale, e questo è tutto quello che dirò al riguardo.» Lascio cadere le mani lungo i fianchi, le infilo nelle tasche dei jeans e mi dirigo verso la cucina.

Kyler mi afferra il braccio e mi costringe a guardarlo.

Ho già visto questa manovra prima; di solito, la fa sul

ghiaccio quando sta per picchiare un avversario. Alzo il braccio per bloccarlo, e lui ride sotto i baffi.

«Per uno che fa sesso regolarmente, sei piuttosto teso,» dice Kyler.

«Sei uno stronzo,» mormoro mentre mi stringe la spalla.

«Siamo a posto?»

«Dipende. Lascerai in pace me e Amber permettendoci di capire la nostra relazione senza che tu e la tua fidanzata vi immischiate?»

Kyler allenta la presa su di me, ma non mi allontano. «Sai che ho tanto controllo su Em quanto tu ne hai su Amber,» dice.

Esalando un sospiro, annuisco. «Sì, siamo a posto.» È la migliore scusa che mi aspetterei di ricevere da mio fratello. Non esprimiamo sentimenti quando si tratta delle nostre solite dinamiche. E le scuse significano che qualcuno è ferito, e nessuno di noi ama apparire debole. Colpa di tutti gli anni di hockey che abbiamo giocato, ma abbiamo imparato a imbottigliare le nostre cose per bene.

«Dai, andiamo ad aiutare le ragazze con i biscotti,» dico, tornando in cucina.

Kyler brontola. «Dovremmo aspettare che arrivi il resto della squadra. Far aiutare loro.»

Ridendo, dubito che funzionerebbe. «E nel momento in cui lo suggerisci, se ne andranno. A meno che Ava e Kate non vengano con Parker e Asher.»

«Questo è sessista!» esclama Amber, sentendoci mentre torniamo in cucina. «Solo perché sono ragazze non significa che amino cucinare.»

«O che sappiano farlo,» dico con un sorriso malizioso. Non credo che Amber intendesse parlare di sé, ma non è la cuoca più abile per cene o dolci.

Lei, tuttavia, non sta mescolando gli ingredienti, il che è probabilmente la cosa migliore. Sta arrotolando le palline di impasto e schiacciandole sulla teglia.

Mi dà una gomitata mentre mi avvicino, e io mi posiziono dietro di lei, con il braccio avvolto intorno al suo corpo, aiutandola a formare e modellare i biscotti per renderli un po' più uniformi.

Amber si muove contro di me, e io mi guardo intorno, cercando di vedere se qualcuno ci sta prestando attenzione. Nessuno. Kyler prende uno sgabello su cui sedersi e dà un'occhiata al suo telefono mentre Emerson pesa gli ingredienti e Bristol mescola l'impasto.

«Faresti meglio a venire qui ad aiutare,» dice Em, guardando Kyler in modo giocoso.

«Ci sono già abbastanza cuochi in cucina.» Kyler indica verso di noi.

«Papà, aiutaci!» cinguetta Bristol e indica il forno. «Qualcuno deve controllare i biscotti mentre cuociono.»

«Me ne occupo io,» risponde Kyler e si sposta dallo sgabello verso il forno. Guarda il timer sopra il forno. «Abbiamo ancora un sacco di tempo.» Sorride e torna a dedicare la sua attenzione al telefono.

«Cosa ti tiene così rapito?» chiede Emerson. Non sembra arrabbiata, solo interessata a ciò che sta rubando la sua attenzione.

«Sto solo leggendo alcuni articoli sugli Ice Dragons,» dice Kyler.

«Qualcosa di buono?» chiedo. Di solito evito di leggere qualsiasi cosa la stampa scriva su di noi perché non è mai accurata.

«Solo questo,» dice, mostrandoci il titolo che recita: *I fratelli Greyson litigano per una ragazza.*

«Non mi ero reso conto che la stampa ci avesse sentito,» borbotto.

Bristol ci guarda. «Sentito cosa?» chiede con occhi grandi e innocenti.

Kyler si schiarisce la gola. «Te lo dirò quando sarai più grande.»

Amber distoglie lo sguardo, cercando disperatamente di non scoppiare a ridere. Si morde il labbro inferiore. Non capisco cosa ci sia di così divertente, ma anche Emerson sta sorridendo.

«Sono già più grande!» ribatte Bristol.

Entrambi sapevano che l'avrebbe detto.

EPILOGO

AMBER

Mia sorella è una stronza. Emerson mi ha fatto capire chiaramente che non mi sta estendendo un invito alla sala delle mogli. A quanto pare, è una cosa riservata ai membri, ed essendo l'aggiunta più recente, non ritiene che sia suo compito fare l'invito. E poi, siamo famiglia.

È l'intervallo, e lei si alza, accompagnando Bristol fuori dagli spalti. «Ci vediamo tra poco» dice con un sorrisetto malizioso. Con la bambina che mi sta dando le spalle, mostro il dito medio a Emerson.

Charlotte ridacchia accanto a me. «Non fa niente. Se

tu fossi invitata, io sarei seduta da sola» commenta, dandomi una leggera spinta.

Indosso la maglia di Jasper, una delle quattro che ho appese nell'armadio del mio appartamento. Nella partita di stasera, lui è rimasto concentrato, e giuro, per la maggior parte del primo periodo, pensavo che non si fosse nemmeno accorto di me sugli spalti.

Questo finché non ha segnato un goal e mi ha indicata.Se non avesse avuto indosso i guanti, probabilmente avrebbe formato un cuore con le mani per mettermi in imbarazzo.

«Allora, ho qualcosa da dirti, e non voglio che tu vada in panico» dico.

«Oh mio Dio. Sei incinta?» strilla, e io le metto una mano sulla bocca. La stampa potrebbe sentire, e non ho bisogno che Jasper finisca al centro di uno scandalo.

«No,» dico lanciandole un'occhiataccia prima di abbassare lo sguardo. «Se mi dici che questa maglia mi fa sembrare grassa, sei morta.»

«Assolutamente no» dice Charlotte. «Ho solo pensato: annuncio, panico...e quella è la risposta più ovvia.»

«Non ha niente a che fare con me» dico pungendole il braccio con un dito. «Uno dei ragazzi degli Ice Dragons ha chiesto di te a Jasper, .»

«Se stai scherzando, potrei davvero morire.» La sua bocca è spalancata, gli occhi sgranati mentre mi fissa con stupore.

«Datti una calmata.» Rido. «È solo una piccola cotta.»

«La sua o la mia?» chiede. «Ti prego, dimmi che è Noah. Per favore.» Tiene le mani giunte come se stesse supplicando.

Non sono sicura di doverglielo dire, ma Jasper l'ha menzionato, e anche Noah ha chiesto alcune volte casualmente della mia amica che mi accompagna alle partite. Pensavo stesse solo facendo conversazione e si stesse mostrando amichevole. Invece, è venuto fuori che c'era qualcosa di più.

«È un ragazzo.»

«Ovviamente, e gli hai detto che sono single. Vero? Perché sono così single che credo che le mie parti intime siano coperte di ragnatele.»

Sbuffo alla sua descrizione. «Ttroppo.»

«Beh, sputa il rospo, ragazza. Cosa hai detto a Jasper?»

«Non ho detto niente a Jasper. Al giocatore di hockey che chiedeva, ho detto che potresti essere disponibile se ti corteggia per bene e ci mette molto impegno. Hai molti uomini interessati, e sei schizzinosa.»

«Vaffanculo.» Gli occhi di Charlotte si allargano. «Non vado a letto con qualcuno da settimane.»

«Oh mio Dio, povera piccola» la prendo in giro. «Rilassati. Ci incontreremo dopo la partita per bere qualcosa, e penso che stasera farà del suo meglio con te.»

«Di chi stiamo parlando? È alto, moro e affascinante?» Charlotte si sporge in avanti a ogni mia parola. «Ho bisogno di dettagli, e giuro che se mi dici che è, tipo, il ragazzo che affila le lame dei pattini...»

«È...» Apro la bocca e la chiudo, stuzzicandola.

«Ragazza, la suspense mi sta facendo impazzire. A questo punto, mi farai aspettare fino a dopo la partita!»

«Dovrei farti aspettare» dico con un sorriso malizioso. «Ma non posso tenere il segreto più a lungo. È Noah Reece.»

Lei strilla e stringe le mani a pugno, agitandole eccitata. Questa ragazza non ha filtri né autocontrollo. Una volta invidiavo il fatto che non soffrisse d'ansia, ma sospetto che la sua bocca la metta nei guai fin troppo spesso.

Fine.

L'AUTORE

Willow Fox ama la scrittura da quando ancora andava al liceo (molte ere fa). I suoi romanzi ambientati in provincia, riflettono la vita delle piccole città dell'America rurale.

Che stia scrivendo romanzi romantici o seduta all'aperto accanto al fuoco a leggere un buon libro, Willow adora le pagine colme di parole di scritte.

Sogna il colpo di fulmine e spera di riuscire a farlo scattare nei suoi lettori!

Visita il suo sito web:

https://shopwillowfox.com

ALTRO DA WILLOW FOX

Eagle Tactical Series

Svelato: Jaxson

Invisibile: Mason

Nascosto: Lincoln

Infiltrato: Jayden

Matrimoni Di Mafia

Voto Segreto

Voto Prigioniero

Voto Selvaggio

Voto Non Voluto

Voto Spietato

Fratelli Bratva

Boss Brutale

Boss Diabolico

Boss Possessivo

Boss Ossessivo

Boss Pericoloso

Padre Single Autoritario

Il Burbero Miliardario

Burbero di Montagna

Il Burbero Scapolo

Romance degli Ice Dragons

Fingere con il Miliardario

Sfidare il Giocatore di Hockey